虚无的意义

萨特短篇小说研究

李克 著

XUWU DE YIYI

SATE DUANPIAN XIAOSHUO YANJIU

商务印书馆
创于1897 The Commercial Press
2018年·北京

图书在版编目(CIP)数据

虚无的意义：萨特短篇小说研究 / 李克著．— 北京：商务印书馆，2018
ISBN 978-7-100-16277-7

Ⅰ．①虚… Ⅱ．①李… Ⅲ．①萨特 (Sartre, Jean Paul 1905-1980) —短篇小说—小说研究 Ⅳ．① I565.074

中国版本图书馆 CIP 数据核字 (2018) 第 139296 号

虚无的意义：萨特短篇小说研究
李 克 著

商 务 印 书 馆 出 版
（北京王府井大街 36 号 邮政编码 100710）
商 务 印 书 馆 发 行
艺 堂 印 刷（天 津）有 限 公 司
ISBN 978-7-100-16277-7

2018 年 10 月第 1 版　　开本 710×960 1/16
2018 年 10 月第 1 次印刷　　印张 13¾
定价：38.00 元

目　录

第一章

萨特的创作：哲学与文学

萨特兴趣广泛，是一个多面手。他不仅是小说家、批评家、剧作家、记者、电影编剧、杂志主编，还是一个积极的活动家和演说家。二战之后，萨特大量介入政治活动，声望如日中天，不仅在法国社会独树一帜，他的活跃身影更频频在世界各地出现。萨特才华横溢，成就遍布众多领域。有学者指出，萨特的重要特征是："他所从事的多方面活动来自一个共同的根源，这些活动的中心是一种独特的哲学关注。"[①] 萨特的各种活动源自于他的独特哲学，这一概括非常准确，揭示了在萨特身上哲学活动的优先性、基础性和重要性。对于萨特，不论哪一种活动，都打着哲学的烙印，受到哲学持久而深刻的影响。

理解萨特的文学创作，有一道绕不过去的坎儿，这就是首先需要把握他的哲学。萨特与一般作家不同，他不是一个单纯的小说家，萨特首先是哲学家，然后才是小说家。作为小说家，萨特自觉坚守的立场是："一个作家必须是哲学家，自从我认识到哲学是什么，哲学就成了对作家的根本要求。"[②] 众所周知，小说是作家想象和虚构的产物，为读者呈现的是一个"虚幻"的艺术世界，它是作家运用技巧匠心独运地构筑和编织起来的。萨特认为，对于小说家，技巧没有独立性，技巧本身不是纯粹的，因为"一种技巧就是一种形而上学"，"一种小说技巧总是与小说家的哲学观点相关联"。对于批评家，其任务是"在评价小说家的技巧之前首先找出他的哲

① 〔美〕赫伯特·施皮格伯格 :《现象学运动》，王炳文等译，商务印书馆 1995 年版，第 650 页。

② 〔法〕波伏娃 :《萨特传》，黄忠晶译，百花洲文艺出版社 1996 年版，第 157 页。

学观点”[①]。按照萨特提出的这一批评标准，一个批评家如果对小说家的哲学观点不了解，他就失去了批评的依据，就没有“资格”对作家的创作活动进行评判。萨特强调的这一批评标准对于偏重以表现思想性著称的存在主义文学尤其具有针对性，它也是批评萨特本人文学创作必须坚持的重要标准。

萨特的文学实践表明，哲学是其文学创作的根基和源泉，萨特文学创作的这棵枝繁叶茂的大树扎根于他哲学这片丰厚坚实的土壤里，他的哲学为其文学创作源源不绝地提供了所需的一切养料。

萨特自小喜欢文学，接触文学早于哲学。萨特在中学期间就发表过小说作品，还参加过戏剧写作和演出活动，他早年的志向是想成为一名作家。总体来看，萨特早期对文学的爱好以及很早开始的写作活动这一良好习惯和趣味为他日后成为一个专业作家准备了条件，打下了基础。但萨特早期作品带有较为明显的模仿和改编痕迹，属于“练笔”性质。使萨特走向文学创作的成熟，使他的创作真正具有独特生命力、并在法国文坛一鸣惊人、奠定了他在存在主义文学地位的作品，都是在他读完大学，具有了比较系统的哲学思考后发表的。

萨特 1924 年考入法国著名的巴黎高师，与绝大多数同学选择文学方向不同，萨特选择的是哲学方向。大学毕业后，1933 年萨特专程去德国，在柏林待了一年，学习胡塞尔和海德格尔的现象学。有学者指出，萨特的“德国之行是决定性的，起到了催化剂的作用”[②]。德国之行对萨特影响深远，他的哲学从此打上了鲜明的现象学烙印。在德国期间，萨特一边学习现象学的哲学理论，同时着手小说《厌恶》的创作。在波伏娃的建议下，萨特把对偶然性的思考作为主题，融入小说创作。这篇小说所要揭示的就是萨特哲学对偶然性这一重要概念的理解，偶然性观念“被赋予生命，形成了主角经验和情感的内在结构”[③]。萨特是在有了比较成熟的哲学思考，有了自己的一套哲学体系后进行文学创作的。最为关键的是，他的文学创

---

① 〔法〕李瑜青、凡人主编：《萨特文学论文集》，施康强等译，安徽文艺出版社 1998 年版，第 22 页。

② 〔法〕让－弗朗索瓦·西里奈利：《20 世纪两位知识分子——萨特与阿隆》，陈伟译，江苏人民出版社 2001 年版，第 100 页。

③ 〔美〕威廉·巴雷特：《非理性的人》，段德智译，上海译文出版社 2012 年版，第 334 页。

作与其哲学密不可分，萨特创造的文学形象往往就是直接表达哲学思考的，离开了哲学，萨特的文学创作就成为无本之木、无源之水了。在有些学者看来，萨特的文学作品在表现哲学思想方面具有独特的优势，它们甚至比萨特的哲学论文对某些哲学论题作了更好的表达。譬如存在主义对于危机的看法，在萨特的戏剧中不仅表达得更生动，也更加具体和深刻。

萨特的期望是，他不是要成为一个单纯的文学家，也不是成为一个单纯的哲学家，他要同时成为这两者，同时成为司汤达和斯宾诺莎，他要做哲学和文学的“双面神”，他要把理智的思想家和创造的艺术家在自己身上“天衣无缝”地结合起来。这种“双面神”特色，萨特一直保持着，不管后来他参加了多少活动，发生了多少变化，这一特征在他身上始终很稳定。萨特的创作活动成为司汤达和斯宾诺莎完美融合的典范，他既擅长形象的塑造，同时又能进行深入的哲学思考，这两种能力在他身上如此完美地融合，可以说是个奇迹。阅读萨特的小说，读者感悟到许多形象的哲理，它是萨特细腻深邃的哲学思考在文学作品中的延伸，为其文学创作带来哲理性、深刻性的品格，使萨特的小说明显不同于一般的流行文学、大众文学、消费文学。萨特文学创作的这一特点对读者提出了较高要求，萨特毫不讳言，认为真正能够理解他的作品的“是少数出众的人”，他们是“幸运的少数”。①

另一方面，读萨特的哲学作品，往往可以感受到他的独特文学气质。萨特经常用生动的形象和丰富美妙的比喻阐释他的哲学，这无异于在哲学抽象和枯燥的领地注入了一汪清泉，给读者的思考吹来一股清新之风。萨特哲学带有浓郁的文学色彩，譬如论证“自欺”这一概念、表达现代社会人们通过自欺自觉地追求充实这一哲学思考时，萨特发挥自己的文学优势，特意刻画了“侍者”这一形象。通过对侍者形象的生动描写，使艰深的哲学思考形象化，为读者的领悟提供了莫大方便和帮助。对于萨特哲学，用生动的形象和比喻等文学手段来深入浅出地阐述哲理，已成为“家常便饭”和“拿手好戏”。

总之，对于萨特，文学和哲学密不可分。当然，这样说并不意味着文学与哲学的关系在萨特那里是平列和对等的，它们是“平分秋色”的。对于萨特的创作活动，哲学始终是重头戏。萨特的文学创作相对于其哲学并

---

① 〔法〕波伏娃：《萨特传》，黄忠晶译，百花洲文艺出版社 1996 年版，第 179 页。

不具有独立性，他的哲学离开了“文学色彩”仍然是哲学，仍然具有并保持着思考的深度。只是在文学创作领域内，对于萨特的文学表现，哲学与文学才是水乳交融的关系，它们是你中有我、我中有你、浑然一体、无法分开的。对于萨特，哲学不是压倒和窒息文学，哲学没有妨碍文学，“正相反，是哲学让文学产生了更好的效果，是哲学使文学这个‘视觉的工具’变得威力更强大”。有学者指出，萨特把哲学嫁接在小说上，也把小说嫁接在哲学上，他敢于把哲学家的工作当作文学来尝试，把作家的工作当作哲学命运的结果来经历。他把哲学定义为文学的一个领域，又把文学定义为哲学的一个领域。萨特做这些冒险是“独一无二”的，“任何人都无法与他相比”。“萨特是第一个——也是唯一的一个——集理论家和天才文学家于一身的人，而且他也没有浪费自己的精力。”[①] 在把哲学与文学打通、把文学与哲学融会贯通方面，萨特确实非常出色，这成为他文学创作的显著特色。

萨特哲学是自由的哲学，对自由的思考犹如一根红线贯穿全部萨特的哲学。自由是萨特哲学论证的主题，也是萨特文学表现的主题。萨特哲学关于自由的思考和论述是理解和把握其小说创作的一把关键而独特的钥匙。“关键”是因为，缺少这把钥匙，就可能在解读过程中迷失，造成隔靴搔痒、强为人解等失误。“独特”是因为，萨特哲学对自由的界定是理解其小说表现（主题酝酿、情节构思、人物塑造乃至细节刻画等）的唯一指南，萨特文学创作背后的唯一坚强支撑就是其存在主义哲学对自由的思考和诠释。

《墙》是一部小说集，收录萨特的五部短篇小说，分别是:《墙》、《艾罗斯特拉特》、《闺房秘事》、《卧房》和《一个领袖的童年》。这本小说集出版于 1939 年 2 月，是献给好友奥尔加的。五部短篇小说依据的哲学思想主要是后来出版的《存在与虚无》，这部发表于 1943 年的哲学巨著是萨特存在主义哲学思想的奠基石，萨特关于自由的独特思考主要是在这部作品中完成的。萨特五部短篇小说的创作，与《存在与虚无》这部巨著思想的酝酿、形成和成熟几乎是同步的。

品味五部短篇小说的艺术表现，领悟萨特哲学所阐述的别具一格的自

① 〔法〕贝尔纳·亨利·列维 :《萨特的世纪》，闫素伟译，商务印书馆 2005 年版，第 77、95 页。

由思想，既是艺术的享受，也是思想和人生境界的开拓和提升。即使在今天，萨特通过小说艺术所揭示的对于自由的独特把握对中国的广大读者仍然具有积极的意义。

萨特的小说作品是存在主义文学创作的瑰宝，在西方文学史上占有一席之地，理应受到中国读者的重视。

一、萨特哲学的自由概念

萨特哲学关注人，凸显人的地位和尊严，其哲学关于自由的思考建立在人与物严格区划的基础上。

“自由，是人类所有价值的基石，是唯一可以判断人类的所作所为是否正确的终极标准。”①存在主义哲学珍视自由，把自由置于至高无上的地位，并且坚持只有人才有自由，物没有自由，这是人与物的最根本区别。存在主义强调，惟有自由才能把人与物区别开来，惟有自由才是人区别于物的最根本、最显著的标志，惟有自由才是人与物之间最本源、最深刻的界限。

在萨特哲学看来，人与物有本质的不同。人的特征是要在世界上采取行动，把自己的存在不断推向未来，这不仅是因为人有生命，更在于人有“意识”。物是“死”的，不是说物没有生命，而是说物没有意识，没有人所具有的特殊的意识。萨特哲学非常看重意识，还在巴黎高师读书时他就认为：“任何不能说明意识的理论想要如实地看待外在的客体，都注定会失败。”②“意识”是萨特构筑自由哲学的核心概念，正是为了把握这一概念，在同学阿隆的建议下，萨特专门去德国学了一年的现象学。

需要注意的是，萨特哲学把意识作为人的根本特征，这个意识不是心理学意义上的意识，不是作为人的心理特征的意识，不是生理学家和心理学家所研究的意识。生理学家和心理学家所要研究的意识都是某个“东西”，作为研究对象，它们仍属于“物”，它们要么是生理学的事实，要么是心理学的事实。萨特哲学所讨论的意识不是“物”，它既不是生物学的事实，也不是心理学的事实。萨特说：“意识不是一种被称作内感觉或自我认识的特殊认识方式，而是主体中的超现象存在的一维。”③所谓“超现象

① 〔法〕波伏娃：《事物的力量》第二卷（二），黄荭译，作家出版社2012年版，第169页。

② 〔法〕波伏娃：《萨特传》，黄忠晶译，百花洲文艺出版社1996年版，第178页。

③ 〔法〕萨特：《存在与虚无》，陈宣良等译，三联书店1987年版，第8页。

存在的一维”指的是，不能把意识理解成单纯的认识，在意识的问题上，“应该放弃认识的第一性”。萨特哲学讨论的意识不是一个生物学、心理学意义上的客观对象。但凡对象都具有内容，都受某种规定的制约，但意识却是没有“内容”的，萨特明确讲，“哲学的第一步应该把事物从意识中逐出”，如此才能恢复意识与世界的真实关系。① 这就是说，在萨特看来，意识的本性是虚无，萨特哲学用意识对人的存在进行界定，这个界定是从现象学角度作出的，它是现象学哲学所定义的意识。

什么是现象学哲学意义上的意识？萨特用现象学意向性学说的基本定理对意识进行界定，认为“意识就是对某物的意识”。对于不同的现象学家，对这一定义的理解和诠释会有所不同。对于胡塞尔，通过还原方法，悬置某些事物，停止对它们的讨论，目的是要探究事物的本质，即获得一个纯粹意识的本质。对于萨特，“意识就是对某物的意识”表述的是这样的意思：“意识在其最深刻的本性中是与一个超越的存在的关系。”因而“超越性是意识的构成结构，意识生来就是被一个不是自身的存在支撑着”②。现象学意向性学说的这条定理提供了所谓“本体论”证明，对于萨特哲学具有非凡而重要的意义。通过别具匠心的诠释，它成为萨特自由哲学的孵化器，萨特的自由哲学就来自于对现象学意向性学说这条定理的诠释和发挥。

首先，当说意识就是对某物的意识，表明的是，“意识与世界是一下子同时被给予的”③。意识不能在“某物”之前存在，不能在“某物”之后存在，不能在“某物”之外存在，意识必须“依附”于“某物”才能存在，意识与“某物”不可分。意识不能撇开某物单独存在，意识的本性就是不能“孤零零”地存在。意识无法把自身孤立和封闭起来，它不能是纯粹的自身，它不能像一个“绝缘体”一样，斩断了一切联系，与外界不发生任何关系。意识的本性就是介入，只有“向外”介入“某物”，只有不断地逃离自身，它才能存在。在这个意义上，意识无法成为纯粹的，它一定要“破坏”自身的“纯洁”，其存在一定不能与自身一致。一旦出现这种一致，一旦意识停止向外介入，停止对自身的逃逸，变得静止凝固，那就是意识的“死灭”。

---

① 〔法〕萨特：《存在与虚无》，陈宣良等译，三联书店 1987 年版，第 9 页。

② 同上书，第 19、21 页。

③ 倪梁康主编：《面对实事本身——现象学经典文选》，东方出版社 2000 年版，第 646 页。

萨特运用现象学意向性学说的这条规定要说明的是，人是这样一种存在：他必须介入社会、介入到他人当中去才能存在，人的存在离不开社会，离不开他人。孤零零的，完全与社会、与他人没有任何关系的人是无法存在的，因为没有任何人的存在只关涉到自己。一个人活在世上，不可能仅仅与自己发生关系。严格说来，仅仅与自己发生的不是“关系”，因为当说到关系，必然指向外界，指向他人。或者说，只有与外界、与他人发生关系，在这个前提下，与自身发生关系才是可能的，才是有意义的。撇开了与外界和他人的关系，人无法形成“自我”。因而当说到人的存在，就意味着他已经介入社会和他人中，意味着他与社会和他人事实上已不可分。在这个意义上，没有“纯粹”的人，当说到人时，他是通过社会和他人来确认自己的。介入不是个人想或不想的问题，无论个人是否想、如何想，他的存在事实上已经介入了。对于萨特哲学，介入不是由个人主观意图设定和决定的。

其次，当说意识就是对某物的意识，表明意识自身是虚无。萨特哲学认为，意识没有实体性，因为意识就是显现，它必定是“完全的空洞”，这使“整个世界都在它之外”。[①] 意识是什么？意识清晰得如同一阵风，意识就是向着自身之外的“滑脱”和“逃逸”，把意识构建成意识的，就是这种“绝对的逃逸”。[②] 由于意识就是对自身的永恒逃逸，所以意识永远无法变成实体，意识永远无法封闭自己，与自身重合。如果设定意识是一个实体，譬如像桌子这样的实体，怎么可能超越自身、向外介入呢？当然，作为实体，桌子也可以“介入”，但这种介入只能是外在和被动的，如把这张桌子搬入房间，桌子占据了房间的一块特定位置，也可以说桌子的存在介入到房间中。这种介入是外在的、空间的、被动的介入，属于物的介入，与现象学所讲的“意识就是对某物的介入”有本质区别。萨特哲学所讲意识的介入就是指意识的虚无化，通过虚无化，世界得以显现，在显现的基础上，人们才能去认识和反映这个如此这般显现出来的世界。

从现象学角度看，意识能够介入的前提是它不是实体，在这个意义上，它就是虚无。虚无的意思是，意识虽然必须介入对象，但永远不可能被充实，以任何方式、在任何时刻、面对任何对象，意识都不可能被充实。因

---

① 〔法〕萨特：《存在与虚无》，陈宣良等译，三联书店 1987 年版，第 15 页。

② 〔法〕弗朗西斯·让松：《存在与自由——让－保尔·萨特传》，刘甲桂译，北京大学出版社 1998 年版，第 87 页。

此，不能以理解实体的方式理解意识，不能把意识等同于桌子这样的物件。所谓实体，就是被充实了的对象，像桌子这样的存在物，浑身上下没有一丝虚无，这使桌子的存在成为“惰性”的，这种惰性之物在其存在内部永远不可能产生促使自身变化的动力。使桌子发生变化的所有力量都来自外部，譬如人们可以把桌子从这里移到那边，可以挥舞锤子把桌子砸得稀巴烂，可以放一把火把桌子烧成灰烬等，所有这些促使桌子发生变化的力量和原因都来自桌子的外部，都不是桌子自身内在力量导致的变化。因为桌子的存在是“严严实实”的、“密不透风”的，没有一丝虚无，不能引发任何否定的力量，所以桌子的存在不可能从其自身内部涌现出变化的力量。桌子的变化只能是在外部力量制约下的变化，变化是由外部原因推动和造成的，而不是从桌子的存在内部涌现的力量导致的，即不是桌子自身存在所要求的变化，一张桌子永远不可能提出这样的要求。

萨特要说明的是，人的存在与物的存在不同，这是萨特哲学论证的重要课题，也是萨特文学所要表现和揭示的重要主题。物的存在被充实，所以物是惰性的，没有自由。不是物被剥夺了自由，不是人们用强制手段限制或取消了物的自由，而是物的存在原本就没有自由，桌子“生来”就是没有自由的存在物。萨特举例说，一个墨水瓶，在它还没有生产出来，有关这个墨水瓶的设计已经出现在图纸上了。现实中某个墨水瓶的存在就是为了体现图纸上的设计，所以一定是设计（观念、本质）先于某个具体墨水瓶的存在，在这个意义上，萨特说“物”的存在特征是“本质先于存在”。如果本质先于存在，那么顺理成章的是，本质理所当然就要支配和决定存在，存在的意义就只是为了体现本质，就像墨水瓶的存在仅仅是为了“严丝合缝”地体现工程人员对墨水瓶的设计。本质先于存在、制约存在，存在当然就要符合、满足本质的要求。如果是这样，墨水瓶的存在哪还有什么自由可言呢？墨水瓶在它还没有“出生”前就已经被“计划”和“规定”好了，它“天生”就是一个被决定者、一个被充实者，墨水瓶的存在原本就没有自由，物的存在“先天”注定了没有自由。

萨特认为，人的存在与墨水瓶的不同在于，人是自由的，这个自由源于人的存在不能、亦无法被充实，因为人的存在始终扎根于虚无。萨特哲学认定，所有对自由的逃避都与要把人的存在把握为“自在的存在”有关，即与企图把人的存在转化为物的存在有关。萨特哲学强调，“决定人的实在的就是他自己的虚无”，对于自为，“就是把他所是的自在虚无化”，实际上“自由和这种虚无化只能完全是一回事”。人的存在扎根于虚无，他一劳永逸地逃脱了被充实，在这个意义上，人“命中注定”是自由的，“我们没有停止我们自由的自由”①。

不错，人有身体，身体也属于物。身体作为物很容易被控制，用一根结实的绳索把人五花大绑，身体就动弹不得了。但意识呢？能够用什么样的方法可以把意识一劳永逸地凝固和控制起来呢？用绳索、用棍棒、用各种酷刑吗？所有外在的强制手段都无法掌控意识，因为意识本身是虚无，你刚想用手去抓它，它就溜掉了。萨特举例说，意识就像一阵大风，具有无比强大的力量，它刮起了一切，但这个能够刮起一切的大风本身却是虚无。你可以抓住大风刮起的某个物件，但无法抓住大风本身，因为大风逃脱了任何“抓住”。同样，意识可以指向一切、呈现一切，对意识所指向和呈现的对象，你可以看得清清楚楚，但你不可能“借此”“抓住”和控制意识本身。正是由于意识的本性是虚无，所以人的存在只能扎根于虚无，这决定了人的“本性”就是逃脱任何东西的掌控，人的存在“先天”地超越了任何掌控，这证明人的存在“本性”与物的存在恰好相反：不是上帝或是其他什么东西赋予人自由，而是人的“天性”本来就是自由的，人“注定”原本就是自由的。

物是“本质先于存在”，人则相反，是“存在先于本质”。人来到世界上与一个墨水瓶来到世上完全不同。如上所述，墨水瓶来到世上是为了体现先于它而存在的那个本质，因而物的存在必定受本质的制约。人来到世界上的特征是，没有一个能够先天必然地决定他的存在的本质，人来到世界上的目的不是为了体现任何一种本质，也没有任何一种本质能够先天地决定和主宰人的存在，在这一意义上，人的存在不受本质的决定。或者说，人的存在总是能够逃脱本质的制约。萨特说，在存在主义者眼中，“人”是不能下定义的，因为“人在一开始是什么都说不上的，他所以说得上是往后的事”②。这就是说，人首先在世界上涌现出来，在这一刻他什么也不是。人首先存在，他在存在中把自己推向未来，在这个过程中，他才能决定自己成为什么，他才可能为自己下定义。

为什么人来到世界上不受本质的决定呢？这不是因为世界上没有本质，

① 〔法〕萨特：《存在与虚无》，陈宣良等译，三联书店 1987 年版，第 564 页。

② 李瑜青、凡人主编：《萨特哲学论文集》，潘培庆等译，安徽文艺出版社 1998 年版，第 112 页。

而是指人的存在是“实实在在”地扎根于虚无的。如果判定人的存在扎根于虚无，那么，人的存在就是“漂浮”的，他永远无法消除存在的“悬空”状态，这种存在特征使任何本质都无法充实人、决定人。萨特的存在主义哲学不承认、不接受这样的设定：在人还没有存在前，就已经有一种东西能够决定人、支配人，而人来到世界上，就只能体现这种决定他、支配他的东西，他的命运只能被先于他、决定他的东西所充实。相反，存在主义坚持的是：存在先于本质，它表述的意思是，人的存在不受任何决定者一劳永逸地支配和充实，人的存在取消和逃离了一切决定者，任何决定论对于人的存在的描述都注定破产和失败。

人的存在没有决定者，人不能被别的东西创造出来，在这个意义上，萨特是一个坚定不移的反神创论者。依照基督教观念，上帝创造了世界，当然也创造了人。如果人是上帝所造，就像墨水瓶是设计它的工程师所造一样，那么，很显然，人就无法成为自由的。上帝创造了人，上帝当然会按照自己的方式赋予人某种本质，会对人的存在进行上帝所需要的充实。这种情形下，人的存在只不过是先于他存在的创造者的某种意图的体现，人的存在并不是为了彰显自身，而只能彰显自身之外的某个决定者的本质。以萨特存在主义的眼光看，基督教等各类神学倡导的创世说对人的理解彻底剥夺了人的自由，它把人界定为一个“被动者”，一个“派生物”，一个不自由者，抹杀了人与物的存在界限，实际上是把人混同于物。萨特哲学强调，人是“直接”存在的，尽管他的存在会直面各种各样的规定和本质的制约，但人的命运就是逃脱所有决定者的支配。所以人的存在非但是自由的，而且他根本无法逃避、停止他的自由。

第三，说意识就是对某物的意识，意味着意识是虚无，但又不是绝对的虚无。意识的存在必然要介入，意识一旦介入，当然要受到本质的规定和充实。不受对象的充实，意识就无法存在，在这个意义上，意识只能是所谓“借来的存在”。问题在于，意识的存在虽然指向物，受对象制约，但意识又不能被对象完全制约。也就是说，意识虽然一定会介入对象，但意识不可能摇身一变成为对象，意识不可能在指向对象的瞬间就变成了对象。因为意识始终需要保持自身虚无的性质，意识永远不可能在介入对象的同时就被对象充实。意识在介入对象的同时仍然保持着虚无，所以它才能不断地介入对象，意识才能永远充满“活力”，“生生不息”，始终保有“生命”的动能。对于意识，一旦指向和介入对象就被充实，它就丧失了指向和介入对象的能力，这种指向和介入就变成了一次性的。在被充实的状态下，意识也就不成为意识了，它就转化为物了。

按照萨特哲学，没有一个抽象和纯粹的虚无，也没有一个可以撇开意识的指向和介入而独立存在的“某物”，意识始终是二者的“结合”，它始终处于二者之间。说到意识，它已经指向了物，同时又超越了物。所以它既是某物，又不是某物，意识就处于“是”与“不是”的交集中，意识就是这种交集，意识本身就在“是”与“不是”的张力中“千变万化”。因而当说到意识，它已经指向了某物，意识就是某物，而当说到某物，是意识显现了它，它已经处于意识的虚无化中。

对意识的这种说明表明了萨特哲学对人的界定：人的存在不能是单纯的自身，人的存在不能是空洞的意识，因为人既不是生活于真空中，也不是生活于纯粹的自我中，人生活于社会中，生活于与他人构成的各种关系中。人的存在必定要与社会打交道，与他人发生关系。既然人的存在必然要与社会和他人发生关系，那么，显而易见的是，人的存在就必然受到社会和他人的规定。一个不受社会和他人规定的人处于“抽象”状态，一个不受社会和他人影响的人只是一个“虚构”和“杜撰”。

问题是，看到了问题的一个方面，不能“原封不动”地停留在这个方面，更不能无限夸大这个方面。人的存在确实受到社会和他人影响，这一点无可怀疑。但人的存在毕竟不是块木头，在受到社会和他人影响的时候，他无法像一块木头那样始终保持“无动于衷”，人无法在取消自身存在的情形下接受外来影响。这就是说，外来影响只能通过人的存在本身才能作用于人，外来影响不能像作用于一块木头那样作用于人。

萨特曾经举过一个例子：台球桌上，一个球不会无缘无故地运动，这个球自身不会提出和要求任何运动，它处于静止状态。只有在外力的击打下，这个球才会运动。当然，即便是在外力击打下，也不会激发这个球的内在“欲望”，使这个球发生某种“自觉”，从自身的存在提出运动的要求。这种情形永远不会出现，因为这个球的存在是“惰性”的，它没有任何欲望，这决定了它本身没有任何内在的动力，它只能被动地沿着外力击打的方向运动，它运动的速度与外力击打力量的大小、与球桌的摩擦程度等密切相关。也就是说，推动这个球运动的所有能量都来自于外部，这个球不会激发任何内在的运动要求，因为这个球的存在是充实的，是消极和惰性的，这就是物的存在状态。

试想一下：人能够像这个球的存在一样吗？人能够把自己的存在完全等同于这个球、在外力的击打下做到完全彻底的消极和被动吗？显然不可能，因为人是一个“活”物，他之所以能够成为一个“活”物，是因为他的存在扎根于虚无。如果人的存在扎根于一个坚硬的本质中，那他的存在就是“死”的。当人处于“活跃”状态下，在外力击打下，当然会有反应，他在接受和“消化”外力的击打后才会做出“自己的”独特反应。萨特哲学强调，人是“活”的不单纯是因为他是一个生命的存在，而是因为他的存在永远逃脱了充实，这使外在的力量无法摆布和决定他。在这个意义上，人的存在特征不是因为他有生命，而是因为他是自由的。

人是自由的，面对外力击打，其反应可能是顺应和接受，也可能是抵抗和反击，可能是忽略和麻木，也可能仅仅是无奈和忍受。总之，人的存在不可能像台球那样对于外来的击打处于纯粹的被动状态，也不可能完全忽视外来的击打，一味显现自己的自由。人的存在必定结合这两个方面，他既受对象的制约，他的存在便不可能完全摆脱各种各样的本质对他的作用和规定，但又不可能在规定下动弹不得，心甘情愿地像一个物件那样成为惰性的存在，人总能在制约下逃脱出来，他的存在“使命”就是逃脱各种各样的制约，因为他不能在对象的制约下消除自身存在的虚无。

物的存在是“是其所是”，物是完全肯定性的存在，是被完全规定的存在。人的存在则是“是其所不是，不是其所是”，人的存在是否定性的，是一种矛盾的统一体。人的存在拒绝了两种绝对，一是肯定的绝对，一是否定的绝对。同样在人的存在中也拒绝了两种肯定，即对单纯肯定的肯定和对单纯否定的肯定。人的存在必须把否定与肯定结合起来，并且只有在否定的基础上才能肯定他的存在。

萨特哲学强调，人不是单纯的肯定或否定，他在是什么的同时又不是什么，在不是什么的同时他才能是什么，在人的存在中，始终具有“是”和“不是”这两个方面。人的存在不能是这两个方面中的任何一个方面，他不能成为永恒的肯定者，也不可能成为纯粹的否定者。相反，当说到肯定时，这个肯定已经扎根于否定中了，当说到否定，这个否定已经设立了自己的对立面，它只能是对于肯定的否定。“是其所不是，不是其所是”表达的意思是：人的存在不是物的存在，也不是神的存在。物是沉默，不能创造，神不受任何限制，可以凭空创造一切。人的位置处于物与神之间的某个点上，人不是物，因为他能够创造，人不是神，他只能在受到“某物”制约的前提下创造，因为意识毕竟只能是对某物的意识。

二、萨特哲学自由概念的特征

在萨特哲学看来，当说意识是对某物的意识时，只有在意识是虚无的情形下才能成立。如果意识是实体性的存在，就不可能指向和介入某物。由于意识是虚无，所以人的存在只能扎根于虚无，而不可能扎根于任何一个“坚硬厚实”的实体或本质上。人的存在扎根于虚无，人才有自由。这里，需要特别注意的是，萨特哲学与传统哲学都讲自由，都用的是同一个自由概念，但它们的内涵却有着重要差别，两种自由大异其趣。

1. 传统哲学所讲的大都是“肯定性”的自由，萨特哲学所讲的是“否定性”的自由。

譬如，《三字经》说“人不学，不知义”，“养不教，父之过，教不严，师之惰”。人的存在首先要知道“义”，怎么知道呢？通过学习才能知道。学习最初是由父母言传身教完成的，父母对于孩子不能只“养”不“教”。老师的责任是教育孩子，教育兹事体大，必须严格，不能懈怠。中国文化的观念是，孩子的成长必须由外部灌输一系列做人的道理，孩子必须接受教育才能成长。一个人学有所成离不开父母、老师和社会的不断教育（充实）。教育伴随人的一生，可以说生命不息，学习（充实）不止。

儒家哲学认为，人与禽兽的分别端赖于人具有孝顺父母的美德，孝顺的感情天生地潜伏在每一个人的身上，是所谓“善端”，文化和教育的作用就是把潜伏于人身上的种种“善端”发挥出来，使其发扬光大。如果一个人能够通过学习和修行，让隐伏于心灵的善充斥和把持人心，指导和牵引他的一言一行，他就能够成为一个有德性的人。

儒家学说大力弘扬孝道，力倡以孝治天下。在儒家学说看来，如果每一个人都能够发扬美德，社会就能达到德治。儒家学说规定了一系列孝的行为标准，对其美化和歌颂（如“二十四孝图”），认为它们符合人性，是人性善的最集中、最典型、也是最自然的表现。依照儒家学说的要求，一个人要成为对社会有用的人，就必须按照所规定的行为标准刻苦实践，努力修身，终有一日达到随心所欲不逾矩的境界，成为一个有道德的人。

简而言之，传统哲学认为，成为自由的人，就是自觉地按照某种标准衡量所作所为，时刻督促自己向标准靠拢，不断警惕是否会偏离、违背、破坏标准。只有当一个人不断向标准靠拢，真正把标准内化，这些外在的制约力量转化为内心的要求和冲动，这时他才是自由的。可见，儒家学说所讲的自由，实际上就是用某种标准对人进行规定和充实，人追求自由的过程就是不断努力充实的过程，自由无涯，充实无时无刻不在进行。一旦充实停止，追求自由的动力就消失了。或者说，在追求自由的过程中，一旦发现虚无，就必须毫不留情地立即“消灭”。按照传统哲学，自由就是符合标准和规定，实际上是对虚无的严厉挤压和排斥，并且不惜一切努力把虚无扼杀在萌芽状态。在传统文化看来，任何虚无都孕育对标准的偏离，导致对规定的冒犯，都是潜在地对充实的逃离和瓦解。

西方传统哲学也是如此。亚里士多德认为，人与禽兽的分别在于人有理性。动物的存在昏昏然，人的存在则是“清醒”的，为什么？这端赖于人有理性。人有理性，才能判断是非，知道什么是好什么是坏，他才能在好与坏之间划出一道分明界限。一个好人就是一个有理性的人，一个有理性的人就是能够按照标准对照和要求自己、按照规则去行事的人。

依照康德哲学，人不仅有一般实践理性，还有纯粹实践理性。康德认为，人不能想干什么就干什么，不能想怎么样就怎么样。想怎么样就怎么样，非但不能证明人有自由，恰恰证明人没有自由。因为想怎么样就怎么样，行为动机扎根于欲望，追求的是一时快感和短暂目的。这种行为虽有理性参与，但理性的参与是有限和片面的，理性实际上是跟在本能后面，被人的欲望驱使，为人的本能服务。因此，康德认为，仅仅凭靠一般理性无法把人与动物区别开来，一般理性只能证明人的追求比动物更快捷、更方便、更有力度、更有规模，证明人确实比动物更聪明，他的攫取更有效能，但在本质上却无法把人与动物区别开来，即人的追求与动物的追求在根源上是一样的，即都扎根于欲求中。

康德认为，只有纯粹实践理性才能把人与动物区别开来。所谓纯粹实践理性的特点是：人不能把获取利益或谋求幸福当作行为的准则，因为任何行为准则不仅要求对自己有效，而且应该对所有人有效。当一个人如此行事的时候，需要扪心自问：“既然我可以这样做，那么所有人都可以像我一样这样做吗？既然我这样做是合理的，那么其他人这样做也必定是合理的吗？”我不是在枪口的逼迫下不得已做这样的反思，我的反省发自内心，它是我的自觉的表现。按康德学说，纯粹实践理性要求人具备反思的能力，人不仅知道自己如何做，还应知道别人怎么做，他的所作所为不仅对自己负责，还要对别人负责。人的行为标准不仅对自己有效，而且对所有人都有效。总之，要成为一个善良和有德性的人，人不仅知道如何去做，关键是，他必须身体力行，必须用这些标准和规定每时每刻不断充实自己。换言之，站在传统哲学立场看，如果人的存在扎根于虚无，证明人与标准的要求还相距甚远，他还需要不断修炼自己，他相距自由还有一段遥远的距离。

传统哲学所理解的自由是肯定性的，这种肯定性的力量来自于外部的规定，或者来自于人的自我规定。"肯定"是传统哲学的主要特征，肯定的主要方式就是"固化"，而"固化"就是所谓的本质化。正如尼采所说，传统哲学家所做的主要工作是"把一件事物非历史化"，要达到这一目的，就必须消除世界的生成和变化，它们都是一个稳定世界的大敌。为了肯定这个世界，哲学家几千年来孜孜不倦地用"概念木乃伊"把这个世界凝固化，可以说"没有一件真实的东西活着逃脱他们的手掌"①。传统哲学家的目的是用概念编织一个一成不变的世界，自由只能通过参与、建立和巩固这个稳定世界才能显现出来。传统哲学的"肯定"尤其关注"过去"，认为过去制约现在和未来，现在和未来只不过是过去的延续和发展，"过去"是固化的根基，一般而言，传统哲学总是对过去充满敬意和崇拜。

萨特哲学认为，不是过去滋养了现在，不是过去赋予现在力量和意义，相反，是未来赋予现在和过去以意义，萨特的存在主义哲学不仅关注现在"是"什么，更关注现在还"不是"什么。在自由问题上，萨特哲学与传统哲学的最大区别是，强调人的自由不是"规定"出来的，而是对规定的超越，自由不是指向和"滑入"过去，而是面向未来的超越。在一个凝固僵化的世界中没有自由，打破这个世界的各种"肯定"和"固化"才能彰显自由。人的存在扎根于虚无，这个虚无（而不是各种规定）才是自由的根源和保障。传统哲学强调自由来自于肯定和充实，萨特哲学针锋相对，强调自由来自于虚无和否定。传统哲学强调肯定和充实带来自由，萨特哲学认同否定（虚无）是自由的唯一源泉。正如有学者所概括的，萨特哲学所认定的人的不可剥夺的自由，人的"基本和终极的自由，就是说一声'不'。这是萨特的人的自由观的基本前提：自由就其真正本质而言是

① 〔德〕尼采：《偶像的黄昏》，周国平译，光明日报出版社 1996 年版，第 20 页。

否定性的，虽然这种否定性也是有创造力的”[①]。

自由不是说“是”而是说“不”，这是萨特自由观与传统自由观区别的鲜明特色。以萨特哲学眼光看，传统社会对人的限制层层加码，对人的规定“叠床架屋”，不断提出各种本质化的烦琐要求，导致人生不堪重负。在这种情形下，人的存在面临着被各种信念和教条的无情充实，人们的行为动辄得咎，整个人生被窒息，个性被抹杀，存在被严重“物化”，哪里还有什么自由可言呢?

存在主义坚信，必须从社会的重重压迫下超脱出来才有自由，必须砸碎沉重的道德枷锁才能彰显个性，必须顽强地抵制各种充实存在的外部力量才能焕发生机，必须在自己的日常生活中把人与物的区别贯彻到底才有自由。自由的本质就在于时刻保持虚无的能力，就在于人不能被充实，不论什么样的本质和观念，不论它们再伟大、再美好、再权威、再重要，它们都是被超越的对象，而不是充实人们的依据。只要人们能够在自己的存在中、在各种境遇下不失时机地让虚无“溜”进来，人就能逃脱本质的充实。因而对于萨特哲学，不是具有了什么、获得了什么、达到了什么、符合了什么条件、满足了什么需要，人才具有自由，而是在重重压力下得以突破和超越，人才具有自由。超越就是对充实的挣脱，它是自由的灵魂，只有在超越中，自由才能真实地得到彰显。

如上所述，萨特哲学对人的存在的表述是“是其所不是，不是其所是”。这里，“是”就是对人的规定，传统哲学非常看重的就是这个“是”。萨特哲学认为，由于意识就是对某物的意识，因而人的存在离不开这个“是”，“是”在人的存在中无法排除。但萨特哲学更强调，人“是”什么并不是最重要的，重要的是人的存在的另一面，即在人“是”什么的同时人还“不是”什么，这个“不是”什么即是对人“是”什么的超越。人在“是”什么的时候已经被全面规定，哪里还有什么自由呢？人在“是”什么的时候已经被充实，其存在本质上与“物”无异。萨特哲学坚持，人的自由不是来自于他“是”什么，而是来自于他“不是”什么。自由不是人们千方百计地符合规定，停留或满足于被充实，而是对规定的质疑，至少是对规定保持质疑的能力和可能性，这就要保证人的存在始终扎根于虚无，

---

① 〔美〕威廉·巴雷特:《非理性的人》，段德智译，上海译文出版社 2012 年版，第 321 页。

虚无孕育和潜藏着对所有规定性的超越，它滋生和提供了对社会和文化主臬的偏离、动摇、颠覆、更新的可能性，这是萨特哲学所揭示的自由源源不断产生的秘密。

这里需要注意的是，萨特哲学对人的存在“是”与“不是”的表述不是一种外在的关系。外在关系虽然也能构成否定关系，但这种否定缺乏“活力”，是有限和“呆板”的。萨特哲学认为，人的存在中的“是”与“不是”完全是内在的否定关系，因此不是先肯定什么，然后再去否定，这种“先什么……再什么”的表述仍然是传统的理解。萨特哲学强调，意识的本性就是介入，但意识永远是在虚无中操作一切，意识可以否定一切，除了虚无。虚无不是外在地“包裹”和“缠绕”意识，而是内在地“渗透”和“规定”意识，这使虚无的否定和肯定达到了同步，所以虚无既是否定，也是肯定，它是在否定中肯定。人的存在扎根于虚无，这里的“虚无”不能理解为“空无”或“什么也没有”，而应该理解为对充实的逃脱，即超越。人能够挣脱自己的过去，不断战胜自己，超越是人最为显著的特征。人是自由的，意味着无论如何他必须从自己的过去走出来，人永远不能在自己的存在中终止超越的过程和要求。萨特说：“人不能时而自由时而受奴役，人或者完全并且永远是自由的，或者他不存在。”① 这就是说，人的存在必须时时刻刻扎根于虚无，他不能一会儿扎根于虚无，一会儿又扎根于某个本质，一会儿是自由的，一会儿又是不自由的。人永远是自由的，否则他的存在就是“物”的状态，在这一点上，萨特哲学旗帜鲜明，没有任何模糊之处。美国作家海明威在《老人与海》中对人的描述是：“人不是为失败而生的，一个人可以被毁灭，但不能被打败。”对人的这种描述与萨特哲学一脉相通，在萨特哲学看来，除非人不存在，只要人存在，人就是自由的，这个自由就是超越，没有任何力量能够终结人的自由，停止人们向未来超越的脚步。

萨特哲学所描述的自由具有积极开拓、昂扬奋发的意味。另一方面，这一自由也带有“被动”和“疲惫”的意味。在“是”与“不是”的矛盾交集中，人的存在尽管扎根于虚无，但“又挣扎着变成自在，以期获得那种属物的磐石一般不可动摇的坚实性。但是，只要它还有意识，还活着，

① 〔法〕萨特：《存在与虚无》，陈宣良等译，三联书店 1987 年版，第 566 页。

它永远无法做到这一点”[1]。自由扎根于“不是”，这个“不是”始终不渝地追求“所是”，但永远无法成功，“不是”永远无法成为“所是”，永远在追求和实现“所是”的道路上“功亏一篑”。人的存在是自由的，尽管人无时不刻想逃离这个自由，但最终还是被自由紧紧攫住，在这个意义上，人被注定了自由的命运。

2. 传统看法认为，人处于社会中，受到多方面的约束和压抑，缺少自由。由于缺少自由，所以人们理所当然要为自己争取自由。西方自文艺复兴和启蒙运动以来，追求自由的呼声此起彼伏，从未间断。中国自五四运动以来，打倒“吃人”礼教，追求自由美好的人生，就成为时代的强音。对自由概念的这种用法设定了这样的前提：人本身没有自由，人所处的社会缺乏自由，所以人应该也必须为自己争取自由。自由是珍贵的，不是现成的，自由不可能唾手可得，必须通过斗争、甚至付出艰巨的代价才能得到。对于人们，自由不会自动显现，不会自动生成，自由不是一位妙龄女郎，不会妩媚主动地来到你面前，心甘情愿地为你献身。自由需要争取，不努力奋斗，一生或许就与自由无缘。对自由的这种理解已成“常识”，对自由概念的这种用法已成“惯例”。

萨特哲学认为，如果认定人的存在本身不是自由的，自由只能从“外部”争取，那这种对自由的理解便意味着已经对人的存在做出了一系列设定，这些设定是有严重问题的，它们必定是不“牢靠”的。

譬如，如果认为自由需要从外部争取，那么，随之而来的问题是：现实中人是“各种各样”的，有的人能力强，可以为自己争到自由。有的人能力弱，难以甚至无法为自己争得自由。如此一来就会出现这样的情形：有的人经过艰苦努力，得到了自由，有的人无论怎样努力，自由始终遥不可及。自由不是对所有人“一视同仁”的，而只是部分人的“专利”。即便对部分人，他们也难以始终保有自由，他们只能在某一时刻得到自由，在某些特定的境遇下得到自由，只能在他们具有能力获得自由的情形下享有自由。一旦争取自由的能力减弱或丧失，到手的自由可能得而复失。如此看待自由，自由对所有人都不是必然的，自由对于人们实际上变成了“可有可无”的。

---

① 〔美〕威廉·巴雷特：《非理性的人》，段德智译，上海译文出版社 2012 年版，第 327 页。

更麻烦的是，如果设定人的存在本身是不自由的，自由只能通过各种手段（政治、经济、军事等）从外部争取，那么就有可能把自由变成一种从外部施与的东西。在萨特《苍蝇》这出戏中，神的代表朱庇特认为，俄瑞斯特斯作为人总应该服从点什么吧？意思是，俄瑞斯特斯不是神，神是万能的，无须服从、也不可能服从什么，神一劳永逸地逃脱了服从，神在这个世界上的使命就是统治。俄瑞斯特斯是人，人的存在是有限的，他来到世界上，什么都不服从，恐怕与人的身份不符吧。后来朱庇特发现，原来俄瑞斯特斯喜欢自由。既然喜欢自由，那么好吧，作为万能的神，能够恩赐给人类所需要的一切。朱庇特对俄瑞斯特斯说："我给你自由！"如果朱庇特能够从外部把自由"恩赐"给本身没有自由的俄瑞斯特斯，这种情形下，自由还是自由吗？如果自由可以作为一种外在的东西恩赐给某人，自由当然也可以"强加"给人们，这种理解必定使自由"变味"，它就不再是真正意义上的自由了，转而摇身一变成了朱庇特统治人类的手段了。试想，自由能够像一个物件那样随心所欲地恩赐给别人吗？要是俄瑞斯特斯不听从朱庇特的摆布，难道朱庇特不会收回自由吗？只有当俄瑞斯特斯服从神的统治，朱庇特才会恩赐给他"自由"。这种恩赐的自由实际上根本不是自由，而是奴役。任何把自由理解成从外部得到的"恩赐"，最终都会冒把自由理解成不自由的极大风险。

萨特哲学认为，人的存在扎根于虚无，所以人的存在本身就是自由的，自由无待外求，无需从外部争取。可以说，人的"本性"就是自由，人非但无需从外部争取自由，由于他本身就是自由的，所以他根本无法逃避自己的自由。在萨特哲学看来，人是自由的，这是一个永远无法改变的"事实"。人们可以改变外在的一切，人们可以对整个宇宙的"物"进行各种改变，唯一无法撼动和改变的是：人的存在是自由的。正是由于人是自由的，人才能对这个世界进行他所希望的翻天覆地的改造，自由是人能够改变世界不可或缺的前提。

也许有人不相信、不接受萨特哲学揭示的这一真相：人的存在真的是自由的吗？为什么许许多多的人没有明显感觉到这一点？相反，人们经常看见和感受到的是许许多多的不自由。对此，萨特哲学是这样解释的：人的存在是自由的，这一点无可置疑。现实中许多人拒绝承认这一点，他们处处感到不自由，这也是千真万确的。为什么会出现这种情形呢？萨特哲学认为，这是人们借助于自欺，宁肯"相信"自己是不自由的结果。"自欺”是萨特哲学的重要概念，它指人们“情不自禁”地遮蔽了存在的真相，把人的存在是自由的“扭曲”为是不自由的，进而“合理”地、心甘情愿地承认和接受外在力量（神、命运等）的摆布和奴役。

3. 为什么人的存在是自由的，但人们又常常把自己视为不自由的而陷入自欺中？

由于传统哲学理解的自由是肯定性的，自由就是使自己符合了某种规定，达到了某项标准的要求，自由就使自己的某个理想、某个意图得到了实现。因此，在传统哲学看来，自由往往意味着胜利和欢乐，意味着美好和幸福。人们常常认为，如果没有欢乐和幸福，为什么还要追求自由呢？缺少欢乐和幸福，自由还有什么意义和价值呢？自由意味着人们能够得到某种“好处”，它既可以是物质上的满足，也可以是精神上的快乐。总之，自由追求的是欲望的满足和充实的实现。

如果认定这个世界上人们已经发现和掌握了规律，并且可以利用规律掌控现实，甚至能够掌控未来，这种情形下，存在获得了强大支撑，人们理所当然地就处于放松、自得、自信、满足等状态。一个小孩子可以从父母那里得到保护，父母可以为他的一切需求提供保障。一个学生可以从老师那里得到教诲，老师成为他前进道路上的舵手。一个青年人可以分享阅尽沧桑、饱经世故老人的宝贵经验，老年人的丰富经历能够提供前车之鉴，避免他走弯路。所有人都能够从上帝那里得到源源不断的启示，上帝是人们在这个世界上的最终支撑，是人们在这个世界上唯一、永恒的信仰和基石。丢弃了上帝，人们将惶惶不可终日，陷入最大的危机和恐惧。

没有上帝支撑的日子将是人类的灾难。尼采说：“上帝死了，人人都可以做上帝。”取消了至高无上的上帝，结果人人都能够成为上帝，这不仅导致混乱，造成迷惑，更主要的是，这个世界从此失去了“定海神针”，失去了唯一的“指路明灯”，从此世界将沉沦，陷入黑暗，变得没有是非、没有标准、没有道德、没有权威。每一个人都可以做上帝的结果是，人人都以自我为中心，如此一来，统一和秩序将无法建立，世界将陷入永无休止的纷争，难逃衰落和崩溃的命运。在传统哲学看来，上帝或类似于上帝的观念、理念等支撑物或奠基物是人类生活稳定和谐的依据，也是自由的保障。

萨特哲学认为人的存在扎根于虚无，因而自由非但不是追求充实，渴望满足，而仅仅是对充实和满足的超越，即自由意味着必须把存在悬于虚无中，必须抽掉脚下坚实的奠基石，或者原先坚实稳固的地基此刻突然坍塌了，人们不再可能轻而易举、十拿九稳地处于脚踏实地、无忧无虑的“保险”状态。在萨特哲学看来，自由必须排除类似上帝这样的终极支撑物，必须打碎奠基人类生活各种类型的奠基石。问题是，一旦把脚下的奠基石抽掉或打碎，一旦意识到存在的巨大虚无，人们失去强力支撑后必然陷入恐慌。原来的安宁顿时消失，之前的自信瞬间崩解，有序和规律突然间被混乱和荒谬取代，对未来的坚定信心一下子化为绵绵无期的深重忧虑。萨特哲学强调，只有在这一刻，在逃脱了充实而直面虚无时人才是自由的。按照萨特哲学的界定，在这一特殊时刻，人是处于“焦虑”中，萨特哲学与传统哲学大唱反调，破天荒地把焦虑界定为自由的表现。自由不是充实和自信，不是幸福和满足，而是处于虚无中的焦虑和不安。

萨特哲学认为，下面两种状态中没有焦虑：一是对未来有充分的信心和把握，这种状态下，未来已被规定，实际上被充实，所以不会产生焦虑。二是对眼下处境产生和保持无限恐惧，人被恐惧彻底征服和充实，也不会产生焦虑。焦虑是对这两种处境的挣脱，处于对两种处境的超越，但又不是与这两种处境完全无关。

让我们举例说明。譬如，你毫无防备，一睁开眼，发现自己立于万丈悬崖边缘，在这一刻，立马陷入恐惧。你呼吸急促，两腿颤抖，身体僵硬，脸色苍白。此刻身体的“反应”表明你处于恐惧中，已被恐惧攫住，被恐惧充实。萨特哲学认为，当人被充实，完全处于恐惧下，不会产生丝毫的焦虑。或者是另一番情境：你睁开眼，发现处于悬崖边，你感到十分好笑和有趣，根本没有感到危险，没有受到丝毫威胁。之所以如此，不是你的天性超然物外，不为外界所动，而是你对眼下和未来有充分信心，认定自己有充分保障。你不慌不忙拿出手机，拨通号码，几分钟后，一架直升机就来载你。在飞机到来之前，你要抓紧这几分钟好好欣赏一下周围险峻的山景。这种状态下，也不会产生焦虑。焦虑只能产生于对这两种状态的超越，即我必须战胜恐惧，从恐惧中走出，在这个意义上，恐惧无法充实我的存在，我逃脱了恐惧的支配。但是，我逃脱了恐惧并不意味着我走到另一“极端”，即我的未来一片光明，前途无限灿烂，我对自己的处境有十足的把握，我的存在已经“万无一失”了。实际情形是，当恐惧充实我的那一瞬间过去，我虽然从恐惧状态中走出，但依然处于危险中，我面临的危险没有一分一毫的减少和消失。我只是摆脱了被恐惧完全充实、动弹不得的状态，但并没有摆脱现实的威胁，没有逃脱恐惧本身的威胁。所以，我必须时刻提醒自己：抓紧树枝，千万别掉下去。我担心脚下的石子，叮咛自己别滑倒。我开始寻求克服危险、解救自己的办法。但我不知道一时半刻能否找到办法，或者即便找到办法，这些办法是否奏效，能不能使我摆脱恐惧，对这一切我心中无数，没有把握。我在黑暗中摸索，在未来没有对我做出任何承诺的情形下努力探险，在这种状态下，焦虑油然而生。

在萨特哲学看来，在焦虑时刻，过去不可依赖，未来亦不可知，我无所依傍，只能靠自己，能够拯救我的只有我自己，而我自己恰恰就悬在虚无中，在这种焦虑状态下，自由方才显现出来。焦虑的意义是：我不能依葫芦画瓢遵照前人的经验和模式来决定我的人生，我不能让自己的一生陷入用名人、权威、道德等金色招牌构筑的牢笼中。我知道自己是唯一的，不能用任何东西替代，哪怕是世界上最完美、最理想的东西。我只能从自己的探索中发现未来，我只能用自己的全部勇气和智慧努力构筑我的未来。萨特哲学所说的焦虑不是无端的莫名烦恼，不是陷入一眼望不到边的无可救药的恐惧和悲观，不是滋长困扰、平添混乱、令人困顿不已的负面情绪，而是把人置于险境、激发人的无限潜能、促使人们努力向未来超越的境遇。

存在主义鼻祖之一的尼采曾称自己为“悲剧哲学家”。所谓悲剧哲学家必须与两种东西划清界限，一种是“廉价的乐观主义”，认为现实和未来都无限美好；一种是盲目的悲观主义，类似叔本华哲学的颓唐厌世。尼采认为，现实根本不是什么美妙的神话世界，充满了鸟语花香，处处莺歌燕舞。现实遍布苦难，人间充满了血和泪，但苦难不是导向悲观厌世，而是激发超人的坚强意志和战斗欲望，对未来的期望必须建立在现实的苦难上。希望如果没有苦难的绝望做基础，那就是虚假的。苦难如果不能唤起希望，就只能导向悲观厌世，导向命定论，这种苦难就没有意义。萨特哲学所谓焦虑也是如此，它不是一味导向乐观，也不是一股脑儿滑向悲观，而是处于乐观和悲观之间，它把乐观建立在悲观的基础上，在悲观中迎接乐观。没有苦难，一切欢乐都是浮云，没有价值。同样，没有乐观，没有未来和希望，苦难沦为单纯的受苦遭罪，它们亦缺少价值。

自由不是幸福和欢乐，而是与焦虑结伴而生。鲁迅先生曾指出：“贪安稳就没有自由，要自由就要历些危险。”自由不是安稳，不是享受，而是与危险相伴。尼采对“什么是自由”做出过这样的回答：“什么是自由？就是一个人有自己承担责任的意志；就是一个人坚守分离我们的距离；就是一个人变得对艰难、劳苦、匮乏乃至对生命更加不在意；就是一个人准备着为他的事业牺牲人们包括他自己。”① 自由不是平静和舒适，而是迎接苦难的挑战，是所谓“苦中作乐”，萨特哲学对自由的看法与存在主义鼻祖之一的尼采一脉相承。萨特哲学特别看重自由的苦难性质，自由不是享福，而是与焦虑相随，与苦难相伴。生活中通常人们遵循的原则是趋吉避害，人们躲避有害之物，追求吉利和幸福，这再自然不过了。萨特哲学把自由定义为焦虑，而焦虑意味着抗争和孤独，意味着主动迎接严酷的挑战，这不是任何人都能够做到的。追求享乐和幸福，人人趋之若鹜，可以轻松地沉浸其中，但面对未来的不确定性，面对一系列艰巨挑战，许多人宁愿逃避自由，宁愿自欺式地选择把自己视为（规定为）不自由的。

用萨特哲学所界定的自由概念衡量，一个欠缺牺牲精神的人就不敢面对自由。一个习惯性被动接受他人教诲、并以此为满足的人与自由精神格格不入。一个喜欢颂扬神明、坚持崇拜偶像的人实际上已经拒自由于千里之外，一个战战兢兢遵规守纪、事事谨小慎微、生怕违反了各种教条和律例的人，他这种“一本正经”的严肃态度和处世原则与真正的自由精神南辕北辙。一个从小就在心灵里播种了“天不变道亦不变”万古常理的人，就已经在灵魂深处把自由的大门悄然关闭了！萨特哲学界定的自由是对人的存在的真正挑战，这种考验不是每一个人都能够承受的，许多人“不知不觉”地把自己等同于物，以自欺的方式逃避自由。

4. 萨特哲学把“自为的存在”（人的存在）表述为“是其所不是，不是其所是”，这里“是”就是介入，“不是”就是对“是”的超越。由于意识就是对某物的意识，所以意识的存在就是介入，没有介入，就没有意识的存在。但介入的目的不是追求充实，如果介入后即被充实，那就不再是意识了。意识介入对象，又超越对象，介入的目的就是超越，介入“本能地”要求超越。

为什么意识介入对象又要求超越对象、而且能够超越对象？或者说，为什么意识介入对象又可以逃避被对象充实呢？

萨特哲学的解释是这样：意识指向对象，显现对象，这是所谓的位置意识。而意识之所以能够显现对象，源于其非位置意识。“位置意识”和“非位置意识”是萨特哲学的一对重要概念，萨特哲学用它们来说明意识是

① 〔德〕尼采：《偶像的黄昏》，周国平译，光明日报出版社 1996 年版，第 82 页。

如何显现对象的。

让我们举例说明。

譬如，举起相机，对准对象，在镜头中可以看到对象呈现出来，这种呈现大致可以理解为位置意识。位置意识的作用在于指向和显现对象，通过位置意识，现实中的一个特定对象得到显现。如果进一步问，这个对象为什么能够“如此这般”地得到显现？它为什么是这样而不是那样显现出来？那么，马上可以发现，这是由于位置意识必须以设定非位置意识为前提。什么是非位置意识呢？众所周知，任何一种显现都是从某个特定方位、特定角度、特定光线、特定……总之，意识显现对象是有条件的，它受到一系列“特定”条件限制，没有这一系列“特定”条件制约，意识无法“凭空”直接显现对象。这一系列的特定限制，大致就是所谓的非位置意识。

照相机的镜头只能显现对象，但不能显现制约着显现的一系列特殊的限制条件，即非位置意识。人们通过镜头只能看见显现的对象，但看不到使这个对象得以显现的特定方位和角度，这些使对象得以显现的不可缺少的限制性条件在镜头中是不显现的。也就是说，通过位置意识，对象得到显现，但对象所处的一系列限制性条件，即所谓非位置意识在直观中（镜头中）是不显现的，它们只能通过反思得到。非位置意识在直观中不显现并不意味着它不存在，它始终存在着，只是未“位置”化而已。通常，在直观中人们关注的是对象，并不关注制约着对象显现的一系列限制性条件。

萨特举例说，我在数火柴，一根、两根、三根……在直观活动中我关注的是对象，即火柴及其数目，并没有意识到我在特定的情境下“数”这种活动。但是一当你问我，“你在干什么？”这时意识马上“切换”，开始关注“数”这种活动，我可以立即回答，“我在数火柴”。再譬如，阅读一本有趣的小说，它吸引了我，我一头扎了进去，好像“消失”于小说中了。尽管如此，我并没有被充实，并没有摇身一变成为小说中的某个人物。这是因为，我对小说中人物产生兴趣，前提是我与小说人物保持一段距离。在这种状态下，可以说我既是小说中的人物，又不是小说中的人物，我在深入小说人物的同时，又始终与小说人物有本质的分别，即我与小说人物之间始终保有一条分明的界限。为什么会出现并保持这条界限？这是由于意识在显现小说人物的同时，它始终是从非位置意识出发的，位置意识是扎根于非位置意识的，即对小说人物的显现是从我的特定存在出发的，这个特定存在无论如何不能忽略和消除。就像照相机在镜头中呈现特定对象，无论如何不能撇开特定方位和角度去呈现对象一样。

非位置意识不能忽略和消除，因为它是任何显现不可或缺的前提条件。我领会小说的人物，只能通过我的阅读和想象、通过我的理解和把握、按照我的体验和感受方式，把小说人物从沉默的文字中“呼唤”出来。因而通过阅读，我对小说人物的塑造和建立，与我独特的生活阅历、我的审美方式、我的情感特点、我的内心世界的特殊构造、乃至特定时空条件下我的心境的微妙变化等密不可分。在意识中小说人物之所以能够得到显现，是因为这个显现是以许许多多的未显现为背景的，这许许多多的未显现构成了显现的前提条件。用萨特哲学的话来讲，就是位置意识扎根于非位置意识，所以必然受到非位置意识的制约。没有单独的、纯粹的位置意识，没有一个摆脱了一切限制条件的孤立显现，没有一个显现是没有背景和前提的，所有显现的位置意识都源于未显现的非位置意识。正是由于这个非位置意识，保证了任何位置意识既显现对象，又与对象保持鲜明的界限，意识不断介入对象，同时又永远逃离了被对象的充实。

位置意识扎根于非位置意识，表明人只能在特定条件下存在，决定了人的存在必然是具体的。一个墨水瓶与另一个墨水瓶的存在没有区别，因为它们都是按照一个模子生产出来的，它们都是对一个共同本质的体现，墨水瓶来到世上的目的不为别的，就为了体现其共同本质。没有决定墨水瓶的共同本质，这些墨水瓶就不能存在。对于墨水瓶，由于本质先于存在，所以本质必然主宰存在，而且是按照“千篇一律”的方式主宰存在。作为墨水瓶，其“命运”就是体现本质，并且是以同样刻板固定的方式体现本质，这使得在体现本质的各个墨水瓶之间没有任何差异，墨水瓶的存在没有独特性，它们可以随意替换，并且这种替换不会产生任何“损失”。

严格说来，墨水瓶的存在没有“个体性”，它们存在的唯一意义就是体现制约它们的共同本质。在这一点上，人的存在与一个墨水瓶的存在有本质不同。萨特哲学设定，没有什么“本质”可以先天地决定人的存在，因为人的存在原本就没有什么先天的本质。人来到世上与墨水瓶不同，人是直接存在的，他在存在中把自己推向未来，通过选择和行动，把自己造就成他希望成为的人。因而人的存在必然是独特的、相异的、个体化的、不可替代的。萨特哲学所说的自由意味着个体独特性的彰显、拓展和延伸，意味着个体世界的丰富和多彩。自由意味着整个世界是从个人的存在涌现出来的，世界是我的世界，打着我的鲜明烙印，萨特哲学主张的自由把个人的存在和努力扩展到极致。强调个人存在的独特性、不可重复性、不可替代性是萨特自由哲学的题中应有之义。正是由于自由与坚硬的本质和刻板的一般性对立，与独特的个体性和特殊性相通，所以人永远不会像墨水瓶那样被充实，成为本质化、一体化、同质化的凝固存在。

人的存在不仅是独特的，而且是有限的，自由只能建立在人的有限性上。萨特说："有限性是自为的原始谋划的必要条件。""我的有限性是我的自由的条件，因为不存在没有任何选择的自由。"[①] 在这方面，人的存在与神不同。神是万能的，意思是，神可以超越一切，凭空创造。神的创造模式是，要什么有什么，要光有光，要风有风，而且是"一下子"就有的。神的创造无须筹划和准备，没有酝酿和过程，因为神不会受到限制和约束，神没有有限性，其创造无需凭借什么。如果神的创造需要依靠什么，缺少了它们，神就无法创造，如此一来，神就受到限制，就不再是万能的了。譬如，如果设定神的创造需要依靠外在材料，那么一旦外在材料不足或欠缺，神就面临无法创造的问题。如果只有依赖外在材料才能创造，那么随之而来的就是如何创造的问题。这些问题实际上都是人的问题，不是神的问题。如果把创造建立在外在的有限性上，神的万能必然遭遇挑战。对于神，永远不会遇到外在的有限性，这类问题根本不存在，神的创造畅通无阻，不会产生或遇到任何困难，因为神不知困难为何物，如此它才是神。换言之，神只徜徉在绝对性领域中，神本身是绝对性的体现，超越了一切具体和有限。

人的存在是有限的，只能在特定的境遇下创造，这决定了人的创造具有时间性和历史性，在创造的过程中必然遇到诸多难题。有的困难在特定境遇下具有无法克服的性质，要克服它只能寄望于未来。由于人的存在具有时间性，人的创造只能发生在特定的过程中，任何忽视或者掩饰人的存在有限性的做法，意味着把人拔高为神。一个人再伟大，也无法在自己身上消除时空的有限性，一种认识再深刻，也只能出现在特定的历史条件下，根本不可能成为超越一切的永恒真理。萨特哲学论述的自由是在人的有限性和具体性条件下显现的自由，是在特定境遇下显现的自由，这种自由扎根于生活的偶然性，它是人而不是神的自由。其实对于神，自由是多

---

① 〔法〕萨特：《存在与虚无》，陈宣良等译，三联书店 1987 年版，第 426、428 页。

余的，只有有限的人才会面临自由的问题。万能和绝对的神根本不需要人的自由，自由对于有限存在的人才有意义，人无法把自由的概念套用在神上。

由于人的存在是有限的，在具体境遇下必然面临多种可能性，可能性的存在是选择的前提。如果只有唯一的必然性，选择就无立足之地。神不需要选择，只有人才能够选择，选择对于人才具有意义。萨特哲学所说的自由就是选择的自由，没有选择，何来自由？

萨特哲学对选择有几点重要界定，区别于通常人们所说的选择。

第一，萨特哲学认为选择超越了主观意愿的支配，个人不能凭借主观意愿开始或终结选择。在萨特哲学看来，不选择也是一种选择，不选择不是终止了选择，而是选择了不选择，不选择乃是选择的结果。

第二，通常人们关注选择的结果，萨特哲学关注选择的过程。通常人们认为，选择的成败体现在最终结果上，结果圆满，选择正确，结果不如人意，选择就是错误或失败的。萨特哲学不仅关注结果，更看重选择的过程。圆满的结果，幸福的结局人人喜欢，沉浸其中并没有什么了不起，任何人都可以轻而易举地做到这一点。但追求和实现结果的艰辛过程，并不是谁都可以承受的。看重结果实际上就是追求充实，看重过程则是强调超越，在萨特哲学看来，选择的过程比结局更能体现自由的价值和意义。

第三，通常人们认为，选择需要依据标准进行。选择之前需要设定和确立标准，标准越权威，越能得到认同，选择越有保证。除非混乱、糊涂、失败的选择，它们没有标准，或者标准错误，或者标准不当。严肃的选择，尤其是人生重大选择，需依据清晰、合理、权威、有效的标准进行。越是严肃的选择，越需要标准提供充分有力的指引和支撑。

萨特哲学对选择的理解恰好相反，认为选择汲汲于权威，迫不及待地以所谓标准作为支撑，实际上是取消了选择。无论什么标准，哪怕再理想、再权威的标准，再充分、再强大的支撑，非但不能使选择成为自由的，反而使自由丧失殆尽。选择应该出自于我的判断和取舍，是我用自己的行动做出了选择，选择不是扎根于外在的种种必然性，而是来自于我的自由，我的自由是选择的唯一承担者。

萨特哲学认为，人的存在不是扎根于本质而是扎根于虚无，决定了人的自由不是肯定性而是否定性的，人的自由不是幸福和满足，而是不安和焦虑；不是轻松和享受，而是艰难的选择和严酷的挑战；不是追求标准和被充实，而是逃离标准和向未来的超越。萨特哲学所说的自由在一系列方面与传统哲学所讲的自由有明显不同，不能不分彼此，混为一谈。

三、自由观念与人物塑造

萨特在文学创作中塑造的人物与其哲学对自由的界定密切相关，可以这样说，萨特哲学对自由的独特理解是其文学创作塑造人物的主要依据。萨特哲学对自由的看法大致可以分为两类，一类回答什么是自由，一类揭示什么是不自由。与这两个问题相应，在文学创作中，萨特对人物的塑造大致也分为两类：彰显自由和不自由的人物。

首先让我们看看，萨特哲学所界定的不自由意指什么。

萨特哲学认为，存在扎根于虚无，人才是自由的。以这个尺度来界定自由，那么，自由的反面就是虚无的反面，即被某种观念充实和支配。不论是被动地、听天由命地被充实，还是自觉自愿地积极追求被充实，被充实的方式和类别可以五花八门，但被充实则一，构成萨特塑造的不自由人物最基本的特征。

在《存在与虚无》中，萨特刻画了一个“侍者”形象：一个男子，在咖啡馆打工，他非常热爱这份工作，起早贪黑，一点不觉得劳累。他一大早来到咖啡馆，把大铜壶擦得锃亮，认真地做好每一项准备工作。这位侍者眼观六路，耳听八方，时刻关注顾客的需要。他托举着盘子，在来来往往的顾客中穿梭自如。也许对于别人，这份工作很辛苦，打这份工太吃力，但对于这位侍者，工作中的忙碌对他是娱乐和享受。这个侍者凭自己的本事吃饭，他对顾客的热情服务不仅得到老板的赏识，也得到顾客的赞美。总之，他得到了满意的回报。这个侍者很知足，认为世上三百六十五行，他就适合做侍者这一行，他觉得上帝把他造出来，目的就是让他干侍者这份工作的。

确实，在这个侍者身上，可以发现一系列人们经常夸赞的好品质，如对工作兢兢业业、对顾客服务周到等。以通常标准看，这个男人很成功，因为他找到了自己的事业，他在工作中发挥了自己的特长，他能够为社会做出自己的贡献，并且也从自己的努力中得到了满意回报。一个人一生能够如此，能够全身心地投入自己喜爱的工作，这还不成功、不自由吗？按照传统哲学的标准，这个侍者是自由的，但按萨特哲学判断，这个男人完全不是自由的。为什么呢？就是因为这个男人已经被侍者的概念充实了，他的一举一动、一言一行都体现着侍者概念的要求，他的存在就是为了体现、也仅仅是体现侍者的概念。依照萨特哲学，一旦存在被充实，虚无被挤压干净，自由就消失了，人的存在就转化为物。咖啡馆侍者停留在对自己的满足中，他在充实状态下已不再可能进行新的选择，他已经没有了自己的未来，不再可能超越了，他的存在已经被凝固、完全被侍者的概念“垄断”了，就像墨水瓶的存在被其本质所定型一样。

当然，在萨特所举的这个例子中，侍者还处于自欺中，他还是一个自欺者的典型。

在文学作品中，萨特塑造的追求充实的典型莫过于小说《厌恶》中的自学者。

自学者生活在科学时代，认为新的时代应该信奉科学，科学断然否定了上帝的存在，所以在科学时代再信仰上帝是愚蠢的。自学者排斥了上帝，但并没有追求和保持自身的虚无，而是顺应时代潮流，奋不顾身地一头扎进了知识的汪洋大海，他为自己的存在规定了明确目的：用尽一切力量、克服一切阻碍，追求知识，用全部知识充实自己。

通常人们认为，生有涯，知无涯，以有涯随无涯，不仅自寻烦恼，而且必然失败。作为特定的个人，只能通过选择去掌握有限的知识。自学者与世俗的看法反其道而行之，他的读书有一个突出特征：不是根据需要选择性地去读书，而是按照图书馆书目排列的字母顺序去读书。洛根丁认识他的时候，他已经读到了字母L。这种读书方法表明，自学者天天泡图书馆，日以继夜地发奋读书，唯一目的就是占有知识，用知识充实自己成为他的存在目的。自学者遇到知识就像海绵遇到水，他的存在就是不断地吸收和充实。这种忘我地、不停顿地、无限制地追求充实，在萨特看来，乃是抗拒自由的典型表现。萨特对自学者有极其负面的评价，小说形容自学者遇到知识就像饥肠辘辘的饿狗看见了诱惑的骨头，绝不可能放过。饥饿的狗发现骨头，会用尽一切力气，猛扑上去，大快朵颐，一直充实到肚皮鼓胀为止。自学者是“活到老，学到老、充实到老”的典型，他的理想就是用人类的全部知识永无休止地填充自己。

在萨特笔下，自学者与人们通常所说的好学者不同。自学者对知识永无餍足的追求源自于自身，他用知识充实自己是完全自觉自愿的，所以他才是“自学者”。“自学”两个字的意思不单是“自己学习”、勤学不辍的意思，它表明的是萨特哲学设定的一种特定存在类型，表明自学者这类人的存在就是自觉自愿地追求充实。萨特并不反对人们学习科学知识，他反对的是自学者这种无止境追求充实、努力封闭自己人生和存在的价值取向。

好学者追求知识往往是为了解决某个问题，他是有目的、有选择地去读书的。这个目的可以是现实提出的比较迫切需要解决的问题，也可能是一个长远目的，没有现实的紧迫性，譬如读书就是为了开阔眼界、修身养性等。总之，通常人们读书是有目的和选择的，在这方面，自学者与人们有显著区别，他的读书没有选择，没有通常人们设定的目的。即自学者的读书不是为了解决任何问题，也不是为了满足个人趣味。或者可以这样说，自学者读书的唯一目的或乐趣就是为了“填满”自己的存在，因为他恐惧“虚无”，他对自己的存在扎根于虚无“一丝一毫”不能容忍，如此才能解释为什么他日复一日、乐此不疲地泡在图书馆里。

自学者与上文所说的咖啡馆侍者本质上是一类人，自学者用知识充实自己，侍者用咖啡馆的工作充实自己，在萨特看来，这种恐惧虚无、追求充实的精神已成为现代人的一大特征。现代人就是自觉追求充实的人，也是逃避自由的人。

萨特塑造的第二种不自由的类型可以以雨果为代表。

《脏手》中雨果的突出特点是追求理想，他与党的书记贺德雷恰好处于对立的两极。贺德雷执着于现实，面对的是现实中的人。所谓现实中的人就是有限的人、具体的人，就是具有七情六欲和各种缺点毛病的人。在贺德雷看来，政治家不可能先把现实变得无限美好，让现实符合自己的理想，然后才开始从事政治活动。政治家的所有活动都必须从“污浊”的现实起步，这是对政治家智慧的考验。一个不能从现实出发的人不能成为政治家，他可以是理想家、空谈家，他可以畅想未来，抒发或缠绵或激烈的浪漫主义情怀，他可以停留在道德和理想的崇高境界，这对他就足够了。这种胸中装满宏大理想的人如果无法从现实做起，无法一点一滴地做具体工作，就不能成为政治家。一味追求理想的人面对不那么理想的现实往往处于谴责的激愤中，却拿不出解决问题的具体办法。贺德雷作为一个成熟的政治家，他的显著特点就是务实，他必须面对现实、认清现实、尊重现实，他不能掩盖或嫌弃现实的污浊，他必须脱下理想的洁白手套，心甘情愿、毫不犹豫地把手伸进肮脏污浊的现实中。把手“弄脏”是对政治家从事政治活动的基本要求，政治家的艺术必须从弄脏自己的手开始。

雨果不介入肮脏的现实，只介入自己纯净的理想。或者说，对于他，理想就是现实。雨果是一个理想主义者，他与人打交道，但不是与平凡的人、现实中具体的人打交道，他只与观念中理想的人打交道。雨果追求理想导致与现实决裂，他实行的第一个重大行动是与父母和家庭决裂。雨果出生于一个资产阶级家庭，从小生活优渥，根本不知道饿肚子的滋味，他的生活彻底消灭了饥饿，这为他追求理想打下了坚实基础。雨果的许多朋友参加革命是为了解决生活的难题，即为了填饱肚子。雨果在参加革命之前肚子已经被填得饱饱的，这决定了他只对“远离饿肚子的事”发生兴趣。他参加革命的目的不像其他人是为了填饱肚子，雨果是为了人的尊严和体面、为了实现崇高理想投入革命的。

雨果追求理想采取的第二个重大行动就是清算自己，他要告别自己的过去，为此他加入了党组织。雨果渴望参加实际斗争，希望能够像俄国十二月党人那样站在马路边，引爆炸弹，用自己的实际行动实现理想。然而现实中的雨果却是一个读书人，舞文弄墨得心应手，缺少的就是行动的能力，所以党组织安排他做力所能及的文字工作，这让雨果非常痛苦。他质问道：“难道我的能力就是打打字？”雨果的朋友奥尔加讽刺地反诘道：“难道你会拆铁轨吗？”

雨果无法通过实际行动证明自己，他只好通过无情地反思自己、改变自己来追求理想。他加入党组织的目的就是要“消灭”自己，他要把自身原来的观念统统清理干净，把活跃在大脑里“杂乱无章”的念头一个不留地全部驱逐，他要在灵魂深处爆发革命，彻底涤荡资产阶级家庭带来的污泥浊水，为党组织保留一个没有任何杂念的纯洁躯壳。

雨果想通过对党组织的最大献身来实现自己的理想，他幻想通过消灭自身的一切不适应而把自己完全塞进理想的观念中去。从萨特哲学看，这种做法实际上是把理想本质化，用理想和未来充实自己。雨果为实现理想勇于牺牲一切，他身上显现了巨大的道德勇气，在一个庸庸碌碌缺乏理想的时代，这一形象确实能够唤起人们的崇敬之心，激发人们树立和追求崇高理想的信念。但雨果追求理想不过是用观念对自己的无情充实，从这方面看，他也属于萨特哲学所定义的不自由的人。

萨特塑造的第三类不自由的人物以《死无葬身之地》中的游击战士为代表。

戏中昂利等几位游击战士被捕，敌人对他们施加酷刑，逼迫他们交代游击队首领的下落。战士们选择了决不招供，宁死不屈，令敌人恼羞成怒，无计可施。按照一般套路，观众多会循着敌我斗争的线索去理解这出戏。萨特的这出戏不落俗套，虽然它确实表现了战士们与法西斯分子不屈不挠的顽强斗争，但这只是戏剧的表层，要真正理解战士们的特殊心理，还必须深入到戏剧表现的深层，即戏剧所揭示的存在主义关于自由的独特思考。

战士们被捕之后的一大苦恼是，他们没有秘密，“因为他们知道的敌人也知道”，但法西斯分子并不了解这一点，仍对战士们施加酷刑。没有秘密可守，酷刑又不能免，这就是所谓的“白受罪”。为了避免白受罪，必须使受罪具有意义，方法是赋予受罪以目的，在这种情形下，战士们需要转换视角，把忍受酷刑视为一场“游戏”。从“游戏”角度看，酷刑变成了这样一场较量：敌人通过酷刑要摧毁战士们的意志和尊严，而战士们在酷刑下必须“挺住”，不能放弃认输。如果万一忍不住，不得已叫了一两声，按照游戏规则，法西斯分子就加了分。如果战士们能够咬紧牙关，一声不吭，坚持到底，使敌人出丑和丢脸，他们就加了分。通过赋予受刑以目的，战士们的行为表现出“英勇”“坚毅”等，从而具有了一定意义。

正当战士们遭受酷刑折磨之际，游击队首领若望被抓了进来，和战士们关押在一起。敌人之所以把若望与战士们关押在一起，是因为并未识破若望的真实身份，这让战士们大喜过望，感觉“得救”了。这里“得救”有特殊含义：不是若望有什么锦囊妙计可以营救游击队员出狱，或若望的到来给营救游击队员带来了希望，增强了他们与敌人斗争的信心。若望的出现对营救游击队员们没有一丝一毫的帮助，战士们之所以感到“得救”，仅仅是因为敌人没有识破若望的真实身份，这使战士们突然发现，此刻他们心中有了一个“真正的秘密”。也就是说，之前游击队员烦恼的是白受罪，现在由于若望的出现，他们心中有了一个真正的秘密，他们因为坚守一个真正的秘密而受刑，当然就不再是白受罪了。他们的受罪因为若望的出现，因为有了一个真正秘密而得到有力支撑，意义得到了充实。现在的酷刑折磨就是对他们自由的真正考验，他们因为这一点而感到喜悦和自豪。

若望的出现成为弗朗索瓦的“救命稻草”，弗朗索瓦是游击队员吕茜的弟弟，年仅 15 岁。若望的被俘使弗朗索瓦萌发了求生的希望，为了活下去，他决定告发若望。弗朗索瓦当然知道，告发若望就会成为叛徒，当叛徒必然蒙受耻辱，他对这一点看得非常清楚。但弗朗索瓦认为，他还年轻，当叛徒虽然会蒙受耻辱，但时间久了，“耻辱会过去的”。当游击队员们确认弗朗索瓦会出卖若望，为了保护若望，同时也是为了保护弗朗索瓦（避免他受酷刑，成为叛徒），大家决定，必须“牺牲”弗朗索瓦，昂利用受伤的手毅然决然地掐死了弗朗索瓦。

当战士们心中装着秘密、果断地采取了他们能够采取的最“激烈”、最“极端”的行动（掐死弗朗索瓦）后，现在他们决定“一死了之”。在这一刻，剧情突然逆转，谁也没有想到，敌人竟然把若望放了。紧接着的变化是：原来敌人以为通过严刑拷打可以撬开战士们的嘴巴，可这样做一无所获，现在法西斯分子改变了策略，战士们“只要招供，就可活命”。此外若望临走时设下一计，出狱后把一具尸体拖入山洞，在尸体身上放几份文件，如果战士们在酷刑折磨下扛不住，就向敌人招供，敌人会把这具尸体当成是若望。在若望看来，一旦招供，战士们就没有利用价值了，敌人很快就会枪毙他们，战士们就一劳永逸地脱离苦海了。游击队员卡诺里分析了形势，从这些变化中看出了一线希望，认为在若望已经释放的情形下应该改变之前的决定，继续坚持一死了之已无意义，因为战士们“不能白白浪费生命”。卡诺里认为，战士们完全可以假装招供，骗过敌人，争取“活下去”！

对待卡诺里的建议，昂利和吕茜都表现得“无动于衷”，他们在变化的形势下拒绝变化，仍然停留在过去，坚持之前的目的，死死抓住“一死了之”牢牢不放。为什么昂利和吕茜在变化的形势下无法变化？那是因为“过去”紧紧地“束缚”了他们，使他们陷入无法动弹的状态。这里的问题是，为什么过去具有如此大的能量能够紧紧地“束缚”他们？那是因为为了掩护若望，他们使用了一切可以使用的手段，他们使用了为解决这一问题所能够使用的最极端的手段，他们为实现目的付出了所能够付出的一切。所以他们认为一死了之就是他们最后的、唯一不二的选择。战士们以为可以用自己的行动彻底封闭未来，他们以为杀死弗朗索瓦之后就再也没有未来了。他们相信，杀死弗朗索瓦是他们的最终行动，这个行动具有终极意义，可以为他们的人生画上一个完美的、永恒的休止符。他们的悲剧在于：掩护若望的目的转瞬即逝，这个让他们付出重大代价的目的是如此地不牢靠、不稳固，它是如此地脆弱易变，不值得“信任”和“固守”，它无法拒绝时间在它身上刻下的短暂易变的痕迹。战士们把这一目的当做时间的休止符，但它却无情地“欺骗”了战士们，义无反顾、毫不留情地沿着偶然性的轨迹运行，把付出了惨重代价的战士们“原封不动”地留在了原来的时间点上。

毫无疑问，这些战士是革命者，但他们不是萨特哲学意义上的自由者。他们以为付出了重大行动后就可以划定此生，拒绝未来，以为可以在现在与未来之间做一个人为的切割，把现在与未来一刀两断，从而把自己完全封闭在静止的当下，使其不断地滑入过去，这种做法根本“不切实际”。从存在主义观点看，不论发生了多么重大的事情，不论采取了多么重要的行动，也无法在现在和未来之间进行机械的切割，无法把它们一分为二。这是因为构建现在和未来之间关系的不是一条外在的物质锁链（一条物质锁链无论多么结实，都可以被斩断，它客观上存在着被斩断的可能性），而是一条虚无之链。面对这条虚无之链，无论采取什么样的人为手段都不可能触动和损害它的一丝一毫。战士们以为可以用某一种行动充实自己，把自己“定格”在特定的瞬间，从而拒绝未来，以“此刻”为自己的一生盖棺论定。从萨特哲学看，这种试图用某一行动一劳永逸地定位和充实自己，意味着拒绝自由。人的存在扎根于虚无，人本身就是自由的。幻想拒绝自由，拒绝未来，把自己凝固在某一时刻，不论动机如何，都不可能“得逞”。

上面概要论述了萨特文学塑造的三类不自由的人物，他们的共同特征是被充实。下面让我们看看萨特文学塑造的自由人物形象，他们的共同特征是拒绝充实，或者想方设法从充实的境遇挣脱。

首先让我们看看《禁闭》中的加尔散。

加尔散是第一个到“地狱”的，紧接着的是伊内斯，她看到加尔散的第一眼，就把他称为“刽子手”。加尔散忙不迭地解释，他不是什么“刽子手”，他的手干干净净，没有沾染任何人的鲜血。他是一个地地道道的文人，是一家报纸的编辑。

是不是因为“刽子手”的名称不好听，加尔散才断然拒绝？若伊内斯换一个称呼，加尔散就会欣然接受？是不是因为伊内斯初来乍到，对加尔散既不熟悉也不了解，贸然用“刽子手”称呼他，这种做法很不得体，招致加尔散的反感，所以他才表示拒绝？要是伊内斯有足够的耐心，认真仔细地了解加尔散，“实事求是”地称呼他，加尔散就不会那么强烈地抵制了呢？

需要指出的是，加尔散不是因为伊内斯是个直性子，心直口快，缺少教养和礼貌，所以拒绝她。也不是因为“刽子手”的称呼过于粗鲁，冒犯了加尔散，所以拒绝她。更不是因为伊内斯的称呼“不切实际”，没有准确地揭示加尔散的真实身份，因而对她心怀不满。在戏中，加尔散的存在有一种倾向，他对别人不分青红皂白戴在他头上的所有“帽子”都是一概拒绝的。在萨特笔下，加尔散反对别人对他的存在“盖棺论定”，反对他人用一个概念“无情地”限定他的一生。

加尔散的存在就是要反对世人对他的定论。

第二次世界大战，法国沦陷，许多法国人挺身而出，抗击纳粹德国侵略，走上了抵抗之路，成为反法西斯斗争的坚强战士。面对德国法西斯不可一世的嚣张气焰，也有一部分法国人主张放弃武装斗争，与德国人务实合作。有的政治家甚至公开叫嚣：“拯救法国的唯一办法是投入德国的怀抱。”①在法国人面临选择的关键问题上，加尔散持什么立场呢？他积极宣扬“和平主义”观点，与武装抵抗法西斯的时代潮流大唱反调。加尔散非常固执，眼看在法国无法容身立足，他并未“识时务”地偃旗息鼓，仍然顽固坚守自己的立场，打算跑到国外继续宣传他的那套“和平主义”观点。没想到在边境线上被抓，身中多颗子弹，一命呜呼。从此世人便以“胆小鬼”和“懦夫”称呼他，加尔散的一生便被这两个称呼套牢和限定了。

加尔散死了，离开了这个世界，人世间的定论他无法推翻，他的一生已被注定，他已经被世人加在他身上的两个称呼完全充实了。但在戏剧中，在舞台上，加尔散是一个“活死人”，他在地狱中仍像一个活人那样关注自己，仍然一门心思地要推翻世人扣在他头上的两顶帽子。在地狱中，面对两个女人，加尔散唯一的祈求是，她们当中哪怕有一个人站出来，能够证明他不是胆小鬼，他就“得救”了。

世人把加尔散定义为胆小鬼，加尔散心里根本不服气，他有许多理由为自己辩护：一个人为了坚持和捍卫信念，不惜与众人分庭抗礼，把自己置于最危险的境遇下，甚至不惜“牺牲”自己，这样的人是胆小鬼吗？世间有这样的胆小鬼吗？退一步说，即便宣扬和平主义在人们眼中是所谓的胆小鬼，难道他的一生只做了这一件事吗？为什么世人偏偏揪住这一件事不依不饶、对他穷追猛打呢？难道可以用一个行为去概括和评断一个人的

---

① 〔美〕威廉·L. 夏伊勒：《第三共和国的崩溃：1940 年法国沦陷之研究》，戴大洪译，新星出版社，2010 年，第 979 页。

一生吗？这样做公平吗？加尔散顽强地认定自己不是“胆小鬼”和“懦夫”，但他的“理直气壮”没有用，他的激烈抗议既没有意义，也没有效果。他要推翻世人的评价，只有一条路可走，那就是求得伊内丝和艾斯黛尔的认可。

加尔散先是把希望寄托在艾斯黛尔身上，但艾斯黛尔不理解加尔散的苦衷，抱怨他“思想太复杂”，这让加尔散绝望。他转而求助于伊内斯，伊内斯是一个聪明人，完全理解加尔散，知道他需要什么。但她偏偏不让加尔散的愿望得到满足。为什么呢？原因很简单，因为她恨加尔散。在伊内斯看来，加尔散在地狱中是“多余”的。如果没有这个男人，艾斯黛尔毫无疑问会倒向她这个同性恋者的怀中。

加尔散无法在人世间推翻世人对他的评价，在地狱中，同样不能如愿。即便如此，他并未认输放弃，没有“认命”。全戏最后一句台词出自加尔散之口，面对两个让他无法如愿的女人，他说：“好吧，让我们继续下去吧！”加尔散仍打算默默努力，期待着能够逃脱世人对他的定义，他还要把这场斗争不屈不挠地进行下去。

加尔散这个形象在政治和道德上有严重缺陷，这样的人物是自由的吗？政治和道德上有严重缺陷的形象通常属于“反面人物”，在传统观点看来，一当被划定为反面人物，就与自由无缘了。传统哲学不仅重视充实，更看重对充实类型的划分。不是所有的充实都是自由的，只有符合要求的特定种类的充实才是自由的。但在萨特哲学看来，自由就是超越限定，就是游离于充实的虚无。自由永远处于逃离充实的征途上，自由仅仅与所有对人的限定和充实的逃离有关。不管什么人，不论他的政治身份和道德立场，只要他能够想方设法逃离充实，他就处于自由的途中，因而即便像加尔散这样的反面人物也可以是自由的。

在《禁闭》中，世人看到的多是加尔散虐待妻子的不道德一面，看到的多是加尔散宣扬和平主义的胆小鬼一面，常常把他定位于一个反面人物。在萨特笔下，这个反面人物其实还有自由的一面。加尔散在人世间已经死了，但他在地狱中还活着，自由之火仍在他身上燃烧和延续着。

萨特塑造的第二种自由人物可以以《自由之路》第一部《不惑之年》中的马蒂厄为代表。

马蒂厄是一所中学的哲学教师，已经人到中年，近来遇到了一件让他颇为烦恼的事情：与他同居多年的女友玛赛尔怀孕了。

小说以为玛赛尔堕胎筹钱为线索，生动地揭示了马蒂厄追求自由的心路历程。当初这部小说以“自由之路”为名，引来读者期待，加之小说发表的时间恰好是波澜壮阔的第二次世界大战结束之际，大家以为小说叙述的是法国人反抗纳粹、争取自由的故事，没想到萨特讲的是一个与抵抗运动没有多大关系的堕胎故事。人们百思不解，这样一个与争取自由没有多少关系的小说为什么取名“自由之路”？

造成读者失落的是不是由于萨特为这部小说命名不当呢？是不是萨特把本来与自由没有什么关系的事件“错误”地理解为自由呢？正像许多人质疑的，一个堕胎故事，能够反映和揭示什么自由呢？它与第二次世界大战法国人争取自由的壮烈斗争有什么关联呢？自由是大家都喜欢、都追求的，莫非萨特“张冠李戴”，为了迎合读者，就给自己的小说取名为“自由之路”呢？种种质疑反映了人们对这部小说理解上的困惑，尤其表明了人们对小说表现的“自由之路”的严重不解。可以肯定地说，萨特既不糊涂，不会犯命名错误的低级失误，也不会“趋炎附势”，一味迎合读者，贸贸然用了“自由之路”的名字。萨特为小说的命名当然经过了深思熟虑，小说的取名与揭示小说的主题有密切关系，指望萨特在这样重大的问题上出现低级失误完全“不靠谱”。

读者阅读萨特的作品产生不解或失落，是因为他们对什么是自由已经有自己的认知，带着通常人们已经形成的自由概念阅读萨特的作品，期待难免落空。

自由是大家非常熟悉的概念，自从法国大革命以来，自由便是法国人特别珍视的观念，是大家最为认同的价值。第二次世界大战中，自由是法国人信念的中流砥柱，是法国抵抗运动最响亮的口号，也是凝聚人心、鼓舞士气的天然法宝。萨特等存在主义作家积极参加抵抗运动，自由也是他们的座右铭，是他们投入战斗的最主要动力。当时人们高举自由大旗，各路人用的是同一个自由概念，但实际上存在主义赋予自由的含义与通常人们所说的自由含义有深刻不同，这一点大多数法国人鲜有所知，或者说，这种分歧在当时并不重要。在战争进行得如火如荼的关键时刻，自由这面大旗能够团结和凝聚最大多数的法国人，时代的氛围赋予大家对自由一种直观的理解：自由就是参加抵抗运动，就是反抗德国法西斯，这种对自由的直观认识无形中掩盖了人们对自由理解的深刻分歧，或者说，在那样一个时刻，还不具备揭示和充分暴露这些分歧的恰当历史条件，还不适宜立即讨论、揭露和清晰界定这些分歧。一当取得胜利，当自由的概念具体化，当人们面临进一步明确什么才是真正的自由时，对这一概念的分歧和争论才现实地摆在眼前。战争结束，当读者脑子里仍然带着通常的自由概念来阅读萨特的小说，审视萨特作品表现的自由，产生严重“落差”是必然的。对萨特小说的失望，对萨特所展示的“自由之路”的严重不解乃至质疑，是人们对自由不同理解的一个缩影和反映。

人类社会运行几千年，男大当婚，女大当嫁，已成通则。在世人眼中，一夫一妻制是生活的“惯例”，用不着命令或逼迫，到了一定年龄，人们不约而同、“自然而然”就会结婚，组建家庭，这已成为生活的“规律”。存在主义质疑：“自然”就一定合理吗？“规律”就一定正确吗？许多人认为，一夫一妻制延续了几千年，为世人普遍接受，已经证明了它存在的合理性，这难道还有什么值得怀疑的吗？对此存在主义会反诘：也许在过去几千年里一夫一妻制证明了它存在的合理性，但凭此就能够证明并且断定，它在未来也一定是合理的吗？过去的合理性一定能够保证它在将来的无限变化中丝毫不会衰减、不会动摇、不会遇到严峻的挑战吗？在存在主义看来，一夫一妻制婚姻在过去几千年垄断了人类的两性关系，成为人类两性关系的经典模式，变成了地地道道的“文化霸权”，它产生的不幸和悲剧已经不可胜数，这种固定人类两性关系的模式绝不是完美无缺的制度，更不是不能质疑、不能撼动、不可挑战的制度。人类社会没有什么天然和绝对完美的制度，所谓完美不过是人的设定，是文化霸权的表现。

马蒂厄与玛赛尔同居多年，早已到了结婚年龄，但就是不结婚。站在传统立场看，马蒂厄的处世原则大有问题。与女方同居多年但不结婚，这是对于自己的放纵，对于对方的不负责任，严重违背道德，违背人类行为的基本准则。何况马蒂厄还是中学哲学教师，作为一个教师，本来应为人师表，应该是遵守道德的楷模，可惜的是，马蒂厄的行为却与人类的基本规范相违忤。然而在马蒂厄看来，他的选择并没有什么错，他活在这个世界上，为什么一言一行都必须向他人看齐？都必须得到他人的首肯？为什么他与玛赛尔的关系必须得到社会规则的承认和法律的保护，然后才能成为合理的？为什么他们必须到政府那里领个证，按照习俗“一本正经”地举办婚礼，他们的关系才能得到大家的认可？为什么他必须像大多数人一样，把他与玛赛尔的关系纳入传统的婚姻模式，然后他才能踏实地继续在这个世界上生存下去？为什么马蒂厄必须按照规定的套路对妻子保持忠诚，必须像其他人那样，生下几个孩子，学会做一个慈祥的父亲，星期天领着孩子们上公园玩？除了一夫一妻制规定的固定套路，这个世界已没有其他向对方保持忠诚的方式，没有其他保持两性关系的方式，所有通向其他道路的可能性统统被“切断”和“堵死”了。一想到自己的未来会与大多数人的生活一模一样，一想到自己的一生会被无情地套进大多数人婚姻的固定模式，马蒂厄就感到“不寒而栗”。

马蒂厄的形象带有萨特的影子，生活中的萨特也是一位中学哲学教师，与波伏娃同居多年，到了结婚年龄却不结婚。萨特与波伏娃构筑了一份特殊的“爱情契约”，它在一系列方面与传统爱情和婚姻模式保持了鲜明对立：传统一夫一妻制要求夫妻亲密无间，要求双方相互占有，前提是他们相互保持忠诚，这种模式使一夫一妻制的婚姻关系必然是私人和隐秘的。由于把对方视为自己的全部和所有，一夫一妻制必须排除第三者。一旦第三者“成功”介入，意味着夫妻关系有了裂痕，这种裂痕会直接威胁和破坏一夫一妻制婚姻模式的基础，即相互忠诚。

生活中，要求一个人把一生的全部注意力仅仅投射和聚焦在对方身上，时刻保持感情的纯洁，心甘情愿、完全彻底地向对方奉献自己，这是非常困难的。我无保留地让对方充实自己，同时最大限度地充实对方，彼此的存在合二为一，做到所谓白头偕老，严格说来，这种要求对于一个凡人而言是有很大难度的。事实上也是如此，一夫一妻制很难做到纯洁和忠诚，它必然常常伴随猜忌、怀疑、掩饰、伪装、嫉妒、欺骗等行为。现实中，经常看到的所谓白头偕老，也很难做到一夫一妻制倡导的相互忠诚和平等，常常是一方顺应、迁就、迎合、包容另一方，它常常是以忽视乃至“牺牲”一方的存在为代价的。

萨特与波伏娃订立的“爱情契约”包含这样几个特点：双方保证忠诚，这个忠诚与传统爱情追求的忠诚的最大不同是，它不是完全排他性的。“爱情契约”之所以不举办正式仪式，就是因为所有传统婚姻仪式都象征和保证排他性的忠诚。“爱情契约”主张双方之间谱写爱情的主旋律，又允许或者不排斥相互谱写其他“爱情插曲”，这与传统婚姻模式有显著不同。更为重要的是，谱写爱情插曲不是背地里的“偷鸡摸狗”，不是一种“见光死”的丑陋行为。“爱情契约”要求双方把种种爱情插曲毫无保留地弹奏给对方听，不会有任何保留或遮掩。当一方把自己的心灵世界和盘托出时，对方不是勃然大怒，横加指责，粗暴干涉，而是以理性和宽慰的心态，坦然面对和接受。二战期间，萨特在前线，波伏娃在巴黎，通过频繁的信件互动，萨特把与其他女人的交往以及自己的想法一五一十、不厌其详地统统告诉波伏娃。站在传统立场看，这种做法既违背道德，也是对波伏娃的极大不敬，是对他们爱情关系的严重冒犯。但波伏娃不这样看，她并没有因此愤愤不平，谴责萨特的“花花肠子”，而是坦然面对这一切，了解并且尊重萨特情感世界的变化，这种表现正是“爱情契约”所主张的。同样，波伏娃也不会刻意隐瞒萨特，她也有自己的朋友，在与萨特保持关系的同时，她还有自己“刻骨铭心”的爱。

“爱情契约”不再追求男女感情的纯洁（指感情中没有丝毫“杂质”，特别是不会掺杂第三者的“沙子”），反对遮掩，认为遮掩是欺骗的渊薮，而欺骗则是一切罪恶的萌芽。“爱情契约”强调公开和透明。公开就是拒绝把二人世界的隐私看成是神圣的。透明则是毫无保留的“兜底”，二人世界的一切非但不再是神秘的、难以启齿和公开示人的，而是可以在任何时刻向所有人“敞开”。这里没有秘密，消除了欺骗，使嫉妒等情感“大打折扣”。要做到这些，前提就是不再把对方视为自己唯一可以独占和拥有的对象，不再把狭隘的相互忠诚视为爱情关系的唯一基础。“爱情契约”不再编织纯洁感情的神话，认为用纯洁感情构筑的爱情大厦外表貌似巍峨壮观，实则很虚幻很脆弱，它要借助于人们的自欺才能屹立不倒。存在主义对传统婚姻模式的强烈质疑是，一夫一妻制的基础是相互忠诚，这个“相互忠诚”要冒极大的风险，实际上是最大的自欺。“相互忠诚”不仅要求感情的纯洁，而且要求把感情的纯洁度维持和巩固在同一个水平上。换言之，这种婚姻模式不承认感情是变化的，或者说，它只承认感情在一个“度”的范围内变化，不承认感情“越出”这个“度”的变化。一旦越出，就是“出轨”，这种变化就是“坏”的，必遭排斥和谴责。传统婚姻模式坚守的“不变”本质与存在主义倡导的扎根于虚无的变化立场之间存在重大分歧，显现了二者对爱情基础理解的不同。

也许“爱情契约”有许多“理想化”成分，即便是萨特和波伏娃也难以遵守和做到。在有些人看来，他们非但难以做到，反而“深受其害”，他们的“三人小团体”没有维持多久，不是自动解体了吗？对此人们完全可以评头论足，见仁见智，做出批评。萨特和波伏娃的选择确实违背了传统道德，但他们的探索不应被视为“洪水猛兽”，不应被视为单纯的滥情，不能简单地把他们对男女情爱关系的探索当作“禽兽”“流氓”行为看待。

波伏娃曾对自己的处世原则做过这样的表白："我们反对所有的陈规陋习，我们认为人应该被重新塑造。""不管怎么说，无论做什么事，我们都相信，我们可以改变这件事而不屈从于任何一个模式。"[①] 就萨特和波伏娃的初衷而言，他们拒绝被现成的条条框框束缚，始终不渝地坚持"求变"，他们"求变"的速度之快，力度之强，震动之大，不仅让他们的朋友不适应，也招来纷纷扰扰的诸多非议。

一夫一妻制经历了几千年，人类未来爱情关系在延续一夫一妻制的同时，有没有可能进行新的思考和尝试，有没有可能通过多样化的实验寻求突破，逐步建立人类爱情关系的新模式呢？"爱情契约"就是试图对一夫一妻制这一人类古老爱情关系模式的挑战和超越，至少是试图对传统爱情关系作出新探索的一种努力和期待。马蒂厄不愿意轻易地就在人类古老关系范式下束手就擒，毫无抵抗地习惯性就范。在这个问题上，他至少不像大家一样，看到传统怎样要求，众人怎样做，他就心安理得地如法炮制。马蒂厄的存在有"觉醒"的一面，面对这个问题，他不想完全"复制"传统和众人的行为，他的心理多少产生了一些"波澜"，他想尝试按照自己的方法处理与玛赛尔的关系。尽管他的努力是那样无力和渺小，他为女友忙前跑后地张罗打胎的好意一再被误会，最后甚至失去了女友，剩下孤单一人，但他还在努力和挣扎着……

当马蒂厄陷入困境，他的老朋友布吕内出面挽救他，提出一个建议：如果马蒂厄同意，现在就可履行手续，加入党组织。布吕内是共产党员，担任领导工作，非常忙碌。看到马蒂厄脸色蜡黄，知道他陷入麻烦了。作为老朋友，他觉得不该站在一旁，视若无睹，在这个关键时刻应挺身而出，鼎力相助。当然，布吕内帮助马蒂厄的办法不是为他筹钱，眼下缺钱只是马蒂厄遇到的一个小麻烦，即便筹到足够的钱，在布吕内看来，马蒂厄仍无法脱离"苦海"。布吕内想从根本上改变马蒂厄，使他一劳永逸地解困，为此需要彻底改变马蒂厄的生活原则。布吕内认为，马蒂厄是有原则的人，他向往自由，这没有错。错在马蒂厄只是空洞地向往，没有行动，这是令他生活空虚烦闷，导致他陷入琐碎无聊而不能自拔的重要原因。对马蒂厄的治疗必须对症下药，开出的药方要保证他能够走出个人的小我，步入社会，付出行动，舍得并且甘愿为事业献身。从这一点看，加入党组织不啻

① 〔法〕波伏娃：《事物的力量》第二卷，黄荭等译，作家出版社 2012 年版，第 282 页。

是促使马蒂厄发生改变、走上正途的方便之门。

布吕内抱着善良愿望，希望马蒂厄像他一样，汇入时代洪流，为社会、为党的事业做出贡献。让布吕内没想到的是，对自己的一番苦口婆心和慷慨相助，马蒂厄非但没有受到感染和鼓舞，意识到自己生活的严重问题，反而支支吾吾，吞吞吐吐，对他的建议不置可否。其实对于布吕内的帮助，马蒂厄是心存感激的。布吕内是党的领导，事务繁忙，看到他有困难，挤出时间专程来看他，他能不感激吗？但是对于布吕内提出的建议，马蒂厄心里是打了“小算盘”的。看到布吕内风风火火忙忙碌碌的身影，看到他投入伟大事业，与时代步调一致，浑身上下充满了力量，活得那么充实、那么实在、那么有力，马蒂厄非常羡慕，甚至不乏嫉妒。确实，布吕内比他更有活力，原因在于他能够相信自己、相信组织、相信大众，相信所从事的事业，这使他的行动消除了任何犹豫，没有丝毫的斤斤计较、患得患失，他可以毫不犹豫地就把自己“一揽子”全部献出去。布吕内就是这么爽快，这么肯定，他的立场坚如磐石，信念坚不可摧。

在马蒂厄眼中，布吕内真是富有魅力啊！既然如此，马蒂厄为什么不紧紧跟随呢？为什么还要对布吕内的建议推三阻四呢？原来马蒂厄羡慕布吕内一点不假，但除了羡慕，他还有一丝担忧，也可以说，他比布吕内的考虑深入了一步。深入在哪里呢？马蒂厄看到，布吕内投入了时代，把自己完全彻底献出去了，这样做的好处是获得了力量，得到了他能够得到的一切支撑。但危险是，奋不顾身地投入和献身之后，他自己的存在在哪里呢？布吕内可能被淹没，可能消失在他投入的对象中，可能在时代的洪流中像一个肥皂泡那样转眼消失无踪。马蒂厄敏锐地发现，这种“淹没”和“消失”绝不是自由。与布吕内比较，马蒂厄认为自己的介入虽然非常有限，相应地得到的支撑非常可怜，他的生活远没有布吕内那么轰轰烈烈，没有布吕内的生活那么充满活力和富有意义。但在非常有限的圈子内，他还能够发现自己，在这个非常有限的领域里，马蒂厄还能感受到自由，这多少让他对眼下的处境有些留恋和“欣慰”。

让马蒂厄迟疑不决的就是存在主义始终“耿耿于怀”的“集体”“组织”这些群体对象。生活中人们常常害怕孤独，为了逃避形单影只、孤苦无依的状态，最简便的方法就是融入群体。但存在主义认为，群体虽然可以为个人提供“庇护”，但得到庇护是要付出代价的，即个人必须牺牲他的存在，交出他的自由，才能把自己变为群体的一分子。

在存在主义看来，一当建立组织，立马出现凌驾于个人之上的规则。“组织”与“规则”相辅相成，一旦组织成立，意味着规则建立。加入组织，就是用规则统御自己，自觉地让自身存在与组织的规则相适应和相一致。成为组织的人，就是把组织的规则作为个人安身立命的根据。存在主义认为，加入组织就是用规则充实自己，在这个意义上，加入组织就意味着个人存在的丧失，意味着个人必不可免地对自己的存在进行“阉割”，这种“牺牲”是加入组织必须付出的代价。让马蒂厄犹豫和恐惧的是：加入组织的后果就是得到充实，一旦被充实，哪还有什么自由呢？游离于组织之外，生活可能贫乏无聊，但在块然独处之中，马蒂厄还能发现自己的身影，找到自己的存在。尽管他的存在那么苍白、那么无力、甚至有点猥琐，但它毕竟还能够显现自由。从存在主义角度看，加入组织尽管可以丰富和拓展一个人的存在，就像布吕内那样，成为组织的人，眼前显现出一个宏伟壮阔的世界，他浑身上下充满了无穷力量，但这种存在并不是完美无缺的，它暗藏着丧失自由的危险。像马蒂厄这样保持一颗孤独的心灵，虽然有点可悲，但在可悲中，仍能发现自由的模糊身影。

萨特塑造的自由人物的重要代表是《厌恶》中的洛根丁。在洛根丁身上，比较全面地体现了萨特所理解的自由。

小说中的洛根丁与自学者在一系列方面处于对立中，尽管他们表面上有一些相似之处，如他们都提倡爱人，都鼓吹“人道主义”。但自学者鼓吹的是传统人道主义，洛根丁倡导的是存在主义的人道主义，这两种人道主义从抽象的层面看有一致的地方，但深入分析，可以发现它们在一系列方面有深刻区别。

自学者念念不忘的就是爱人，他所爱的是大写、空洞、抽象的人，即自学者所爱的是人的某种集合，是人的某种概括和标签，始终停留在抽象的层面上。

自学者与洛根丁在咖啡馆中，看到坐在旁边的一对年轻人，自学者激动不已，作为人道主义者，他毫不掩饰地表白自己是多么爱旁边的这对年轻人。可是说来说去，自学者从这两个年轻人身上发现的、他所能爱的不外是“人类的青春”“人类的声音”“人类的伟大”等。洛根丁对自学者这种爱人的方式非常不屑，认为自学者是自欺欺人，因为他所爱的对象根本不存在。在生活中，只能面对具体的人，只能爱一个活生生的人，所谓“人类的青春”等等都是自学者通过大脑构想出来的，它们是大脑的产物，只能活跃在自学者自己的想象中。自学者爱人的特点是：他抓不住具体的人和现实的人，所以只能爱抽象和空洞的人，他对出现于眼前的活生生的人视而不见，却执着于自己大脑中的构想物。洛根丁一针见血地指出，自学者虽然声称要爱坐在旁边的这对年轻人，但他只在这对年轻人身上看到一些抽象的东西，他只对这些抽象的东西感兴趣，他满意于停留在抽象的层面上。他对这一对年轻人在谈话中具体说了什么，两个年轻人到底关心什么，他们因为什么而兴奋地交谈，他们穿的是什么衣服、头发是什么颜色、他们的表情是什么样的具体情状等一概不清楚。自学者遇到活生生的人，他的第一个冲动就是用机械生硬的概念把具体的人“肢解”为他的理解能够抓住的若干抽象片段，他只有通过残酷的肢解把人支离破碎化，在这个基础上，他抓住了人的某个“残片”，兴高采烈地把这些残片当作他眼中的人。表面上看，自学者通过抽象似乎提升了人，把人的存在上升到某个理想和概念的高度，但实际上他的做法不知不觉地阉割了人的存在整体。在洛根丁看来，爱只能针对具体的对象，爱一个人首先要尊重他的存在的具体性和完整性，爱一个人的前提就是使对象存在的具体性和整体性完整地显现出来，做不到这一点，爱就是“无的放矢”，爱的努力难免是徒劳的。像自学者那样，先把对象按照自己的要求进行“切割”，从而显现出一个符合自己理解和需要的人，然后再去爱经过抽象得到的人，严格说来，这不是爱人，而是爱自己。或者说，这是打着爱人的幌子，表面上爱别人，实际上通过爱别人来爱自己。

爱一个抽象的人还是爱一个具体的人，真正爱对方还是借口爱对方实际上爱的却是自己，这是自学者的传统人道主义与洛根丁存在主义人道主义的一个重要分别。

再譬如，自学者的存在就是追求知识，自学者追求知识的目的不是为了改变和造福社会，而是追求知识的概念和体系，向往这类概念和体系带来的稳定性和确定性。在自学者眼中，那些发现知识和建立知识体系的人，即知识界的权威们，具有让人羡慕和尊敬的智慧，自学者就是一个非常看重和钦佩权威的人。他读一本书，产生了一个想法，这本是再自然不过的事，但自学者却为此深感不安，甚至有点诚恐诚惶。因为他不知道前人是不是已经有过这样的想法，前人是否已经做过这方面的思考。如果前人没有这种想法，而自己却大胆地有了这方面的想法，自学者会忐忑不安。他会问自己，这会不会太唐突、太冒失？前人没有这样做、这样思考，而他竟然这样做了、这样思考了，这是不是有些轻率和孟浪，甚至是越轨？他为此寝食难安，心里七上八下，不断翻腾和纠结。如果发现自己的想法与前人的想法、特别是与某个权威的想法不谋而合，自学者会由衷地感到喜悦。自学者必须把自己的想法与某个权威“挂钩”才踏实，他一定要把自己的发现纳入权威的体系中才心安理得，他认为自己的追求得到了权威的保证才有意义。寻求权威的认可是自学者存在的重要依托。

知识在现代社会越来越重要，知识的贫乏意味着到处碰壁，一事无成，知识越丰富，构建的社会越完善。社会越完善，越要求知识的先进性和系统性，这种相互促进的关系要求知识和社会都按照一定的构架不断扩充和完善自己。自学者追求知识，这种追求本质上体现的是要把社会建立在规律性、系统性、完善性上的努力，这种追求归根到底期望的是一种不可置疑、不可挑战、一种至高无上的稳定性和权威性。

小说中洛根丁的存在就是对权威的质疑和挑战。

洛根丁参观了布城画廊，这个画廊的特别之处是，它展出的不是什么世界名画，建立画廊的目的也不是为了在茶余饭后提高布城市民的审美水平。布城画廊的建造有着明确的意识形态目的和功能：它所陈列的都是布城社会的头面人物。为建设布城这座城市，他们勤勤恳恳，付出了艰巨劳动，立下了汗马功劳。他们生前是布城社会的开拓者和领导者，是布城社会秩序的建立者和维护者，赢得了巨大声誉，获得了各种奖赏，得到了布城社会的普遍赞赏和尊重。他们脖子上挂满了令人眼花缭乱的勋章，布城社会授予他们各种头衔和荣誉，他们在布城市民眼中理所当然个个都是响当当的十全十美的权威人物。这些在布城社会声誉卓著的高尚人物死后不是无声无息地销声匿迹了，他们必须进入布城社会的画廊，在布城社会的艺术领域占有一席之地。在画布上他们一如生前那样器宇轩昂、派头十足地傲视着这座城市。布城社会花费巨资建立画廊，目的就是要把这些权威人物“植入”布城老百姓的心灵，以此作为对于他们的最好纪念。布城市民走进画廊，怀着崇敬心情，一边观赏画作，一边仔细阅读画作下面对人物的介绍和评价的文字，不时发出惊叹和赞美的声音。这些权威人物生前是布城社会的骄傲和楷模，是整个布城的象征，死后他们的精神和风范依然支撑着布城社会。他们是布城社会的灵魂，是这个社会赖以生存和发展的基石。

在市民眼中布城的领导者都是道德的模范，是神圣不可冒犯的偶像，但在洛根丁眼中，画廊中的这些人物没有丝毫价值。为什么呢？因为他们的威望都是靠撒谎和欺骗，靠对布城老百姓的愚弄建立起来的。站在画廊里，看着画中的一个人物，洛根丁总是感到别扭，感到不舒服。他一会儿觉得这个人物高大，一会儿觉得他渺小。为什么会出现这种情形呢？原来画家在表现这个人物时，有意在他旁边摆放了一些小物件，在它们的衬托下，这个实际身高只有一米五左右的人物一下子变得高大了。在洛根丁看来，画布上的人物通过艺术的手段巧妙地拔高自己，布城的领导者则通过手中的权利建造画廊粉饰和美化自己，这是统治的铁律。

更让洛根丁对这些权威们嗤之以鼻的是，布城社会的领导者试图在布城打造一个封闭的“完美”社会，这个社会不仅有自己的权威，而且对布城社会的每一个人都规划好了人生道路，布城市民不需要费心劳神地自己做出判断和选择，他们日日夜夜顶礼膜拜的权威和楷模们已经为他们指出了人生的方向，他们需要的只是信心，需要的是十足的干劲和百折不挠的顽强毅力。换言之，布城社会的每一个人都已经注定了被充实的命运，所谓权威和楷模等都是对人进行充实的利器，都是把人变成物的杀人不见血的刀子。洛根丁对布城画廊这一布城市民的崇敬之地充满了鄙视，对画廊陈列的人物不屑一顾，他把布城市民眼中的高尚人物称之为“混蛋”。在他严厉的逼视下，这些权威和楷模原形毕露，变成了“残余的灰烬”。

萨特的自由理论赋予人的唯一命运就是反抗，萨特反对一切偶像，反对人心中的各种“木乃伊”，反对那些窒息和禁锢人、让人变得僵化和呆滞的东西。法国哲学家阿尔都塞说，人们总是拿萨特与伏尔泰比较，其实“萨特更像卢梭，因为他像卢梭一样有着不妥协的精神，他从没有接受过‘与既定权力的妥协’”。[①] 洛根丁对各类偶像不遗余力的反抗就带有萨特的影子，萨特和洛根丁的共同特征就是把质疑和否定权威作为安身立命的依据。

第三，自学者追求知识，从根本上说就是追求秩序，追求建立、扩展和完善秩序。所谓秩序即是某种有组织的体系，对整个世界进行全局性的一揽子统筹安排，万事万物在其中各就其位，各得其所，一切都得到合理恰切的说明。人也是如此，在一个有序的世界中，方方面面被规定，所有的规定都有科学的说明。在充分而合理的秩序下，世界变得和谐了，它在

① 〔法〕贝尔纳·亨利·列维：《萨特的世纪》，闫素伟译，商务印书馆2005年版，第380页。

发展、在变化，这些发展和变化都不过是秩序的体现。这幅清澈透明的图景消除了一切非理性的喧嚣，涤荡了五花八门偶然性的污泥浊水，整个世界犹如一架设计合理、运转有序的机器，它在日夜不停地轰鸣运转，不会遇到任何超越规律的麻烦和危险。自学者追求知识的欲望本质上就是要把世界纳入必然性的掌控中，所有事物都处于因果锁链的环环相扣中，没有任何事物可以逃脱被定位、被说明、被理解、被驾驭的命运。把世界奠基于必然性，意味着从根本上铲除虚无，意味着整个世界就是一个被充实体，把人置于这种无法逃避的被充实的境遇下，结局就是“一笔勾销”人的自由，此即自学者追求知识的本质意义所在。

洛根丁不是把世界理解为一系列的确定性，理解为恒久不变的秩序，而是把世界视为一连串的偶然性，世界本质上是荒谬的，所以世界只能扎根于虚无。洛根丁青睐的不是具有确定边界的僵化秩序，而是不断流动，不断变化，不断逃脱确定性、凝固性、必然性的所谓“浓雾”世界。

以洛根丁的眼光看，“浓雾”在这个世界上的意义在于：它不是干扰人、妨碍人、给人带来种种不便、让人厌恶的东西，而是这个世界的存在本身，是这个世界存在的真相。在浓雾笼罩下，事物的边界模糊了，像融化的冰雪那样一点一点消失了，事物失去了日常固有的形态和联系，处于无方向、无目的、无意义的“漂泊”中。在浓雾弥漫下，事物是什么具有了多重面貌，获得了一系列眼花缭乱的可能性，单一概念无法指向它、定义它。事物像不可捉摸的精灵，可以随意“戏弄”概念，灵活地躲闪、逃离概念严酷的掌控。在一个偶然性的世界中，事物告别了单一性解读，像狡猾的泥鳅那样变得圆滑顺溜，别指望不费吹灰之力就可以一把抓住它。“浓雾”是存在主义理解世界的法宝，它像变戏法那样让世界永远不停地变幻出令人匪夷所思的奇形怪状，让世界变得奥妙无穷，永远处于不断更新、不断超越的状态，让人们对世界永远保持“惊讶”。浓雾的“诀窍”在于“釜底抽薪”，使世界的一切丧失依据，巧妙地“熔断”万事万物的根基，让它们统统“漂浮”起来，致使决定论彻底失效。导致这一切的就是虚无和偶然性的“作祟”，它们欢欣鼓舞、大张旗鼓地登场，开始在这个世界上“长驱直入，兴风作浪”。

这幅浓雾的壮观图景是对自学者钟情的秩序和规律的生动解构。

自学者与洛根丁分别代表两个不同系列：自学者这一边，追求知识、追求秩序、追求充实、渴望必然性，力求把世界结结实实地奠基在一个终极体系上。洛根丁这一边，崇尚解构、崇尚虚无、崇尚自由，认定偶然性，力求瓦解和消除控制世界的终极体系。洛根丁与自学者，一个趋向于挣脱本质的控制，一个力求捍卫和巩固本质。洛根丁反对权威、反对充实、反对抽象化地理解人，这一切的最终目的，就是要维护和倡导人的自由。

人的存在离不开社会，所谓社会，究其实就是对人的一系列规定。服从规定，社会才会有序运转，人之间的关系才能稳定和谐。没有规定，没有秩序和章法，对人的行为无法调节和规范，社会就乱套了。存在主义对待社会的态度是，人的存在必须介入，介入首先面对的就是对人的存在的各种规定。在这一点上，存在主义与传统哲学的立场有交集之处。虽然一个主张超越本质，一个主张维护本质，二者看上去针尖对麦芒，完全不相容，但它们的立场都与本质有关。存在主义虽然鼓吹超越，但并不一概否定规范，并不排斥社会对人的规定。因为超越就是对本质的超越，超越的前提是设定本质的存在，没有本质对人的规范和制约，何来超越呢？存在主义坚定地主张，人的存在根本不可能逃脱规范。萨特对自为的存在的描述是“是其所不是，不是其所是”，这里“是”就是规定，人的存在不能没有这个“是”，不能没有对自身存在的“肯定”。

在对待规范的态度上，存在主义认为，一个社会不能没有规范，没有规矩，不成方圆。正因为规范非常重要，所以必须时刻检讨规范存在的合理性与必要性。特别是对于那些源远流长、在人们心目中始终保持权威性的经典规范，存在主义力主抱着质疑的目光重新审视。在存在主义看来，正因为各类权威和规范制约着人的存在，对它们横挑鼻子竖挑眼就是天经地义、理所当然的。这样做并不是要否定一切，而是对规范本身进行必要的检讨。传统哲学强调遵守规范，前提是必须尊重规范，为此需要树立和普及规范的权威。存在主义认为，随着社会的发展，对规范本身或迟或早必然提出质疑，那些原来具有合理性、后来合理性逐渐流失、变成不合理的规范应该取消，那些阻碍社会发展、压抑人性的规范必须废除。人的存在必须对各种“是”进行质疑和批判，人的存在必须内含各种“不是”，这是人的存在的天然权利，人的存在表明人是一个天然的否定者。只有通过质疑和批判，才能达到对“是”的肯定，所有的“是”只能建立在“不是”的基础上，所有的肯定只能建立在否定的基础上。

洛根丁对布城画廊陈列的权威们嗤之以鼻，羞于同列，对统治布城社会的整套观念睨而视之，下眼相看，他并不是要完全否定秩序本身，而是要否定那些在他看来很虚伪、不合理的秩序，否定大大小小的统治者对布城社会深根固本、力图永远维护自己统治合理性的做法，否定任何把布城社会变得“固若金汤、一潭死水”的企图。在这个意义上，存在主义倡导超越，这个超越不是推翻一切，实际上是通过质疑旧秩序，开辟通往新规范的道路。旧秩序不会一下子就被打倒，新规范也不可能一步到位地建立起来。存在主义相信创新，鼓励尝试，提倡试验，认为旧秩序可以一步步突破，一步步瓦解，每一个质疑，每一次对于旧秩序的微小撼动都是有意义的。存在主义抱定这样的信念，人类社会建立的所有秩序都不可能是十全十美的，这些秩序虽然想尽一切办法为自己披上永恒霸权的外衣，可实际上它们都打着时代和地域的鲜明烙印，没有一种秩序和规范可以逃脱和“剔除”自己的有限性。

传统哲学对于规范抱着信任和肯定的态度，希望它们“地久天长”，可以随时随地“漫无边际”地充实一切。存在主义对于任何统一和凝聚个人的规范都抱着天生的警惕，“情不自禁”地会对它们“挑剔”和“指责”。存在主义的崇高使命是要不断促进规范的自我淘汰和更替，对规范本身进行颠覆和革命。

一个社会离不开自学者，也不能缺少洛根丁。自学者的存在偏好“空间”，倾向于静止和保守。洛根丁的存在偏向于“时间”，主张一刻不停地向未来超越。自学者和洛根丁，表面看是对立的，实际上是一个社会运行和发展不可缺少的两个轮子。只有一个轮子的独轮车，摇摇晃晃，不能平稳。两个轮子相互依靠，才能带来平稳的动力。只有自学者，社会稳如泰山，千百年来陈陈相因，各种规范等级森严，人们动辄得咎。洛根丁的质疑会为一潭死水的社会带来活力，虚无的否定会像泉水涌动般激发革新和超越僵化的动能。没有洛根丁的严厉警告，没有来自虚无的不断“敲打”，大一统的社会在自我封闭中终将缓缓步入老态，它日复一日重复自己的过去，为已经逝去的昨天大唱赞歌，躺在光荣的传统上酣睡不止，越来越故步自封，拒绝变化，逐渐把自由的精神一点一点挤压干净。拒绝洛根丁的社会终将带来窒息，把自己置于万马齐喑、无力回天的悲惨境地。

萨特的短篇小说中的人物，像《墙》中的伊比埃塔、《艾罗斯特拉特》中的艾罗斯特拉特、《闺房秘事》里的露露、《卧房》里的爱娃等，都以各自独特的方式展现了萨特哲学对自由的理解。小说中这些人物的“对立面”，也都以不同的方式展现了萨特哲学对各种不自由的理解。萨特的文学作品塑造了一系列自由和不自由的人物形象，他们大都“寄生”和活跃在萨特哲学架构的不同层面上。萨特哲学对自由的理解赋予这些文学人物生命力，为塑造他们提供了最基本的依据。理解和把握这些文学人物，萨特哲学提供了唯一可靠的线索，舍此别无他途。

第二章

《墙》

《墙》是萨特最著名的短篇小说。

《墙》取材于轰轰烈烈的西班牙战争，这场战争是二战前影响整个欧洲的一件大事，它是“第二次世界大战之前10年间欧洲最重要的政治、军事斗争，它不仅分化了西班牙，也在全欧洲和美国引起了强烈反响”[①]。当时世界上许多爱好正义与和平的人士纷纷前往西班牙，加入反对德国和意大利法西斯支持的佛朗哥军人集团的斗争。波伏娃回忆说，当遥远的中国，广州和汉口等城市遭到日军轰炸，年轻的法国人缺乏想象力，没有多少感受，“但是西班牙共和军的失利对我们而言就好像是我们自身的不幸一样”[②]。西班牙战争对于许多法国人具有“切肤之痛”，他们纷纷挺身而出，投入这场战争。曾经是萨特的学生，后成为密友的雅克－洛朗·博斯特要求萨特运用他的人脉把他送到西班牙，萨特虽然怀疑和担忧博斯特的“军事素养和身体抵抗能力”，但还是通过大学时代的同学尼赞的斡旋和帮忙，把他介绍给了自己的朋友，当时这位朋友正在秘密组织志愿者从比利牛斯边界偷越国境去西班牙。萨特一度感受到“不干涉”的罪孽，萌发了加入战争的冲动，但思来想去，他“绝不做任何心血来潮的事情”。萨特持续关注西班牙的战事，借助于小说，通过把西班牙战争作为故事的背景，也算是以独特的方式纪念了这场战争。

小说取材于西班牙战争，这一点没有争议。有人认为，既然小说取材于西班牙战争，当然就是反映西班牙战争的。这样看不无道理，小说取材于西班牙战争，当然就与西班牙战争有关。在这个意义上，说小说反映了

① 〔美〕斯坦利·佩恩：《西班牙内战》，胡萌琦译，中信出版集团2016年版，第1页。

② 〔法〕波伏娃：《事物的力量》第二卷（一），黄荭等译，作家出版社2012年版，第278页。

西班牙战争，也是说得通的。但需注意的是，对于萨特的这篇小说，“反映”的意思仅仅是“关涉”到西班牙战争。因为《墙》仅仅是以西班牙战争作为背景，作者把小说的人物和情节置于西班牙战争背景下，让故事发生在这样的背景下，仅此而已。

萨特并没有这样的意图，即通过小说直接去表现西班牙战争本身，或者把反映西班牙战争作为小说表现的主要目的。通过阅读小说，实事求是地分析作品，可以比较有把握地说，萨特并没有把反映或揭示西班牙战争当做创作这篇小说的主要意图。小说的取材固然重要，但题材并不能决定一切，充其量它只是一个“写什么”的问题。对于小说创作，更重要的是“怎么写”，即要看作者处理题材的手法和意图，这对于把握作品更为重要。在这个问题上，法国作家弗朗西斯·让松说得好：“不管萨特写《墙》时的具体动机是什么，他思想深刻的一致性已经使他不可能不把这种特殊动机包容在一个更广阔、结构紧密、纯粹哲学性的视野里。”[①] 看待《墙》这部作品，确实应该从“一个更广阔、结构紧密的、纯粹哲学性的视野”出发，这是理解这部作品的一个更恰当、更合适、也是更有效的角度。

作为小说家，萨特创作这篇作品的主要用意是，通过情节的设计和人物的塑造来表现存在主义的基本观念，如对自由、对死亡、对焦虑的理解等。小说展现的是一个存在主义的艺术世界，揭示的是存在主义哲学对生活的定位和解释，这是这篇小说创作的重头戏。也就是说，应该把《墙》视为一部具有丰富哲理性的作品，不应简单当做一部反映西班牙战争的写实小说看待。我们甚至可以做这样一个假设：如果置换一下背景，譬如不让战争发生在西班牙，把小说的背景置换到其他国家，如二次大战中的南斯拉夫、希腊等地，本质上并不会妨碍和影响小说主题的表达。

一、伊比埃塔：革命者抑或自由者？

1. 两种理解思路

小说描写了三位战士，伊比埃塔、汤姆和茹安，伊比埃塔是小说的主要人物。

---

① 〔法〕弗朗西斯·让松：《存在与自由——让－保尔·萨特传》，刘甲桂译，北京大学出版社 1998 年版，第 97 页。

如果把小说视为对西班牙战争的反映，按照这一思路，很容易得出这样的结论：伊比埃塔是西班牙战争的参加者，被俘后敌人要他交代游击队首领的下落，他大义凛然，拒绝了敌人的要求，选择宁死不屈，这种表现使他名正言顺地成为一个“革命战士”。伊比埃塔来自社会底层，历经磨难，平时努力工作，积极参加革命活动，所有这些特征都很容易与一个“革命战士”挂钩。

伊比埃塔确实具有上述特征，从这方面看，把他视为一个革命战士，具有一定依据。但上述认识有一明显缺陷，即它只看到了伊比埃塔这个形象具有革命战士的一面，但把这个人物身上的其他特征，特别是那些与“革命战士”不大符合的种种特征一概忽略和抹杀了。也就是说，这样的结论是通过“削足适履”得来的，评论者先入为主，脑子里已经有了一个“革命战士”的概念，然后在小说主人公身上搜寻符合这个概念的特征。找到了若干特征后，就心满意足地宣布，伊比埃塔是一个“革命战士”。至于伊比埃塔身上的其他特征，特别是那些不符合革命战士的特征，要么视而不见，要么宣布它们不重要，不足为论。这样的做法显然不能让人“心安理得”，因为这种解读既不符合作品的表现，也不符合读者的阅读感受。坦率地说，把伊比埃塔视为一个单纯的“革命战士”，怎么看怎么别扭，因为这个形象与人们通常熟悉的革命战士类型在许多方面相去甚远。

有人看到了这一点，认为伊比埃塔确实不同于人们通常所理解的革命战士，但在解释这一不同时，按照俗套，把原因归结为小说塑造的革命战士是有“缺陷”的，其觉悟和境界其实并不高，原因在于受到了一系列“局限”。什么局限？哪些局限？是伊比埃塔这一形象本身的局限，还是创作这个人物的作者局限？这些说法语焉不详，只是虚晃一枪，戛然而止，问题本身并没有得到深入讨论。但很显然，这一认识的思路是清楚的，即仍把伊比埃塔定性为一个革命战士，只不过认为这个革命战士的塑造出现了问题，导致小说中的革命者与读者通常所熟悉和期待的那种革命战士类型有“落差”。伊比埃塔身上存在着种种缺陷影响了一个革命战士的高大形象，因而不能令人满意。这一看法与前面看法比较，看到了伊比埃塔这个形象的“全貌”，这一点应该肯定。但由于坚持伊比埃塔是一个革命战士，因而在逻辑上“顺理成章”地对那些与革命者不相符合的特征简单而粗暴地做了“负面”评价和处理，即把那些与革命者不相符合的特征认定为次要的、干扰性的、否定性的特征。也许在评论者看来，如果没有这些特征，排除了所谓“局限”，伊比埃塔就能够与读者心目中标准的“革命战士”类型靠近了，其形象就会变得崇高了。

上述评论思路的根源就是把《墙》这部作品视为单纯的写实小说，用通常反映论的模式去解读作品，按照这种惯性思路得出伊比埃塔是一个“革命战士”的结论是很“自然”的。

如果换一个思路，不再执着于把小说视为对西班牙战争的反映，而是将其视为萨特的艺术想象和表现，借助于西班牙战争，构成小说的表现背景，作者的目的是通过小说表达存在主义观念，给读者提供对世界的存在主义解释，或许这种思路对作品的解读更恰切、更准确、能够给读者带来更多启发，使作品发挥更大的效果。依照这一思路，萨特借助小说的表现，呈现给读者的不是西班牙战争的真实演进过程，而是一个浸透了存在主义精神的艺术世界，是一个被存在主义观念筛选和洗礼过的艺术世界，它充满了存在主义的审美意味，它是萨特在艺术上精心安排、巧妙构思的结果。作者塑造的伊比埃塔这一形象，不是单纯的革命战士类型，而是渗透了存在主义理念、背后具有萨特哲学自由观念强烈支撑的人物。按照这种思路解读作品，可以撇开许多无谓的纠缠，从旧思路的紧箍咒中挣脱出来，停止对伊比埃塔是不是一个革命战士、在多大程度上是一个革命战士、伊比埃塔作为革命战士还有哪些不足和缺陷等的烦琐絮叨。

2. 伊比埃塔形象的“特殊性”

伊比埃塔究竟是一个什么样的人物？还是让我们以作品为依据来说话吧。

有的评论对在伊比埃塔身上一方面具有革命战士特征，另一方面又具有明显与革命战士不相符合的特征感到困惑。为什么萨特要这样塑造一个革命战士？为什么萨特要赋予一个革命战士一系列“不太光彩”的特征？为什么在伊比埃塔身上会出现如此鲜明的不协调？对这些问题的回答是：萨特创作的本意从来就没有打算塑造通常人们所熟悉和认定的那样一种类型的革命战士。为说明这一点，讨论必须从伊比埃塔形象本身出发，从萨特赋予伊比埃塔的基本特征出发。有些评论对伊比埃塔身上的一些不大“高尚”的特征避之唯恐不及，或者对它们表示严重的不理解，随意作“负面”的评价和处理。其实，殊不知正是这些特征才揭开了伊比埃塔的形象之谜，正是萨特赋予伊比埃塔的这些所谓负面特征，才能让我们真正理解这个形象的特殊性及其魅力所在。

伊比埃塔选择宁死不屈，大义凛然地掩护游击队首领格里，这一点与通常革命战士的所作所为很相像。不同的是，伊比埃塔对于他的选择给出的理由与一般革命者大不相同。通常人们认为，一个革命者在敌人威逼下，做出宁死不屈的选择，必然有充分理由。这些理由可以是：为了西班牙战争的胜利，革命者甘愿抛头颅，洒热血，牺牲自己，为了革命胜利他们宁可舍生取义；格里是游击队队长，对西班牙革命更重要，为了掩护队长，伊比埃塔不惜牺牲自己；这些现实的动因还可以让位于更高境界的理由，如伊比埃塔可以为实现无政府主义的伟大理想牺牲自己，他是为了实现某个崇高价值、实现人类的某个壮烈憧憬牺牲自己。总之，通常革命者做出牺牲必须为行动找到坚实支撑，是残酷的现实或伟大的理想要求他们做出牺牲。如果没有“正当”理由，或虽有理由但并不充分，他们宁死不屈的行动就难以让人理解和接受，他们的行为就变得具有“荒诞”色彩。也就是说，对于通常人们所认定的革命者或英雄人物，他们的行为和动机之间一定有因果联系，他们的行为是某种动机强烈推动的结果，他们的动机具有现实的来源和支撑。导致他们行动的原因越充分、越强大，行动就越有力、越坚定。在动机和行为之间建立强有力的因果联系，行为才能够得到合理的说明和评价，如此一个革命者的行为才能感天动地，他在人们眼中才能变成真正的英雄人物。

伊比埃塔与通常革命者的显著区别在于，他做出了宁死不屈的选择，但“否认”了通常人们所认定的革命者本应具有的所有动因和支撑。

譬如，伊比埃塔说，他敬重游击队长格里，在他眼里，格里是一位“硬汉”。按照通常逻辑，既然格里赢得了伊比埃塔的尊敬，为了革命的需要，此刻伊比埃塔就“应该”牺牲自己。但伊比埃塔是怎么做的呢？他一方面承认自己确实尊重格里，另一方面又明确申明，这种“尊敬”并不是他愿意代替格里去死的原因。因为格里是一条生命，他也是一条生命，大家是平等的，格里与他相比并没有什么优越之处，不能要求伊比埃塔一定要挽救他而献出自己的生命。伊比埃塔说，他知道得很清楚，“对于拯救西班牙，格里比他更有用”，毕竟格里是游击队队长啊！然而，伊比埃塔言之凿凿地强调：

“我不在乎什么西班牙，什么无政府主义，什么都不再重要了。我可以出卖格里来挽救自己的性命，而我拒绝这样做。”①

从通常观点看，一个革命者在走向刑场前怎能说出这样的话？说出这样的话多少是令人“不解”和“吃惊”的，给人的印象似乎是有些万念俱灰、信心动摇、心理上有点颓唐了，这种表白与伊比埃塔坚定不移地选择宁死不屈的行动可是大相径庭啊！人们也许会问，伊比埃塔的表白与行动之间怎会有这么大的距离和反差呢？其实，伊比埃塔的这些表白非常重要，它绝不是什么“负面”特征，这段表述恰到好处地揭示了伊比埃塔独特的内心世界，成为理解伊比埃塔这个形象独特魅力的重要依据。

3. 对伊比埃塔选择的解释

伊比埃塔拒绝用世俗的各种理由来说明他为什么选择宁死不屈，非常明确地强调，他不在乎什么西班牙，也不在乎什么无政府主义。这些对一般革命者非常重要的理由，对于他没有任何意义。那么人们不禁会问，伊比埃塔否定了革命者采取行动的一切理由，那么究竟是什么原因导致他选择宁死不屈呢？伊比埃塔总不能没有任何原因就“稀里糊涂”地选择宁死不屈吧？

伊比埃塔是这样看待这一问题的：他完全可以出卖格里来挽救自己的性命，在他所处的境遇下，存在着这种可能性，伊比埃塔完全可以这样做，这一点不能排除。也就是说，在伊比埃塔的处境下，没有一条坚固的因果锁链捆绑和限定他，使他动弹不得，失去任何选择，面对敌人威逼，只能宁死不屈。实际情况是，伊比埃塔面前有多条道路可走，但最终走哪条道路，完全取决于他的选择。伊比埃塔看得很清楚，对于他而言，出卖格里的可能性是始终存在的，他需要“拒绝”这种可能性，在这个基础上，才能做出宁死不屈的选择。伊比埃塔的选择面临一系列压力，但他强调，所有压力都不能制约和决定他的选择，不论它们多么重要，都不能限定和支配他的所作所为。这就是说，伊比埃塔面对敌人的威逼，他可以这样做，也可以那样做，但不管怎么做，都不是由外在现实直接决定的，行动只能出自他自己的选择。

接下来的问题是，伊比埃塔为什么要否定外在原因而强调一切行动必

---

① 〔法〕《萨特小说选》，郑永慧译，西安交通大学出版社 2015 年版。本书所引用萨特小说皆出自《萨特小说选》，下文不再注明。

须出自于他自己、而且只能出自于他自己的选择呢？这是一个很有趣很重要的问题，对于伊比埃塔，它是一个“大是大非”的原则问题，也是读者理解伊比埃塔这个形象至为关键的一个问题，所以理应予以重视，值得做一番比较深入的讨论。

前文举过萨特的一个例子：台球桌上，一个球在另一个球的击打下才能运动，这个球不会无端端地自己运动，其存在内部不会激活任何运动的要求，不会潜藏任何运动的活力，因为这个球的存在完全是惰性的。一个人面向社会，也会受到各种“力”的“撞击”，即社会中外在于他的各种力量会以各种方式作用于他。现在我们把这个桌球面对外力的撞击与一个人面对外力制约的处境进行比较，考察一下二者在面对外力时的不同反应。很显然，由于物的存在是僵化的，它只能被动接受外力的撞击。严格说来，物对外力撞击只能有一种反应，所有物的反应都完全一样，它们有一个统一的反应模式，即被撞击后“直接”沿着撞击的方向运动。物不需要对外力做出“自己”的独特反应，在这个意义上，物没有自己的选择，面对外力撞击不会产生自己的需要，因为在外力撞击与物的运动之间几乎没有任何“停顿”和“距离”，这使物根本不可能做出自己的反应，所有物对外力撞击的反应不会产生任何差异。

人则不同，面对外力作用，其反应无法做到像物那样是“直线”式的。由于人的存在扎根于虚无，它带来一个“停顿”，人可以“吸收”外力，之后再做出反应，即在人接受外力作用到他做出反应之间有一段“距离”，这个距离非常细微、非常微弱，很容易被忽略，但它非常重要，决定了人与物的本质区别。人接受外力有一个“停顿”，这使人对于外力的接受必然有一个“消化”过程，在此基础上，才会对外力做出反应。物对外力没有“消化”的过程，所以物对外力没有自己的反应，在这个意义上，物是被外力控制和决定的。人的存在对于任何外来作用都有一个吸收和消化，即反应的过程，这个反应过程使人成为一个主体，使外力不能像制约物那样决定人。人在面对外力作用时与物比较多了一道“程序”，作为主体，身处特殊境遇，直面外力作用，人会掂量、衡量、比较，通过思考和权衡，选择自己认为最恰当和有利的行动做出反应。外力永远不能像制约物那样决定人，或者更确切地讲，使人真正做出反应的不是外在的东西，外在的东西可以提供各种刺激，促使或唤起人做出回应，但外在的东西不能决定和控制人如何行动。没有外力刺激，不会有人的行动，人的行动需要外在刺激作为条件，在这个意义上，人的行动离不开外力的作用。但要分辨清楚的是，外力只是人的行动诱因，不是决定因，外力可以诱发行动，不能决定行动。一个是“刺激”和“诱发”，一个是“选择”和“决定”，二者虽有关联，但它们是两个不同层面的问题，不能混为一谈。面对同样外力的刺激，人做出的选择可以是、也必然是多样化的。只有人才有选择的自由，只有人才有多样化的选择权利，只有人才能对外界的刺激做出符合与满足自己需求的反应。物只能“顺应”外力的刺激，只有人才能对外来的刺激说“不”。

为了更清楚认识存在主义哲学对于这一问题的立场，这里可以再举萨特作品的一个例子进行说明。在《死无葬身之地》这出戏中，年轻战士弗朗索瓦把战斗失败的责任推得一干二净。其理据是，明知不可能取胜，却必须执行命令，战斗失败，与我何干？弗朗索瓦的逻辑是：游击队员没有自己的判断和选择，参加战斗完全是被动执行上面的命令，战斗失败，凭什么要他们承担责任？所以他“理直气壮”地拒绝为战斗失败负责。

从萨特哲学的立场看，弗朗索瓦的这套逻辑无法成立。事实上，人们怎么可能“纯粹”根据命令去行动？怎么可能让一个外在的东西随意摆布自己？“纯粹依据命令去行动”在萨特哲学看来是一个杜撰和虚构，现实中根本不存在这样的情形。不论命令多么重要，在执行的过程中，它都不能把人变成物，不能剥夺人的自由和选择。

譬如接到命令，战士们首先要依据自己的理解去“消化”它，把它转化为“我”所理解和把握的命令。执行命令必须建立在对命令的理解上，没有这个理解和“消化”，命令处于纯然“外在状态”，根本不可能被执行。世界上没有不与执行者发生关系、处于纯然外在状态的“命令”，要使命令成为真正能够被执行的命令，它必须与执行者发生“存在”的关系。

其次，人们要依据自己的处境，把命令转化为具体行动。处境是执行命令的现实条件，命令只能在这个现实条件下得到执行。也就是说，人们必须把命令与现实结合起来，这个结合至为重要，没有它，命令就是一纸空文。这个“结合”具有创造性，因人因事因对象而异，其过程充满了偶然性。只有在“结合”的基础上，人们才能制定出执行命令的具体行动方案。

第三，人们怎样理解命令，怎样执行命令，怎样根据现实条件把命令转化为具体行动，战斗中把命令执行到哪一步，执行过程中会遇到哪些困难、遇到困难人们是坚定执行还是暂缓执行命令，是临机应变还是就此撤销命令……凡此种种都不是命令本身所能“命令”的。要使命令成为真正的命令，人们就必须超越它，把自己置于自由中，成为真正的主体。

人们执行命令、采取行动当然会面对诸多“压力”，但行动最终不能由外力决定。萨特哲学强调，决定论无法说明人的行动，它漠视和混淆了产生行动的原因与决定行动的选择之间的区别，把行动的真相遮蔽了。当伊比埃塔说，“我完全可以出卖格里挽救自己的性命，但我拒绝这样做”，他的意思是，挽救格里的不是外在力量——西班牙革命以及无政府主义理想等。外在力量无法决定他必须做什么，即便敌人把刀架到脖子上，最终决定如何行动的是他，而不是架在他脖子上的这把刀。行动只能出自于人们自己，是人们自己决定这样做而不是那样做的，这就是存在的真相。许多人昧于这个真相，以为是外在原因直接决定了人的行动，似乎人没有自己的思考和意志，像台球桌上的台球一样，没有任何选择，只能受外物的摆布和支配。萨特的存在主义哲学有力地驳斥了这一谬见，深刻地洞察了人的存在与物的存在的本质不同，宣布人是这个世界上唯一自由的存在。当伊比埃塔强调，“我可以这样做，但我拒绝这样做”，这个“拒绝”表明，选择和行动只能出自于人们自己，不可能出自于外在的任何东西。

依照萨特的存在主义逻辑，我相信上帝，不是上帝迫使我不得不相信，不是基督教的教义规定了我必须相信，不是我先天已经注定了相信上帝的命运，不是由于大家都相信上帝，所以我只能和大家一样信奉上帝。我相信上帝是我选择自己相信上帝，是我决定自己相信上帝。同样，我成为叛徒，不是酷刑折磨使我成为叛徒，不是敌人的严刑拷打把我变成叛徒，而是我在酷刑折磨下，在忍受的极点上崩溃了，我放弃了坚守，我认输了，这一切是我自己造成的，所以我在成为叛徒这件事上要承担责任。外在力量不管多么巨大、多么严酷，都不能直接决定我的行动，不能取消我的选择。因为不论在何种情形下，我都不能把自己的存在变成一块木头，我的存在始终扎根于虚无，决定了外力永远无法支配我，不能剥夺我选择的可能性。

此外，伊比埃塔之所以不把种种外力视为“决定因”还有一个重要理由，那就是所有外力都是相对和有限的，它们处于具体时空中，必然随着具体时空的变化而变化。因而把行动视为由外在原因决定的无疑要冒很大风险。外在的东西会对选择提供支撑，但这种支撑可能像白云苍狗，转瞬即变，甚至消失无踪。

譬如，假设伊比埃塔做出宁死不屈的选择是出于对西班牙战争的考虑，他是为西班牙战争的胜利选择宁死不屈。那么，伊比埃塔在做出选择时势必会遇到诸如此类的问题：既然选择是为了西班牙战争的胜利，那只有当我能够看到胜利，或者能够预见到胜利，我对西班牙战争胜利的期盼有可能变成现实，在这种情形下，做出宁死不屈的选择才有意义。如果我对西班牙战争缺少预见，或者西班牙战争的胜败难以预测，或者西班牙战争已经不可能取胜，它失败的结局已经如此明显，这种情形下，还有足够的动力鼓动和支撑我做出宁死不屈的选择吗？如果西班牙战争的胜利是我做出选择的唯一依据，这必然导致，选择随着西班牙战局的千变万化其支撑会时强时弱，甚至支撑会完全消失。

依赖于外在支撑就是把选择建立在现实的一系列复杂变化上，建立在种种不确定性上。这样做有可能带来的危险是：由于现实变化不定，昨天给予行动强烈支撑的现实，今天的支撑可能大为减弱，如此一来，想从外部现实得到支撑和动力的希望就会落空。更麻烦的是，如果认定仅仅是外部现实给予人们选择的权利和动力，一当外部现实转变为对选择的否定性力量，那么人该如何行动？也就是说，如果坚持认为人的行动要得到现实的支持，现在外部现实非但不支持行动，反过来还可能否定行动，这种情形下，人该如何行动？很显然，处于这种状态，人就失去了行动的动力，无法面向未来，他可能采取“掩耳盗铃”的方式强迫自己停留在过去。萨特在《死无葬身之地》这出戏中表现昂利和吕茜等游击队员所面临的就是这种境遇。

萨特哲学始终强调，人是自由的，这个自由才是行动的最终承担者。选择只能出自于人自己，人如此行动，他是自己决定这样行动的。只有认清了这一点，人才能对自己所做的一切承担责任。如果说人的行动是被其他东西决定的，面对这些决定人们行动的东西——现实、历史、观念、领导、父母、老师、权威、传统等等——人们只能处于被动中，这些决定我们的东西就像一张巨大网络把我们浑身上下覆盖无余，压迫得我们无法喘息，我们在这张巨大网络覆盖下只能慢慢窒息，变成惰性的存在，那么，凭什么人们还要对自己的行动负责呢？或者说，这种情形下，人们还能够对自己的行动负责吗？他们有这个资格和权利对自己的行动负责吗？如果行动是被外界强加的，唯一要负责的就是那些无情制约和决定人们的“东西”。责任与选择是联系在一起的，而选择必然关涉自由，没有自由，何来选择？没有选择，行动成为被动的，责任必然落空。任何推脱责任的理论在源头上都需要设定，人是被决定的，他的存在被外界限制，行动失去自由，这才能使他与责任无关。任何推脱和逃避责任的理论都会像《死无葬身之地》中的弗朗索瓦那样把人的存在设定为不自由的，都会自觉或不自觉地把人的存在等同于物。

4. 萨特哲学如何看待外部现实

伊比埃塔否定现实决定行动还有一个重要原因，它与萨特哲学对外部现实的看法密切相关。

如前所述，《存在与虚无》的基本精神来自于萨特所领悟的现象学，现象学有关意向性的基本原理来自于胡塞尔的“意识就是对某物的意识”。依据这条原理，意识离不开某物，所以人只能生活于现实中。萨特哲学在强调人的存在必须积极介入的同时，它对现实还有很“警惕”、很“抗拒”的一面。

老庄哲学对现实也有警惕和抗拒的一面，这里，萨特哲学对现实的“抗拒”和“警惕”与中国老庄哲学有所不同。老庄哲学认为，现实是丑恶的，官场是污浊的，人心是叵测的，未来是不定的。面对危机四伏、朝不虑夕的社会，怎么办？老庄哲学开出的药方是逃避，对社会的“警惕”和“抗拒”就是逃避。逃向何方？老庄哲学的主张是回归自然，在远离人世喧嚣的自然山水中自得其乐，实现“逍遥游”。可以看出，老庄哲学的办法是把现实一分为二，严酷的社会是逃避的对象，迤逦秀美的自然山水成为人们向往和拥抱的对象。老庄哲学并不是全部否定现实，只是认为暴虐的社会人人自危，容易惹祸上身，它是逃避的对象，自然山水成为老庄哲学标榜的充实人的理想对象。

萨特哲学是介入的哲学，不管现实怎样严酷，威胁多么大，挑战多么艰巨，人的存在就是要积极面向现实、应对现实。萨特哲学主张，越是危险的现实越要求介入，这成为萨特哲学所倡导的介入的鲜明特色。萨特曾说过这样的话：“我们从来没有像德国占领期间这样自由过。”[①] 依照通常的看法，德国法西斯入侵给法国带来的是深重灾难，剥夺了法国人的自由，法国人怎能在占领期间享受自由呢？萨特的话别有一番存在主义的逻辑：

① 〔美〕威廉·巴雷特：《非理性的人》，段德智译，上海译文出版社 2012 年版，第 317 页。

当德国法西斯占据法国半壁江山，在法国人家门口肆虐，法国人每天受辱，忍气吞声，他们还能作壁上观、无动于衷吗？在平日，法国人也许对这个世界睁只眼闭只眼，凡事力求明哲保身，刻意保持隐忍和低调。但当德国法西斯在自己眼皮子底下杀人放火，当流放、囚禁、酷刑折磨、死亡威胁成为家常便饭，法国人的自由会迫不及待地迸发出来，他们必须全面深入地介入，立即采取行动，反抗法西斯的暴行。所以萨特认为，“正是由于这一切，法国人才是自由的”。

萨特哲学认为，现实越艰险，越能够激发人们采取行动，越能够为自由的显现提供可能。不介入就没有自由，有限的介入只能得到有限的自由。萨特哲学拒斥对介入“大打折扣”而得到的所谓逍遥游。从萨特哲学立场看，老庄哲学的做法是在严酷现实面前的退缩和妥协，使自由变得有限和可怜，实际上是对自由的阉割和亵渎。波伏娃尖锐地指出，这种放弃权利的做法“只是成功地挽救了自由的一个抽象概念，掏空了自由的所有内容和所有真理”。[①] 任何对介入的限制都是对自由的限制，任何对介入“做手脚”实际上都是在掏空自由的真实内容。

在强调积极介入的同时，萨特哲学又主张，意识在介入某物的同时不能等同于某物，意识在介入中不能摇身一变成为某物。也就是说，意识只有介入某物又不被某物充实，介入某物又超越某物，如此意识才能保持自身。在萨特哲学看来，不介入，意识无法实现自身。介入后被淹没、被充实，意识同样会消失。意识必须与某物保持“适当”关系，才能实现自身。这种适当关系是：意识通过介入，既是某物，又不是某物，它在是某物时又不是某物，不是某物时才是某物。萨特哲学对自为存在的定义就是从意识介入的这一特性中引发出来的。自为的存在即指人的存在，人不是其所是，也不是其所不是，而是所谓“是其所不是，不是其所是”，人的存在本身就处于否定中，他在“是”什么的同时就一刻不停地否定这个“所是”，所以人的存在既不能与对象一致，也不能与自身一致。一旦发生这种一致，一旦与对象或自身重合，人的存在就消失了。这就是说，人的存在始终与对象或自身“若即若离”，始终伴随着虚无和否定，萨特哲学特别看重这个否定。虽然它也认为，人永远无法摆脱现实的纠缠，时刻面临着现实的充实，但萨特哲学更看重的是战胜现实、超越现实。萨特哲学恐

① 〔法〕波伏娃：《模糊性的道德》，张新木译，上海译文出版社 2013 年版，第 25 页。

惧的是，人一旦深入现实就被现实征服，一旦与现实发生联系就被对象充实。对于萨特哲学，现实是“可爱”的，也是“可憎”的。人的存在无法摆脱现实的纠缠，但又不能不摆脱现实的纠缠，人的存在是一场面对现实的纠缠与反纠缠的永恒斗争，人注定无法从这样一个怪圈中超脱。对于萨特哲学，介入就是为了抗争，而抗争的结果是在更大、更深、更广层面上的介入。没有介入谈不上抗争，没有抗争，介入就没有生命力，不能持续。

明白了萨特哲学对介入和超越的看法，就可以理解伊比埃塔的选择与通常革命者选择的重大区别。通常革命者的选择一定有目标，譬如一个革命者会开诚布公地宣布，他选择宁死不屈是为了西班牙革命胜利，这个崇高目的是他选择的依据，也是他行动的动力。伊比埃塔的特点是，表面上他与通常革命者一样，做了宁死不屈的选择，但不同的是，他逃避了充实，因为他高调声明，他的选择与西班牙革命胜利、与实现无政府主义的理想等统统无关。按照萨特哲学，一个人若把外部因素当做决定因，认为是这些外部原因直接锁定他的行动，那么，他就面临着被这些外部原因的充实。一旦被充实，成为被支配和被决定的人，他就失去了自由。萨特哲学判定人是否处于自由中，就看他能否逃脱充实。如果一个人不幸被外部现实牢牢“攫住”，动弹不得，他就处于不自由状态。萨特哲学没有对充实人的现实因素进行区分和鉴别，对于萨特哲学，不可能做出什么是“好”的充实、什么是“坏”的充实的划分。在萨特哲学看来，根本无所谓好和坏的充实，所有的充实都把人变成物，都剥夺人的自由，都把人置于非自由状态。在这个意义上，所有充实无一例外都是“坏”的。

伊比埃塔选择宁死不屈当然有外部原因，他对这些外部原因看得很清楚，它们只是为他的选择和行动提供了一个平台，至于在这个平台上演出什么样的剧本，为世人上演什么样的剧情，完全不是由这些外部现实决定的。存在主义认定，“过去的限制因素都将与我的行动不发生关系”[①]。正是由于过去与现在之间存在“断裂”，过去不能直接决定现在，外在现实不能直接决定行动，这使面对同一个境遇，人们可以而且必然会有多样化的选择。譬如伊比埃塔面对敌人的逼迫，没有任何一种外在力量可以主宰和决定他只能这样做，而不能有其他做法。他完全可以随机应变，采取那一

① 李瑜青、凡人主编：《萨特哲学论文集》，潘培庆等译，安徽文艺出版社 1998 年版，第 158 页。

刻他认为应该采取的行动：他可以向敌人交代，满足敌人的要求，当一个叛徒。他可以拒不交代，选择宁死不屈，做一个英雄。他可以采取手段欺骗敌人，不断与敌人周旋。他可以拒不开口，装疯卖傻。他可以寻找时机自杀成仁，他可以开出条件与敌人讨价还价，他可以……这里，特定情形下，一个人可以采取的具体行动是不可限定、难以预测的，存在的偶然性可以为他提供一系列可能性，没有任何办法可以限制或消除这些可能性。现实中的外部原因尽管重要，但它们不可能取缔人采取各种行动的可能性，不可能取消人的选择。相反，在严峻的现实面前，人们不得不睁大眼睛看清楚自己的利益所在，他要守护自己的利益，就无法人云亦云，无法随大流，无法让外部现实随意支配自己，他的行动不能由外部现实“鲁莽”地直接“硬性”锁定。

如果伊比埃塔像通常革命战士那样，做出宁死不屈的选择就是为了西班牙战争的胜利，他的存在直接被外部原因决定，他的行动被“革命者”的概念充实，那么，他就成为一个地地道道的革命者。如果伊比埃塔是为了实现无政府主义理想而牺牲自己，那么，他就是为这一崇高理想献身，他就被定义为一个“理想主义者”。如果伊比埃塔是为掩护战友而牺牲自己，他就成为众人心目中的“英雄”。这里，“革命者”“理想主义者”“英雄”等都意味着被充实，这与前文所说的“侍者”被充实本质上是一样的。说到这里可以明白，为什么伊比埃塔一方面做出宁死不屈的选择，另一方面又忙不迭地排除和否定他的选择具有任何现实方面的原因，一方面看，伊比埃塔具有革命者的特征，从另一方面看，他又必须具有与一般革命者“相距甚远”的特征，说到底就是因为他恐惧被外部原因充实，这些外部原因不足以支撑他的选择，唯有他的自由才是选择和行动的最终承担者。

5. 选择和行动的荒诞性

按世俗逻辑，做出重大选择，但又否认选择的现实原因，这就造成了困惑，究竟该怎么理解这一选择呢？一个人不可能无缘无故地选择宁死不屈吧？做出选择总是有现实的考虑吧？如果一个人做出宁死不屈的重大选择，却又斩断这一选择与外部现实的一切联系，那么选择就成为不可解释的、荒诞的，现在伊比埃塔就面临这一“窘境”：像通常人们所做的那样进行解释，把外部原因当做行动的决定因，就面临被充实的危险。不做解释，选择势必难以理解，陷入荒诞。

伊比埃塔是如何摆脱这一窘境的呢？他的办法是这样：他确实给出了

对自己选择的解释，但这一解释与人们所期待和认同的解释很不一样。通常人们会赋予选择宁死不屈的理由以重大意义，因为人们不会为了一件鸡毛蒜皮的小事而宁死不屈，不会因为一件没有意义的事情而宁死不屈。相反，选择宁死不屈的原因常常是为了战争的胜利，为了实现崇高理想，为了某种英雄主义壮举等等。伊比埃塔的解释必须避开通常解释的习惯路径，否则他面临的就是被充实。他为选择提供的解释是："这是我的固执。"猛一看，这哪是什么解释啊！这根本不是人们期待和认同的解释，它与世俗的解释完全不在一条路上。一个人要小性子，可以用"固执"来解释，可是伊比埃塔在敌人威胁下选择宁死不屈，也可以用"固执"来解释吗？这种解释合理吗？有效吗？

人们可以步步紧逼，不断质疑这一解释。但所有这些自以为是的质疑，站在伊比埃塔立场看，没有一个切中要害。这些质疑囿于传统思路，与伊比埃塔的关切没有交集，它们貌似步步紧逼，实际上并未触及伊比埃塔的立场。伊比埃塔的立场是在另一层面，即拒绝传统解释是他的鲜明态度，在这方面，他不会有丝毫的松动和妥协。他对把自己定性为一个单纯革命者、一个崇高的理想主义者、一个让人敬仰的英雄等一概拒绝。他必须这样做，因为只有坚定否定这些世俗的解释，才能为伊比埃塔把行动奠定在自由上打开大门。小说中，伊比埃塔以略带讽刺和调侃的口吻做出的唯一"让步"是，如果一定要对这一选择给出解释，那么"这就是固执"，他只能给出这样的解释，他无法对这一问题做进一步的回应。其实这里"固执"的潜台词是：我是这样的人（自由的人），做了自己认定该做的事，这是我自己的决定，我只能这样做，这一切都由我自己来承担，如此而已。

通过上述分析，可以看出，萨特塑造的伊比埃塔不是通常意义上的革命者，尽管他身上确实具有革命者的某些特征，这个形象本质上通向的是萨特的自由哲学，萨特塑造的是建立在其哲学基础上的一个自由者的形象。伊比埃塔单纯放在是否是革命者、在多大程度上是革命者的思考框架下讨论总是让人感到困扰和别扭，因为这一框架对这一形象不可避免地进行人为地切割和肢解，造成对这个形象的严重扭曲和伤害。若把伊比埃塔置于萨特哲学背景下，从萨特自由哲学的视角解读，那么许多原来刻意回避、难以解释的问题都将迎刃而解。

萨特哲学是伊比埃塔这个人物存在的灵魂，萨特哲学所界定的自由是伊比埃塔这个形象的生命，萨特在小说中本意并不是要塑造一个通常意义上的（江姐、刘胡兰式的）革命战士，而是创造一个象征存在主义自由哲学的自由者形象。

二、死亡的荒谬意义

伊比埃塔和战士们面临死亡考验，小说营造了强烈的死亡氛围，小说情节是围绕着死亡展开的，可以说，《墙》是典型的表现死亡主题的小说。

文学史上表现死亡主题的小说不少，与传统表现死亡的小说相比，《墙》的特色是什么呢？

要说明这个问题，必须回到萨特哲学。因为小说表现的对死亡的理解源自萨特哲学，不了解萨特哲学对死亡的看法，就无法理解和把握小说的情节构思和艺术表现。

萨特哲学对死亡的理解与传统哲学比较有很大不同。这里，先让我们看看通常人们对死亡的理解：

首先，通常看法认为，人一出生就奔向死亡，死亡是生命固有的永恒方向。有生就有死，生命之所以是生命，就是因为内在地含有死亡。生命没有永恒，死亡是生命的尽头，是人生的终端，这个“尽头”和“终端”对于一切生命具有必然性。在这个意义上，死亡对于生命是“合理”的，它是生命的本质，符合生命发展的规律。

其次，既然死亡对于生命无法避免，它必然出现在人生征途的某一刻，那么对于所有人，死亡当然就是可以等待的。一个人的生命可能只有短短三十年，另一个人的生命也许超过了一百年，生命有长有短，但是，不管一个人的生命延续多久，最终毫无例外地都会与死亡照面，人最终都能够等到死亡的到来。人的生命不可能无限延长，死亡最终对所有人会“不期而遇”，终结人的未来，封闭人的一生。万寿无疆只能是人的“期望”而不会成为人的现实。

上述两点是支撑世俗看法对死亡理解的关键，萨特哲学对死亡的看法与上述两点判断有很大不同。

首先，萨特哲学把死亡定义为偶然的。

什么是偶然呢？萨特举过一个例子：第二次世界大战时，一个青年人突然接到入伍通知书，他必须丢下手头的一切，立即开赴战场。原来这个青年人根本没有想过战争，更没有想到自己会上战场，他没有一点准备，但在接到入伍通知书的那一刻，原来根本没有意识到的死亡一下子摆在了眼前，令他深感不安。他是第一次上战场，第一次进入阵地，第一次与敌人面对，也许二次大战打的第一枪，发出的第一颗子弹，不偏不倚，正好打中他的心脏。这个年轻人无法排除这些可能性，无法预测、驾驭、掌控这些可能性，因为没有任何因果线索可以让他“顺藤摸瓜”、万无一失地把握和操控这一切。

但是也存在着另一种可能性，即在大家都认为战争一触即发的最后关头，各个交战国纷纷抓住最后一线机会，竭力避免战争，就在战争爆发的临界点上，交战各方激烈地讨价还价，相互妥协，最终避免了战争。或者偶然性地采取了另一种表现形式，就在这个年轻人做好了一切准备，他就要“雄赳赳、气昂昂”地上战场时，出门前竟然“无缘无故”扭伤了脚，无法站立和行动，不得不退出战场。不是他故意扭伤了自己，不是他不小心导致受伤，没有任何迹象表明他可能会受伤，谁都没有想到这个节骨眼上他会受伤，连他自己都不晓得他会受伤，然而他确实“突然”受伤了。这一偶然性使这个年轻人从死亡的阴影下逃脱了，至少是暂时逃脱了。

这里要指出的是，传统看法认为人的本质在于生命，所以会把死亡与生命联系在一起，因为生命内在地“含有”死亡。萨特哲学论证人的本质不是生命，而是生命的意义，不是人活着，而是这个活着的人是自由的，自由才是人与物的根本区别。没有自由，生命就成为缺乏意义、转瞬即逝的感觉和愿望的“衔接”和“拼凑”。在萨特哲学看来，人的存在本身就是自由的，自由不是源于外部的规定，不是来自上帝、也不是由某某人、某某权威给予的。人是自由的，是因为他的存在扎根于虚无，正是因为这个虚无，所以人的存在永远可以逃脱外界支配，这才赋予人的选择具有无穷的可能性。人是具有选择的，选择的可能性永远现实地摆在人们面前。因而对于人，他必然始终面向未来，他的存在必然导向未来，在这个意义上，人是永远具有未来的存在。这个结论与人是具有死亡的存在截然不同，传统哲学把人界定为生命，任何生命都具有死亡，死亡对于任何生命都具有必然性。萨特哲学把人的存在界定为自由，人是自由的存在，在人的自由存在结构中，人始终要把自己的存在推向未来，这使得在人的自由存在结构中没有必然性死亡的位置。萨特说：“正是因为自为是总是要求有一种后来的存在，死在自为的存在中没有位置。”[①] 如果接受传统哲学的结论，

① 〔法〕萨特：《存在与虚无》，陈宣良等译，三联书店 1987 年版，第 691 页。

宣称死亡对于人的存在具有必然性，那么萨特哲学将陷于矛盾。萨特哲学把人的存在视为自由，这种自由是选择的自由，而任何选择都只能在向未来的超越中进行，人的存在必须无限地向未来开放，在萨特哲学所界定的自为存在的结构中，死亡没有必然性，它只能是偶然的、荒谬的。

既然死亡是偶然的，所以无法预期、无法掌控、无法谋划，当然也无法等待。在萨特哲学中，死亡不是等待的对象。人们可以等待一个已经被决定了的对象，但无法等待死亡。为说明这一点，萨特举的例子是：火车从甲站出发开往乙站，这列已经开出的火车就是一个可以等待的对象。火车能够成为一个等待的对象，关键是它已经发出，这个“已经出发的火车”就成为一个被决定的事实。当然，火车开出后可能发生故障，也可能火车本身没有故障，但沿途出了事故，影响了火车正常行驶。但不管这列火车发生了什么，遇到了什么，只要车轮还在转动，进站的程序就仍在进行。这个过程虽因各种干扰不断延误，但不论怎样，终有一天，人们在乙站能够等到这趟列车。这趟列车进站是一个已经决定了的事件，一当从甲站发出，无论路途多么坎坷，它抵达乙站的“命运”已经被注定了，如此它才能成为一个被等待的对象。

但对于死亡这样的事件，它突然出现，又突然消失，对于个人而言完全是偶然的。偶然的意思是：它完全超越了个人掌控，不像火车进站是一个已经决定了的事实。任何人都无法对战争爆发的时间点进行准确预测，人们可以为战争的爆发找出许多原因，事后做出许多解释，这些解释都能言之成理，看上去都很有说服力。但为什么当初没有人能够准确预测战争爆发的时间点呢？这是因为一场战争的爆发是多种力量博弈的结果，各种力量的博弈最终是导向战争还是相互妥协，存在着一系列变数，具有各种可能性。有时战争看起来完全可以避免，各方也都做好了避免战争的准备，但没想到一个偶发事件打破了平衡，人们经过辛辛苦苦的谈判设立的预防战争爆发的防护栏轻而易举地就被推翻和拆除了，转眼间这些原来看上去很坚固的防护栏一下子就丧失了功效。偶发事件可能是由于一次暗杀，也可能是因为一个士兵的失踪，可能源于一方领袖刚愎自用的固执性格，或者纯粹是因为双方士兵不小心擦枪走火，最终酿成大祸。像战争爆发这样的事件，背后有各种力量的博弈较量，它的走向存在着多种可能性，它是向战争爆发的方向推进，还是朝避免战争的方向转变，始终处于种种不确定之中，这使它与火车进站这样的事件有本质的区别，决定了它无法成为等待的对象。

下面我们看看小说是如何表现“死亡的偶然性”以及“死亡是不可等待的”这两点的。

小说开始，伊比埃塔等三位战士已经被俘，被押进大厅，挨个接受审讯。这里，小说表现的特色是：它没有交代三位战士是怎样被俘的，他们是因为战斗失败，还是在转移途中走失？是因为掩护战友，还是因为叛徒出卖？三位战士参加的是什么战斗，战斗的规模、战斗的过程、战斗的激烈程度、最后结局等，小说一概没有描写。三位战士为什么被俘，他们被俘的具体原因是什么，他们是在什么样的情形下被俘的，小说没有任何交代。三位战士被俘后，在等待死亡的漫漫长夜中，他们回忆了许多，想象了许多，但奇特的是，所有的想象和回忆都没有涉及导致他们被俘的这场战斗。这场战斗对他们至关重要，使他们的命运发生了重大转折，但小说却有意略过，为什么？

传统小说表现的是所谓情节，通常由一系列事件构成，事件之间具有严密的因果关系。事件之间如果单纯有前后相继的时间顺序，很难揭示事件的意义，必须加入因果关系，才能在叙述事件的基础上表现事件。一旦事件之间由因果关系维系，各个事件便被因果锁链紧紧“锁住”，它们构成了事件意义的各个环节。在因果锁链制约下，事件被纳入了发展和变化的必然性中，各个事件被赋予不同的表现功能，完成自己应该扮演的角色任务。每个事件在整体表现中担负不同的任务，它们本身没有独立性，仅仅构成整体事件的一个组成部分。

传统小说情节揭示的是事件之间的必然性关系，这种必然性关系恰恰是萨特的叙事艺术要突破的。怎么突破呢？萨特常常使用的手法就是描写一个孤零零的事件，这个事件突然出现了，它“前不着村，后不着店”，没有原因，至少没有像传统情节设定的强有力的因果原因。即这个事件已经出现，但没有决定它、制约它、说明和解释它、把它纳入严密因果体系中的那种必然性。在这个意义上，它是一个孤零零的事件，一个偶然性的事件，一个逃避了一切决定性的事件，一个无法用发展和规律的眼光来打量的事件。萨特钟情的就是这样的事件，存在主义的小说艺术所要表现的就是这样一个偶然性的世界。

存在主义与传统哲学对待世界的态度有很大不同。传统哲学认为，世界本质上是可以解释的，事物之间是有各种各样联系的，这些联系可以从不同角度定性和说明，整个世界可以纳入到一张复杂的因果关系网中。随着人们拥有的知识越来越多，人们对世界的理解越来越深入，用因果性原理对世界解释的空间不断拓展，这一解释取得了节节胜利，迅速膨胀为对世界认知的主要范式。但在存在主义看来，这样一个奠基于因果性解释的世界根本不是世界的本来面目，它是建立在苍白理性上的，是人用非常有限的知识构造出来的“表象”，充其量只能算是世界的一种面貌，根本不能把它视为世界本身。在存在主义者看来，世界的本来面貌就是偶然性，就是逃脱了一切奠基、带来一切变化的偶然性。小说中，伊比埃塔等人就是突然之间被置于死亡面前，萨特的描写把战斗的起因、过程、结局等一概略过，就是要造成“突兀”和“偶然”的艺术效果。

小说描写的审讯过程也很有特点：审讯人员貌似认真，煞有介事地在进行讯问，其实他们只是做官样文章，走走过程。这些法西斯分子并不“关心”审讯的对象，他们只是例行公事，问几个不痛不痒的问题，给人的感觉是，他们希望尽快了事，赶快走完这个有点烦人的程序。审讯草草结束，伊比埃塔等人被押回牢房。这个审讯如此“简陋”和“粗糙”，如此“草率”和“不负责任”，以至于战士们不得不提出这样的疑问：刚才的审讯是一般的“讯问”还是最终的“审判”？在萨特的表现下，所有为死亡奠定基础的“程序”和“关系”都被刻意描写得“松松垮垮”，缺少制约性。

到了晚上，法西斯分子拿着一份名单，挨个念着名单上的名字，宣布游击队员们被判处死刑。伊比埃塔和汤姆“身经百战”，对此已经“见怪不怪”，但年轻的茹安听到被宣判死刑犹如五雷轰顶，他无论如何不相信自己会被判处死刑，因为他认为自己并没有干什么。看到茹安的反应，法西斯分子有点吃惊和疑惑，问他叫什么名字？然后仔细核对了手中的名单，确认名单上写的就是茹安，他确实被判处死刑。站在茹安角度看，判他死刑，总要告诉他原因，总要听听他的申诉，总要搞清楚他究竟做了什么吧？不能什么都不清不楚，仅仅因为他是一个战士的弟弟就稀里糊涂地判他死刑吧？茹安的想法属于“正常”，一个人被判处死刑，总是有原因的吧，至少要让被判处死刑的人知道，他是因为什么原因被判处死刑的吧。也许人们会对原因有争议，但是不管有什么争议，判处死刑总有原因，这一点不会有争议。小说的表现是把判处死刑的原因“悬隔”起来，死刑没有原因，或者死刑的原因非常勉强，导致死刑的是一个完全“不相干”的原因，小说的表现意在刻意“回避”追寻死刑的因果性线索，死刑没有必然性，它“无缘无故”突然降临到战士们头上。这样的表现一方面揭示法西斯分子草菅人命，表面上经过了审判，实际上这个审判就是糊弄人的幌子，只是做做样子，走走过场，根本就没有人把它当回事。另一方面，这样的表现意在揭示，在存在主义世界中一切都是偶然的，死亡亦不例外。

小说中汤姆与伊比埃塔的一段对话揭示了表现的死亡主题，汤姆说：“你可以相信我，我以前也曾经整夜不睡等待一件事情发生。可是这一件事是不同的：这件事来得十分突然，巴布洛，我们不可能事先做好准备。”是的，小说中的死亡是突然降临的，在萨特表现下，死亡的到来没有任何道理（因果必然性道理）可讲，它无缘无故地一下子“撞”上了人们，不由分说地抓住了人们。死亡是偶然的，偶然性是突发的、猝不及防的、超越了一切预测和掌控。人们可以循着因果线索对某种必然性有所预期，但无法为偶然性做任何准备，无法预期任何偶然性，这就是偶然性的特性所在。

宣判死刑后，三位战士开始等待死亡。法西斯分子计划在天亮枪毙战士们，战士们距离死亡还有一个晚上。第二天一大早，枪声大作，敌人动手了。伊比埃塔已经决定宁死不屈，做好了面向死亡的准备，坦然走向刑场。就在这一刻，他突然无端端地“冒出”一个念头，在生命最后一刻，何不戏弄一下敌人：你们不是想抓游击队长格里吗？伊比埃塔不假思索地随口告诉敌人，格里就藏在墓地的小木屋里。法西斯分子将信将疑，或许以为，死亡的威胁激活了伊比埃塔的求生本能，他终于吐露真言了。法西斯分子立刻出发，直奔墓地小木屋。望着敌人匆匆远去的背影，伊比埃塔暗自笑了，他想象着，过一阵子，被戏耍的敌人两手空空地回来，一定恼羞成怒，气急败坏，不由分说，立即把他押上刑场，就地枪毙。然而伊比埃塔的期望落空了，敌人回来了，没有恼怒，没有枪毙他，没有任何解释，而是把他直接押回了牢房。伊比埃塔顿时糊涂了，丈二和尚摸不着头脑，不明白究竟发生了什么，他不知道该怎样理解敌人的举动，为什么这些法西斯分子突然决定不枪毙他了，难道一个即兴的玩笑竟有这么大的魔力？

后来伊比埃塔终于搞清楚了，他从其他人那里得知了事情的原委：原来格里是藏在村子里的，因为一件小事与堂兄弟吵架，他决定离开村子。村子里想收留他的人不少，但格里不想连累别人，认为墓地的小木屋安全，于是就躲藏到小木屋，没想到遇到敌人的搜捕，他被抓了。了解了这件事的来龙去脉，伊比埃塔的反应是："周围的一切开始旋转起来，我发觉我自己坐在地上：我笑得那么厉害，以至于眼泪涌上了我的眼睛。"

萨特说："一种对死亡的等待能够意味着什么呢？对死的等待本身毁灭了，因为它将是对一切等待的否定。"[①] 这就是说，对死亡的等待本身就是荒谬的，因为自由使一个人的存在不断向未来延伸，而死亡必须设定一个人的存在是有限制的。只有把一个"无限"的自由转化为"有限"的生命，才可以等待死亡。自由要求设定一个未来，而未来不可能有"尽头"，不可能出现封闭和终结未来的"死亡"，在这个意义上，只要人是自由的，就不能等待死亡。这里需要搞清楚的是，一个人完全可以谋划自杀、谋划成为一个烈士，要实现这一目的，他需要在未来采取一系列行动，这些谋划是可以成立的。但是如果把取消一个人现在的未来、取消此刻的可能性和偶然性作为谋划，直接把死亡本身作为谋划，就是不可理解的，因为取消了这些"东西"，谋划本身也成为不可能的。换言之，直接把死亡作为谋划，就是把毁灭一切作为谋划，就是把毁灭本身作为谋划，必然导致悖谬。在这一意义上，死亡不是人的固有可能性，它只能出现在"墙"的另一面。

伊比埃塔临上刑场即兴与敌人开了一个玩笑，本意是要戏耍和激怒敌人，令他万万没有想到的是，竟然阴差阳错，弄假成真，世上竟然会有如此离奇荒唐的巧合？伊比埃塔的本意与最后的结果之间完全失去了"正常"关联，他本来仅仅想与敌人开一个玩笑，没想到却与自己开了一个这么荒唐透顶的玩笑，这是冥冥中命运的安排与捉弄吗？不！这就是偶然性，偶然性的世界就是荒诞的世界。面对荒诞的世界，伊比埃塔没有因为自己逃脱了死亡而暗自庆幸，也没有因为他的一个即兴玩笑导致格里被捕而深深自责，他的反应是发现所处的世界"旋转起来"，挣脱了一切正常联系，处于"失控"和无序的状态。伊比埃塔"笑得那么厉害，以至于眼泪涌上了他的眼睛"，这不是一个革命战士在这种情形下通常应有的态度，而是一个存在主义者对待世界的"正常"反应。

小说设计的这一情节表现的是，死亡是偶然的，不可谋划，死亡不是等待的对象，因为死亡不是一个已经决定的事件，不会准时出现或"定格"在一个确定的时刻和地点。伊比埃塔被判处死刑，他已经做好了死亡的准

---

① 〔法〕萨特：《存在与虚无》，陈宣良等译，三联书店 1987 年版，第 691 页。

备，一直等待死亡的到来，这一切是如此确定，按照“正常”情形理解，毫无疑问，伊比埃塔的死亡已经“确凿不移”，他注定了死亡的命运。但谁也没有想到，这些看上去已经“铁板钉钉”的确定性、牢不可破的必然性仅仅因为伊比埃塔的一个即兴玩笑顿时“灰飞烟灭”，伊比埃塔等待死亡的必然性如此不堪一击，证明偶然性无所不在，它才是这个世界的存在真相。

死亡不是人们筹划、等待的对象，表明死亡不是人们选择的对象。萨特哲学设定，人是自由的，在这一自由存在的结构中没有必然性死亡的位置。按照萨特哲学对自由的理解，人的自由就在于他拥有未来，他在未来在中能够进行选择。选择对于人不是一次性的，它与人的自由相伴随、相始终。只要人是自由的，人就有未来，就有选择，选择对于人是无止境的。如果说人可以选择死亡，而死亡是一个终端、一个尽头，这意味着人选择了一个没有未来的选择，或者说，人们的选择实际上是不选择，人们选择了一个不选择，这将导致悖谬。从逻辑上说，一旦萨特哲学规定人是自由的，这个自由扎根于虚无，它要通过未来实现，那么人的自由就排除了对于死亡的选择。在萨特塑造的存在主义艺术世界中，对于死亡的等待和逃脱最后都落空了，伊比埃塔是这样，《死无葬身之地》中的游击队员们也是这样。不论是一心一意等待死亡的伊比埃塔，还是计划逃脱死亡的游击队员们，最后都不成功，因为依据萨特哲学，死亡不是谋划和等待的对象。

三、自由为什么是焦虑？

作为表现死亡的小说，《墙》的特色还在于营造了独特而强烈的焦虑氛围。

这里所说的焦虑与通常人们对这个概念的理解不同。通常人们把焦虑界定为紧张、忧虑以及提心吊胆、坐立不安等。在日常生活中，焦虑属于负面情绪，对人的正常生活带来了滋扰，严重的焦虑需要治疗。这篇小说表现的焦虑建立在萨特哲学对焦虑界定的基础上，可以这样说，萨特哲学赋予焦虑这一概念的特殊含义规定了小说艺术表现的立意和方向。

焦虑是萨特哲学的重要概念，为了准确把握小说表现的焦虑，应该先对萨特哲学对焦虑概念的规定和用法做一些了解。

萨特哲学的核心概念是自由，这个自由的最大特色就是扎根于虚无。

与传统哲学对自由的界定比较，萨特哲学所说的自由是“否定性”的自由。如何理解这个否定性的自由呢？

萨特认为，人的存在必须“向外”介入，没有介入，人不可能成为自由的。但介入既是自由所要求的，同时也对自由带来了威胁。在什么样的情形下介入会给自由带来威胁呢？萨特认为，人在介入时如果与现实完全一致，介入的结果被现实淹没或征服，在这种情形下，人被充实，其存在就是不自由的。可见，不介入没有自由，介入后被充实一样也没有自由。怎样才有自由呢？萨特哲学强调，介入现实但又不能被现实充实，也就是说，介入本身不是目的，介入是为了超越，这个超越就是对现实的否定。萨特哲学所讲的自由不仅与介入有关，更与超越有关。单有介入没有超越，这与传统哲学没有本质的区别。传统哲学也讲介入，而且只讲介入，这个介入就是肯定，所以传统哲学所讲的往往是肯定性的自由。对于萨特哲学，介入本身不是目的，介入仅仅是超越的条件，介入仅仅是为超越奠定基础。介入越全面、越充分，否定和超越就越迫切、越有力。在萨特哲学看来，自由不仅仅意味着确证现实，认识现实，这仅仅是实现自由的前提条件，而不是自由本身。萨特哲学论述的自由特色在于，介入是为了促使现实发生改变，肯定现实的目的是为了否定和超越现实。

介入现实如果仅仅是为了与现实和谐相处，那么人就必然追求与现实的一致，追求从现实得到支撑。一旦得到支撑，不论做什么，人都处于“脚踏实地”的状态。萨特所举的例子中，咖啡馆侍者就是一个典型。

侍者身上体现的是传统的自由观。在这种自由观下，一个人必须做的就是想方设法适应和满足现实，为此他必须改变自己。这种改变开始时可能非常艰难，阻力和难度都很大，现实对他提出的挑战也很严酷。侍者在工作的起步阶段必定会遇到一系列不适，他需要克服种种困难，最后他的工作技能才能达到炉火纯青的地步。也就是说，这个侍者经过了一番拼搏取得了工作成就，经过辛勤努力得到了幸福和自由。他还要坚守岗位，不断巩固取得的成就，未来还需要继续努力，力求各方面精益求精。总之，他认为自己的今天得来不易，还要坚持不懈，希望更加圆满。萨特哲学对这个侍者的最大不满不是因为他勤勤恳恳，不是因为他立志献身于这个职业，而是这个男人自觉地把自己的存在限定和凝固在一个固定角色中，并且知足常乐。在萨特哲学看来，这个侍者是按照物的方式存在的，他把自己混同于一个“墨水瓶”的存在。萨特哲学坚持人的存在就是自由，这个自由从消极方面说，就是坚持人的存在无论如何不可能被充实。从积极方面讲，就是人必须超越。人不能仅仅认识现实，保持与现实的和谐一致，更要改变和超越现实。从这一点看，侍者也好，自学者也罢，他们的所有勤勉都是围着旧世界打转，他们的存在丧失了超越的动力，只能活在轻松自在、“黯淡无光”的过去。

对于任何人，超越说起来轻松，真正做起来却是异常艰难。让我们继续以侍者为例来说明：

侍者经过一番打拼，好不容易取得了今天的成就，奠定了自己在咖啡馆的地位。如果让他放弃这份工作另谋高就，他愿意吗？当然，如果是外界难以抗拒的压力，如咖啡馆倒闭了，所有员工不得不遣散，侍者也只能卷铺盖走人。如果这间咖啡馆经营得好好的，侍者的工作得心应手，干得热火朝天，正带劲儿呢，你让他“超越”一下，辞去熟悉和喜欢的工作，做一份他完全不了解、甚至风险很大的工作，他心甘情愿吗？当然不会心甘情愿！绝大多数人在这种情形下都不愿意。好不容易得到的幸福为什么头脑发热突然间要放弃呢？这是一般人看问题的角度，从萨特哲学的立场看，通常人们的这种选择是与自由无缘的。因为萨特哲学所理解的自由不是所谓幸福，而是与幸福相去甚远的焦虑。在萨特哲学看来，自由不是通常所谓的和谐和美满，而是与焦虑相通，焦虑才是自由的典型表现。

在许多人看来，自由不是欢乐和幸福吗？怎么在萨特哲学里变成了焦虑呢？焦虑能使人幸福和快乐吗？不能使人快乐的能够是自由吗？这里需要认识清楚的是，萨特哲学所讲的自由与通常人们所理解的自由有“天壤之别”。萨特哲学所说的自由离不开超越，而一旦实行超越，人必然陷入焦虑中。像侍者，如果放弃得心应手的工作，到一个不熟悉的领域从头做起，谈何容易！一旦离开了熟悉的领域，到一个陌生地方闯荡，人的第一反应就是恐惧。置于陌生环境，人对即将面临的一切都不了解，更无从把握，在这种情形下，其本能反应就是恐惧。恐惧对于人虽不能免，但恐惧本身并不能解决任何问题，实际上人也不可能一直恐惧下去。强烈的恐惧在一瞬间会充实人的存在，但它不会把人彻底变成一块僵硬的肉体，把人置于永远动弹不得的凝固境遇。在经历了恐惧后，人会从恐惧中“走出”，即他会下意识地打量周边环境，开始寻找办法，摆脱困境。但是，第一他不知道自己能否找到办法，第二，即便他找到办法，他也不知道是否管用，这种情形下，焦虑油然而生。

萨特哲学认为，只有当人面对挑战，试图去回应挑战，但又不知道怎样回应、不知道自己的回应能否奏效成功，他对这一切都没有把握，他对未来面临什么毫无预知，在这种情形下，自由才实实在在地显现出来。只有当受到考验，甚至是严酷的考验，人的自由方能彰显。在侍者被充实的幸福中是没有自由的，在老庄哲学鼓吹的排除了人类社会污浊和险恶、在“万无一失”桃花源式的逍遥游中，也是没有自由的。自由显现于现实向人们施加的压力和威胁中，存在于虽然看不到胜利的远景，但毅然敢于单枪匹马迎难而上积极应对的挑战中，萨特哲学认为这种状态下的行动才是自由，所以自由必然与焦虑相伴。

这里应该避免误解的是，不是说人们做好了一件工作，立马就要辞去这份经过一番拼搏之后好不容易才得心应手的工作，这样做才符合萨特哲学所说的自由。或者说，只要人们做一件自己喜爱的工作，只要他对自己的工作驾轻就熟，他就是处于不自由中。不能这样牵强附会机械地理解萨特哲学所说的自由。萨特哲学仅仅是认为，一个人心甘情愿地被一种“东西”充实，并且寻找各种理由为被充实进行辩护，把自己的存在“物化”，就是使自己处于不自由的状态。只要人是自由的，就应该趋向未来，这个未来不是封闭的，不是重复自己的过去，而是力图不断超越自己的过去。换言之，人应该时刻具备超越自己、更新自己存在的能力，人不能仅仅活在过去，不能仅仅停留在一个固定的点上，人的存在不能成为僵死的、凝固的、呆板的、惰性十足的。从萨特哲学的观点看，即便侍者仍然从事自己的工作，他也应该有“创新”精神，他应该超越自己，他需要把自己的存在提升到一个新的境界。对于侍者而言，他的存在不应是惰性的，他仍然有一个未来，仍然需要面对新的挑战，侍者的存在仍然需要向着未来进行超越。这种超越面临着一系列的变数，谁都无法十拿九稳地断言和把握这个未来。这种不断超越自己的能力才是自由的精髓所在，不断挑战自己、超越自己、提升自己，实际上就是不断把自己置于焦虑中。

只有在下面两种情况下不会产生焦虑：一是在恐惧中彻底崩溃，也就是说，被恐惧牢牢抓住无法走出，被恐惧彻底征服，整个存在被恐惧完全充实；再一种情形是，摆脱困境轻而易举，困境对我根本不构成任何威胁和挑战，我对自己和未来充满信心。不管是被恐惧充实还是能够用想象充实未来，焦虑都将离你而去。焦虑与充实无缘，它只与虚无结伴而行。面临严酷挑战，你敢于直面它，而你敢于直面它的前提是把它虚无化，从而把挑战变成你的对象，在这个基础上你才可以想方设法去克服它、战胜它，而这一切端赖于虚无的存在。严酷的挑战没有一下子压垮你，也是虚无助你灵巧地“闪躲”。虽然威胁的阴影始终笼罩着你，但总是无法覆盖你、吞没你，这个阴影总有一丝缝隙，你总能从这个缝隙中成功逃脱，这就是虚无。当自由受到严峻考验时，人必然处于焦虑中。

明白了萨特哲学对焦虑的看法，下面让我们来看看小说是如何通过艺术形象的塑造来表现焦虑的。

三位战士面对死亡威胁，他们的第一反应，毫无例外地都是恐惧。

恐惧紧紧攫住了三位战士，充实了他们的存在。在恐惧的控制下，三位战士的表现是：茹安内心极度惊恐，脸庞扭曲，年纪轻轻的他“样子像个老男妓”。关押三位战士的牢房是一间地下室，四面透风，寒夜里，冷风嗖嗖，这种处境下身体的正常反应本应是冻得瑟瑟发抖，但三位战士却是大汗淋漓。他们的身体不受控制、不听“使唤”，已经无法与周围环境相协调了。伊比埃塔浑身大汗，衣服与身体粘在一起，头发似乎都能绞出水来。身体健壮的汤姆浑身上下湿透了，还失禁了，小便顺着他的裤管一滴一滴往下滴，但汤姆却极力否认这个明显的事实：“我没有小便，我没有这个感觉。”汤姆否认自己由于恐惧失禁的事实不是要掩饰尴尬和难堪，他是一个诚实的人，这一刻他是“实话实说”。他被恐惧充实，变成了“物”，成为一块站立着的僵硬“肉体”，这块站立的“肉体”在这一刻确实没有任何小便的感觉，遑论尴尬和难堪。汤姆极力否认小便的感觉不是自欺，萨特的表现意在强调，一旦被充实，人的存在与物无异。在萨特笔下，把被恐惧充实的人的身体特征表现得非常生动，刻画得非常传神。

三位战士陷入恐惧，被恐惧紧紧攫住，但他们都从恐惧中“走出”，都“摆脱”了恐惧。这里的“走出”和“摆脱”不是战士们想到了什么妙招，能够克敌制胜，真正逃脱了关押他们的牢房。战士们仍然关在牢中，根本不可能逃走，他们仍然在牢房中继续等待死亡。那么“走出”和“摆脱”是什么意思呢？这里“走出”和“摆脱”都不是指游击队员采取了什么实际斗争方法，它们是在萨特哲学意义上讲的，也就是说，“走出”和“摆脱”的含义仅仅是从萨特哲学的角度来解释和界定的。

三位战士陷入恐惧，在刹那间被充实。注意，仅仅是“刹那间”，仅仅是在那一刻，被充实仅仅是一瞬间，而不是一个漫长的过程，恐惧对战士们的充实不可能永远持续下去。战士们摆脱恐惧，首先要面对恐惧。面对恐惧，就意味着把恐惧虚无化和对象化，在这一基础上，才能把恐惧摆在眼前。这种对象化意味着，战士们已经从恐惧中“走出”。只有当我不是恐惧，我才能把恐惧对象化，只有我不是恐惧，恐惧才能成为我的对象。当被恐惧充实，存在与恐惧合一，我就不可能把恐惧视为对象。所以，所谓从恐惧中“走出”的意思就是逃离恐惧、对恐惧本身的虚无化。通过虚无化，战士们挣脱了恐惧对自己的充实，在这个前提下，他们才能面对恐惧，才能开始寻找办法摆脱和战胜恐惧。

小说的描写是：在等待死亡的漫漫长夜里，三位战士不约而同地都在想象即将到来的死亡，想象死亡来临的那一刻，这种想象就是把恐惧对象化的具体方式。茹安问道，死亡的那一瞬间究竟是怎样的？敌人打来的子弹在穿透皮肤的一刹那究竟是一种什么样的体验？那一刻会很痛吗？汤姆也在想象即将到来的死亡，他仿佛听到一声令下，敌人举起的黑乎乎的枪口已经瞄准了自己，甚至子弹的强大威力把他推到后面的那堵墙里去。汤姆反复地想到子弹，想到疼痛，想到枪声。伊比埃塔等待死亡的过程实际上也是想象的过程，他无法让自己安静下来，不管想到什么，马上就看见许多枪口对准自己。他就这样活生生地体验死刑的滋味，“连续体验了二十次以上”。有一次他甚至以为是真的了，他看见敌人把他拖到墙边，他在挣扎和求饶，他一下子惊醒了，“其实只是睡着了一分钟”。伊比埃塔四十八小时几乎没有睡觉，他充满睡意，脑子昏沉沉的，但即使如此，他表示不愿意像畜生那样糊里糊涂地死掉，他“想弄明白死亡究竟是怎么一回事”。

有学者认为，小说的这种描写刻意渲染了死亡的恐怖，表现了战争的残酷。表面看，描写确乎具有这样的效果。但从深层看，这种艺术描写的背后透露出的仍是萨特哲学焦虑概念的影子。战士们感受到强烈恐惧，他们都从恐惧中走出，走出的方式就是把恐惧虚无化。通过想象，将恐惧视为对象，从而与恐惧形成这样的关系：一方面战士们不再是恐惧，恐惧不再能充实和支配他们，在这个意义上，他们已经从恐惧中走出；另一方面，死亡仍摆在战士们面前，仍对他们的存在构成严重威胁。在这双重关系下，焦虑出现了。这个焦虑与通常人们所理解的负面情绪的焦虑含义不同，它表明的是：即便战士们手无寸铁，被关在牢房里，第二天一大早就会被执行死刑，看来他们的命运已经注定了，但实际上他们仍然是自由的。

四、“墙”的意义

小说取名“墙”，描写中多次提到墙，毫无疑问，“墙”是这篇小说最重要的意象。

“墙”的意象究竟表达什么样的含义？学术界有过许多讨论，有不同的说法。

有人认为，作品描写了法西斯分子在墙边枪毙战士们，“墙”象征生与死的界限，它把人置于生与死的考验境地。也有人认为，战士们在死亡威胁下陷入恐惧，他们身体僵硬，大汗淋漓，甚至失禁。伊比埃塔的意志不管多么坚定，理性多么强大，其身体在凛冽寒风中依然不停地流汗。这些描写意在表明战士们的大脑无法指挥身体，在灵魂与身体之间隔着一堵墙。还有人认为，人生有诸多考验，平时人们会经历荣辱观、苦乐观、名利观等考验，在这些考验面前，许多人可以轻松过关，但在死亡面前无法蒙混过关。死亡是对人的终极考验，是最严厉的审判，“墙”的意义告诉人们，死亡剥去了人的一切伪装，暴露出一个人的真实本质。

“墙”的意象意义可以做多重理解和阐释，但所有解释都应遵循一个基本前提，即不应偏离小说文本，不能脱离小说的艺术表现，不能无视小说艺术表现的基础——萨特哲学对死亡和自由的看法。

俗话说，一千个读者有一千个哈姆雷特，对文学作品的解读是多样化的，在这个意义上，文学作品没有标准和统一的解释，没有一个一劳永逸、万古如一的权威解释。然而多样化并不意味着混乱，多元性并不意味着排斥中心。尽管一千个读者会产生一千个哈姆雷特，但这一千个哈姆雷特是在莎士比亚创造的形象基础上演化出来的多样化，是围绕着哈姆雷特形象本身释放出的多元性。对哈姆雷特的解读可以出现哈姆雷特 1、哈姆雷特 2、哈姆雷特 3……这个序列可以无限排列下去，但不可能出现这样的情形：张三阅读哈姆雷特看到的是林黛玉形象，李四阅读感受到的是鲁智深形象，王五阅读发现的是诸葛亮形象。多元不是无序，不是混乱，文学解读的多元性需要以一个中心为前提，这个中心就是作品的文本，解读必须建立在尊重文本的基础上。一旦偏离文本，解读就变成了随意和无效的，就变成了解释者的自说自话，而不是对作品的解读。只有紧扣文本，紧扣作者的表现意图，方能对作品做出有效的解读。

萨特哲学是由两个重要概念做支撑的，一个是自在的存在，一个是自为的存在。自在的存在是世界诞生的前提条件之一，自为的存在通过对自在的存在的虚无化，世界方得以显现。在这个世界中，人与物有着本质区别。阐述人与物的区别是萨特哲学的重要主题，萨特哲学非常强调人与物的界限，萨特哲学主张的自由就是从确立和打造这条重要的界限开始的。如果这条界限不成立，或者这条界限模模糊糊，可有可无，那么建立在其上的所有论述都将失去意义。

以萨特哲学眼光看，人与物之间确实横着一堵墙。在“墙”的那边，物的存在是沉默的、僵化的、死寂的、被动的。在“墙”的这一边，人的存在则是活跃的、超越的，世界上只有人是自由的。凭借这个自由，人不是图舒服、贪享受，千方百计营造一个安乐窝，从此就知足常乐了。知足常乐是满足、是懈怠，处于“物”的“停顿”状态，人的存在则相反，他永远处于不满足中，他要不断追求，人的使命就是始终确保把自己置于挑战的风险中。自由在人与物之间建造了一堵高墙，这里，“墙”的意义就是隔离、界限、区别，这是“墙”的含义之一。

“墙”的另一意义在汤姆的一句话中得到揭示：

> “只听得一声令下，瞄准，我就看见了八个枪口对准了我。我想那时我一定愿意钻进墙里去，我用尽力气用背推那面墙，而那面墙竭力在抗拒我。”

这是汤姆通过自己的想象看到的场景，他被法西斯分子推上刑场，那些黑乎乎的枪口对准了他。他的本能反应是躲藏，往哪里躲藏呢？他身后就是一堵墙，所以那一刻他“一定愿意钻进墙里去”。钻进墙里、消失在墙里，与墙融为一体，这种想法是要把一个活生生的人转变为物。与物融为一体，痛苦和恐惧虽然消失了，但自由也消失了。汤姆虽然这样想，但他发现，背后的那面墙“在竭力抗拒他”。那一瞬间他想消失于墙中，想变成物，但根本做不到。这样的描写具有强烈的象征和表现意味，它给读者的启示是：即便在最危险的情况下，在枪口对准了人，人无处躲藏，已被置于死地的情况下，人仍然不能把自己变成物，因为他是自由的。这里“墙”的意义在于阻挡、禁止，即汤姆想消失于“物”的做法被一堵“墙”阻挡和禁止了。

其实萨特本人早就对小说的立意给出过解释。小说出版时，出版商需要在报纸上做宣传和推介，要求萨特对这本以“墙”命名的小说集写一个简短的带有介绍性的“广告”，萨特用简洁而形象的文字概括了这几部小说的共同主题：

> “没有一个人愿意正视存在，这里展示的就是面对存在的五次小小溃逃……如即将被枪毙的伊比埃塔，他想把自己的思想抛到存在的彼岸，他想到了死，结果白费心机。……这些逃避行为都失败了，它们被一堵墙挡住了。”①

《墙》这部小说集有五部短篇小说，它们的共同意象或中心意象就是“墙”。萨特以伊比埃塔为例加以说明：伊比埃塔想到了死，他已经决定宁死不屈，并且一直等待死亡的到来，但这是“白费心机”。为什么？伊比埃塔选择死亡的目的为什么不能实现？为什么他随意的一句话就可以改变死亡与他的距离，使他与死亡擦肩而过？这是因为死亡根本不是等待的对象，死亡不是伊比埃塔谋划和掌控的对象。死亡具有偶然性，超越了一切谋划，超越了人的所有掌控。

萨特形象地比喻到，面对死亡，面对偶然性，伊比埃塔被一堵墙挡住了，“墙”在这里的直观意义是阻挡，它的深层意含义是：“墙”是一道限制。对于人的存在而言，生不能选择，死亦不能选择，否则就会造成悖谬。如果生可以选择，就意味着，可以把生奠基在一个意图上，如此人就难以成为自由的。同样，如果死可以选择，就意味着，可以用一个人为的限制封闭自己的存在，如此一来，自由不仅变成了有限的，而且受到主观意图的控制，实际上等于取消了人的自由。

萨特哲学认为，面对死亡就好像面对一堵“墙”，在这堵墙面前所有的谋划都失去了效力，如此人的自由才是真实和有意义的。

五、场景分析

《墙》作为具有浓郁哲理色彩的小说，其哲理性不仅通过人物的塑造、情节的构思、生动意象的刻画表现出来，也通过场面的描绘和人物的对话表现出来。小说语言看似平实，好像是对事物的如实模仿，但在不经意中，字里行间揭示了深刻哲理。

下面试举几例。

---

① 〔法〕萨特：《词语》，潘培庆译，三联书店1989年版，第196页。

1. 我对自己的一生进行审判是不可能的

> 我（伊比埃塔）产生了一种感觉，好像我拿着自己的一生放在自己面前；我想，这是一个漫天大谎。既然我的一生已经完结，它就是毫无价值的东西。……我的一生就摆在我的面前，这一生已经结束，已经像一只袋子一样封了口；可是装在袋子里的东西是没有完成的。有一阵子我试着对自己的一生进行审判。我很想对自己说：这是美好的一生。可是对我的一生进行审判是不可能的，因为我的一生只不过是还没有完成的草图。

这一段描写集中表现了萨特哲学这样一种观点：萨特哲学认为人的自由扎根于虚无，这种自由不同于传统哲学所讲的奠基于本质的自由。从萨特哲学看，自由意味着人始终面向未来，人的存在一刻不停地向未来延伸，这个延伸对于人是无止境的。也就是说，人在自己的存在中无时不刻地会面向未来，未来对于人的存在不可或缺。人的所有选择、所有行动都只能借助于时间来显现。

失去未来意味着什么？一旦失去未来，就像伊比埃塔比喻的那样，人的存在“像袋子那样被封口”了，即人的存在被盖棺论定了，这是萨特式的存在主义者最为担忧和恐惧的。最常见的被盖棺论定的方式就是被定义，被一个概念限定，整个一生被一个概念框住，被像袋子封口那样被严密封死。在存在主义看来，发生这种状况，表明人的存在只能是“奄奄一息”“原地踏步”了。他虽然还活着，但只能重复自己的过去。这种状态下，他不再有更新和提升自己的可能。他也许具有旺盛的生命力，但他的存在已经没有任何“前景”，他只能活在过去的阴影下。从萨特哲学所定义的自由角度看，这个人有生命，但缺乏意义，实际上处于“死亡”状态。当然，现实中这个人还像大家一样有说有笑，表面上看上去他也有一个未来，在他身上时间仍在流动，但存在主义认定，这个人的未来包含和显现的全部是他的过去，未来不能给他带来任何新的景象和期望，不能在他的人生中开拓出一片新天地。他的未来已经黯淡无光，显现的是他沉闷、惰性过去，他的未来只不过是这一“堕落”过去的延伸和重复。

在《禁闭》这出戏里，加尔散存在的鲜明特点是，他不屈不挠地反对世人加给他的“胆小鬼”的判定，“拼命”要从世人对他的评价和定性中挣脱。加尔散在人世间已经不存在，但在“地狱”中他的存在并未“归零”，他存在的自由之火并未完全熄灭。加尔散是个“活死人”，即便到了地狱，他也不会乖乖就范，顺从地、心安理得地被盖棺论定。

伊比埃塔的处境也是这样：大难临头，在“大限”就要到来之际，他能够像袋子就要封口那样把自己的一生封闭起来，然后对自己“完整”的一生进行“审判”吗？显然不能！即便在危难时刻，他还有未来，他的存在仍在一刻不停地向未来延伸。只要他的存在还在向未来延续，他就还有改变自己的可能，他的过去就无法完全定型和左右他的一生。只要未来还有一线曙光能够照亮他的存在，那么不管他过去经历了多少风风雨雨，留下了多么难以磨灭的印迹，他的人生在性质上仍然只是一张“草图”，这张草图的“命运”就是随时可能被修改，甚至被重新规划。未来给人生注入了一系列的可能性，使人生始终处于潜在的被“颠覆”状态。

伊比埃塔认为，幻想把自己的一生装在套子里、将其完全封闭起来进行审判是根本不可能的。一个人对自己的一生盖棺论定是荒唐的，无论如何是做不到的，这仅仅是自欺，是一个“弥天大谎”而已。

按照萨特哲学，如果真的可以对自己的一生盖棺论定，把自己的一生“像袋子那样封了口”，表明人的存在已经“归零”，失去了意义，转化为“物”，就像伊比埃塔所说的，它已经变成了“毫无价值的东西”。

2. 我讨厌怜悯

“我刚才怎么跟你说来着，”汤姆说，“我们都完蛋了。”

“不错，”我说，“不过这样对小家伙却是太狠了点。”

我这样说是为了表示我公正，实际上我并不喜欢小家伙。他有一个过分纤细的面孔，恐惧和痛苦改变了他的容貌，扭歪了他的整个脸部的轮廓。三天以前，他还是一个属于瘦弱类型的孩子，可以讨人喜欢；可是现在他的样子像一个老男妓，我想即使他们释放了他，他也永远不会恢复年轻了。如果我对他表示一点同情，那倒不是一件坏事；可是我讨厌怜悯，他也只能使我产生厌恶之感。他没有说什么，可是他变成了死灰色。他的脸和双手都变成了死灰色。他重新坐下来，圆睁着眼睛凝视着地下。汤姆是一个好心肠的人，他想挽着他的手臂，可是小家伙愁眉苦脸猛力甩开了汤姆。

“随他去吧，”我低声说，“你也看得很清楚他就要淌眼泪了。”

汤姆无可奈何地听从了我的话；他本来很愿意去安慰一下小家伙，因为这样可以分散他自己的注意力，使他不至于想他自己。可是这样却使我感到厌烦；我从来没有想到过死，因为我没有碰到过这样的场合，而现在这种场合摆在我的面前，我除了想到死之外没有别的事情可做。

这一段描写每每让那些认定伊比埃塔是革命者的人们茫然不解，感到突兀和别扭，是那些认定伊比埃塔“境界不高”的论者们常常抓住不放的论据。

按照通常的表现模式，伊比埃塔作为革命战士，在死亡即将来临的这一刻，应该对年轻战士茹安给予同情和关心，对处于危难中的战友给予安慰和鼓励。通常意义上的革命者，在死亡来临的一刻，需要的是相互理解，相互激励，团结一致，同仇敌忾，这是革命者理应具有的情怀和行动。小说中伊比埃塔的形象与一个革命者理应具有的表现大相径庭，其所作所为与读者对一个革命战士的期待显然相去甚远。

为什么伊比埃塔会是这个样子？莫非真的是由于他“境界不高”，抑或是塑造这一形象的萨特本人的“思想局限”所致？

按照通常革命者标准衡量，伊比埃塔确实“境界不高”，岂止“境界不高”，其行为简直可以说缺少最基本的同情心。年轻战士茹安并没有做什么，敌人根本找不到什么罪名，他只不过是一个战士的弟弟，就被判处死刑，这对茹安是极大的不公平。茹安只有十五岁，大好年华就因为敌人的草菅人命画上句号，他感到恐惧，脸呈灰土色，脸部轮廓被扭歪了。处于极度恐惧下，茹安需要同情和关怀，然而伊比埃塔对于急需安慰的茹安显得毫不动情，甚至有些“麻木不仁”。他只是“就事论事”地对此事作了一番评论，认为敌人对“小家伙”确实“狠了点”。随后马上声明，他这样说仅仅是出于“公正”，并不是要同情茹安。伊比埃塔表达的意思是：敌人对于战士们确实没有“一视同仁”，在这个意义上，判处茹安死刑是不公正的。伊比埃塔特别强调，他这样说只是公正地指出了一个事实，主观上并不想对茹安表示怜悯和同情，因为他“讨厌”怜悯和同情。

伊比埃塔是不是因为一个男子汉的自尊，出于英雄主义的骄傲性格，反对儿女情长，反对婆婆妈妈的缠绵和絮叨，认为在斗争的关键时刻，必须拿出男子汉的胆量和气魄，尽量克制自己的感情，所以对茹安采取了这种有些不近人情的举动呢？如果是这样，他的所作所为倒是可以理解，因为他并不是一个麻木无情的人，只是在特定时刻，由于斗争需要，他必须压抑和克制自己的情感。但诸如此类的解释显然与小说的表现对不上号，因为伊比埃塔讲得非常直白和明确：他讨厌怜悯，让他去安慰茹安，对茹安表示同情，会使他产生“厌恶之感”，所以他绝不会这样做。也就是说，伊比埃塔绝不会像通常人们所认同的革命战士那样去安慰和同情茹安，这不是什么特殊环境下的权宜之计，而是伊比埃塔坚守和捍卫的“信念”。

伊比埃塔的心理和举动并不是觉悟和境界不高导致的，也不是什么对敌斗争的策略。这种心理和行为来自于存在主义哲学，它表现了萨特式的存在主义者的特殊心理和行为，所以，只有放在萨特存在主义哲学背景下，这些心理和行为才能得到恰当与合理的说明。

萨特哲学主张人是自由的，请注意，这里所说的人是个体，不是集体。在个体与集体的关系上，传统哲学往往看重和强调集体，萨特哲学关注的是个体。自由必须落实在个体上，一旦从个体上升到集体，自由没有增加，反而在减少和丧失。在萨特哲学看来，集体不是维护和保障个体自由，而是个体自由的桎梏，集体不是拓展和丰富个体的自由，而是限制乃至剥夺个体自由的牢笼。

个体最珍贵的就在于其存在独一无二的特殊性，每一个个体都有自己的独特想法和独特追求，每一个个体在其生存境遇下都会开辟自己灿烂而美妙的天空。只有珍视、保护、培育并且发展个体性，自由才有意义，自由才能真正落到实处。所以在萨特哲学看来，自由与个体性的蓬勃发展密不可分，个体性拓展到哪里，自由就延伸到哪里。个体性是人类社会丰富多彩的保证，是社会进步的强大推动力，是人们实现自身价值、不断获取生存意义的最终源泉，当然它也是每一个人存在的奥妙所在。削弱个体性意味着什么呢？意味着整个世界变得单调乏味，变得机械统一，意味着对人的强制的降临，意味着自由领地的限缩和匮乏。

集体之所以有诱惑性，是因为人们相信，个人是脆弱的，处于孤立无援的状态，需要通过集体才能保护他的安全。个人的存在是有限的，需要通过集体，通过加强人与人之间的联合，通过人们的团结一致，才能实现最终的目的。如果人们相信，集体才是存在的终极目的，而个体的存在就是为了维护和加强集体，个体不再是存在的目的，而变成了维护和巩固集体的手段，这种情形下，集体这个“庞然大物”随时可能反过来“吞噬”个体。

在存在主义哲学看来，集体的出现有赖于建立规则，而规则的建立就是对个体的约束。对于任何集体，规则都先于、高于、强于个体，通过规则，集体施展功效，焕发了生命力。加入集体，个体首先面对的就是规则，他要遵守已经制定的规则，他必须放弃自己的一部分权利，为的是与他人形成一致。没有规则建立的一致，没有规则导向的统一，集体瞬间崩解。集体以规则为本，它总要建立和巩固规则，力图扩大规则的适用范围。规则越严密越牢固，集体越稳定越有力。随着集体的发展壮大，对个体的钳制越来越多，强制的力度越来越大，个体付出的“成本”则会越来越高。萨特哲学总是对集体抱有警惕，对那些压制和限制人的个体性、把人连结成一体、使人同质化的各种努力和做法持有戒心，总是坚定不移地揭露和抵制那些鼓动人们放弃和牺牲个体性的种种庄严承诺和美丽诱惑。

集体强调规则和一致，个体则尊重差异，尊重个体就要重视差异，差异是个体赖以存在的必要条件。有差异才有个体性，保持、尊重差异就是精心呵护脆弱的自由。怜悯和同情的本质则是抹平和消除差异，它们无一例外地要求设身处地体验他人的需求，将心比心地站在他人的立场看问题，要求推己及人地体会和尊重他人的需要，理解他人的内心渴望，深入他人的心灵世界。一言以蔽之，怜悯和同情的本质是能近取譬，实际上是要求我迁就他人、顺应他人、适应他人、满足他人，如此才能把我与他人视为同一的，进而用平等的观念和情感的锁链把我与他人牢固地捆绑在一起。只有消弭自我，把我融入他人世界的各种“绊脚石”彻底清除，怜悯和同情才能生效。

伊比埃塔讨厌怜悯和同情，对这类感情保持高度警觉，是因为怜悯和同情导致失去自我，模糊我与他人的界限，有可能导致漠视、贬低乃至丧失个体性。这里需要注意的是，伊比埃塔不是没有体察别人需要的能力，他只是对这种能力保持高度警惕。譬如，伊比埃塔能够“公正”地判断死刑对茹安是不公平的，得出这一判断也需要具有“设身处地”的能力。伊比埃塔的独特之处是，他对这一能力适时地踩了“急刹车”。通常人们在设身处地之后，往往被感情推动着继续走下去，浑然不觉地开始了怜悯和同情。伊比埃塔的设身处地止步于理解，之后就义无反顾地来了一个“急刹车”，他在理解之后立即止步，筑起了一道高墙，把怜悯和同情拒之在高墙之外。

伊比埃塔能够理解别人，但反对通过理解导向怜悯和同情，反对把怜悯和同情变成扼杀自由的利器。

3.“看”的意义

他（比利时医生）拿出英国香烟和上等雪茄烟递给我们，可是我们都拒绝了。我直盯着他的眼睛，他显得很不自在。我对他说：

“你不是为了同情才到这儿来的。而且我认识你。我被逮捕的那天，我看见你在军营的院子里和那些法西斯分子在一起。”

我本来想继续说下去的，可是什么事情突然阻止了我，原来我对这个医生的到这儿来忽然不再感兴趣了。要是在平常的日子里，我盯住一个人以后我是不会放松的。现在讲话的欲望离开了我，我耸了耸肩膀，挪开了眼睛。过了一会儿，我抬起头来，医生带着好奇的神气正在打量我。

这一段描写的是战士们在等待死亡的过程中，法西斯分子派来了比利时医生“观察”他们。表面看，描写带有浓重的写实意味，刻画了比利时医生对死囚的细致观察。认真阅读可以发现，这里着重描写的是战士们与比利时医生接触时一系列的“看”，小说非常重视这个“看”，不厌其详地反复描写“看”。如“我直盯着他的眼睛”，“我看见你在军营的院子里”，“我挪开了眼睛”，“医生带着好奇的神情打量我”。伊比埃塔说，“要是在平常的日子里，我盯住一个人是不会放松的”。这些有关“看”的描写绝不是单纯的写实，更不是行文的拖沓和重复，放在萨特哲学的背景下，这些描写都具有表现的深意。

按照萨特哲学，世界不是冷漠旁观的对象，不单纯是科学观察和印证的对象，这个如此这般显现在眼前的世界是从我的存在涌现出来的，打着我的存在的鲜明烙印。这个世界是通过我的视点组建和扩展起来的，性质上是为我的，我的存在为这个世界的显现打下了基础。在这一背景下，他人出现了，造成了这个“为我”的世界严重分裂。表面看，这个世界似乎没有什么变化，这张床的摆放位置没有任何改动，依旧在原处，这张桌子仍然是黄色的，它的空间位置、物理化学属性和使用功能等都没有发生变化，但这个世界的性质却发生了深刻改变。在萨特哲学看来，“他人，首先是事物向着一个端点的逃匿”。他人的出现意味着我的世界悄悄发生了“中心的偏移”，我的世界“中间被掘了一个空洞，并且世界不断从这里流出”[①]。他人的出现造成我的世界诸对象关系的分解，这些对象虽然都在眼前，但它们好像已经被“偷走”了，不完全属于我了。他人的出现带来了冲突，在萨特哲学中，这种冲突具有特殊性，与传统哲学所界定的冲突有

① 〔法〕萨特：《存在与虚无》，陈宣良等译，三联书店 1987 年版，第 339 页。

很大不同。

传统哲学往往把冲突建立在“质”上，质的形成、界定和区别是冲突的前提。对于传统哲学而言，说到冲突，只有在明确谁是敌人，谁是朋友，在明确和清晰划定敌人与朋友区别的基础上，在分清楚敌我关系的前提下，斗争才能进行。换言之，在传统哲学看来，仅仅是量的差异不一定导致冲突，量的差异可能与冲突完全无关。一个人与另一个人不同，这种不同可能仅仅是差异，还达不到冲突的要求和规定。仅仅凭借量的细微差异，人们之间的矛盾还不能得到充分揭示，无法建立泾渭分明的敌对关系。只有当量的积累达到相当程度，真正发生了质的转化，才能揭开斗争的序幕。

萨特哲学在冲突问题上重视量本身，不管多么微小的量，其存在都具有重大意义。量越大，积累越充分、越厚实，越靠近质的规定，就越趋向于本质化，这类本质化趋向于对存在的封闭和凝固。量越小，越细微，越是在细微中显现差异，存在就越显特色，个体性就越充分。萨特哲学重视个体性，不像传统哲学那样重视在质的规定下显现的特性，而是逃避质的规定性，重视量本身，把握细微的量的差异所显示的意义。反映在小说选材上，萨特小说创作不再强调通常所谓重大题材的价值，而关注表现“小人琐事”。所谓小人琐事，就是远离本质的规定，处于量的细微差异的模糊中。从这方面看，萨特《自由之路》第一部《不惑之年》没有直接和正面表现具有回山倒海般气势的二次大战，而只是描写了几个生活在狭小圈子里的小人物以及发生在他们身上不起眼的小事，这种选材和表现具有必然性。

存在主义先驱人物之一、丹麦哲学家克尔凯郭尔生活于拿破仑后欧洲发生剧烈变化的时代，世界风云突变，生活的惊涛骇浪席卷了每一个人，但克尔凯郭尔不为所动，依旧两耳不闻窗外事，躲进小楼成一统，藏匿于个人的小天地里。对于自己选择的生活方式，克尔凯郭尔不认为有任何缺憾。在世人眼里，他经历的都是些平凡小事，这些区区小事琐屑无聊，缺乏意义，无足挂齿。但在克尔凯郭尔看来，这些平凡的不起眼小事都具有重大意义，它们都是所谓“大事件”。同样，在世人看来，萨特应该在自己的小说中正面描写轰轰烈烈、气贯长虹的战争场面，应该表现那些人们津津乐道的“宏伟”大事件，应该直截了当地表现法国人不屈不挠地与德国法西斯的斗争，如此才能揭示自由的真实意义。但在萨特看来，自由不是显现在这些本质分明、棱角突出的轰轰烈烈的大事件当中，而是体现在马蒂厄生活中的一系列琐碎小事上，体现在这些小事呈现的一系列细微意义中。

传统哲学强调，只有当量的变化涉及质的规定性，才有可能转化为斗争。因此不是任何差异都能导致斗争，现实中存在着许多差异，它们仅仅是差异而已。细微的差异显现的是风平浪静的和谐，冲突还未登场，斗争的弥漫硝烟远未形成。只有当差异扩大和加深，矛盾激化，出现尖锐对立，冲突才必不可免。传统哲学以“质”界定冲突，萨特哲学看重量，尤其是细微的量，重视各种各样的差异。以“细微的量”和“差异”来界定冲突，开辟了冲突的新战场，揭示了斗争的新领域。在萨特哲学看来，任何差异本身都可能直接成为矛盾和冲突的导火索。在萨特哲学的规定下，量和冲突之间消除了“发展”和“过渡”，量的存在就意味着差异，任何差异本身都可能直接成为冲突。

在《禁闭》中，加尔散一念成心、全力以赴避免冲突，为此他要求每一个人“尽量忘掉别人的存在”。加尔散率先垂范，双目紧闭，安安静静地端坐在自己的椅子上。在他看来，每一个人管好自己，与外界不发生关系，不介入他人的存在，就可以避免和消除冲突。从传统观点看，加尔散的做法行之有效，他“切断”了与外界的联系，还能发生什么冲突、他还能与谁发生冲突呢？但站在存在主义立场看，加尔散的做法显得天真幼稚，完全是一厢情愿的“想入非非”。他虽然坐在自己的椅子上，与他人没有发生任何肢体的冲突，但他的坐姿与别人不同，他的嘴巴像一个陀螺似的转来动去，这让伊内斯大为不快。加尔散的存在与他人的存在显现差异，这些差异就是冲突的根源，加尔散无论多么真诚、多么迫切、不论采取什么方法都无法消除这些差异。也就是说，加尔散也许可以避免“质的规定”引发的冲突，但无法消除“量的差异”造成的冲突。“质的冲突”需要满足诸多条件，不可能随时随刻遍地发生，“量的差异”显现的冲突却是“遍地开花”，无所不在，在这个意义上可以说，生活本身就是冲突。存在主义认为，一个人的存在由各种各样的差异构成，并且体现在这些差异中，它们也许非常细微，没有本质的规定意义，但仍具有重大的价值。通过这些细微的差异，存在主义所钟情的人的存在的独特性、偶然性等才能彰显出来。

按照存在主义的逻辑，伊内斯决不会接受加尔散结束冲突的诚恳要求。从她的观点看，加尔散竭力避免冲突的做法完全是自欺欺人。因为不管加尔散做什么，他的存在实际上已经介入了。不论加尔散如何做，他的存在都会带来差异，造成冲突。哪怕是心灵微小的一次颤动，也会显现差异，这些差异遍布存在，实际上是存在本身的显现，根本无法消除。萨特哲学对冲突的这种定性，决定了生活本身就是冲突，冲突乃是存在的常态。不能因为差异细微，难以察觉，就忽略不计。存在主义认为，有差异就有冲突，差异带来的冲突是人们维护自己存在的有效手段。

从传统观点看，加尔散的做法“仁至义尽”，在不与他人发生冲突这一点上，他已经做到了“极致”，然而伊内斯仍旧不依不饶。从传统观点看，伊内斯纠缠不休，百般挑剔，她的要求近乎“无理取闹”。但从存在主义观点看，伊内斯的做法是有道理的，她必然要这样做，而加尔散的做法则变成了地地道道的自欺。

伊内斯是同性恋者，钟情于艾斯黛尔，在地狱的三人世界中，她认为加尔散这个男人是“多余”的。她千方百计想把艾斯黛尔揽入自己的怀抱，她对艾斯黛尔痴情于加尔散怀有强烈的嫉妒之心，甚至能够从艾斯黛尔走路裙子发出的窸窣声听出她在向对方献媚。在一般人眼里，走路时裙子发出的窸窣声能够有什么意义呢？这种声太微弱、太普通、太细碎，往往被淹没在日常大量的嘈杂中，其存在每每被忽略不计。但在伊内斯眼里，裙子的窸窣声具有重大而独特的意义，这种细微的声响能够揭示和显现出艾斯黛尔的整个存在。把握艾斯黛尔的存在，必须从这些细微的声响入手。存在主义强调，差异、尤其是细微的差异，是存在的基本特征，是把握个体性不可或缺的必要条件。

那么当两个个体性相遇会发生什么呢？

很显然，他们都需要守住自己的边界，而守护个体边界的最好方法就是向对方“发起”进攻。注意，这里“发起”的意思不是说要经过一番准备和筹划，然后采取行动。“发起”是“本能”的，在这个意义上，意识的本性就是“咄咄逼人”的。关键是，这个“进攻”不需要量的累积作为前提，因为量的细微差异就为“进攻”储备了强大动能，量的差异本身就为冲突提供了足够能量。在萨特哲学看来，冲突在向对方投去的第一瞥就已经开始了。也就是说，冲突无需漫长的酝酿过程，无需精心的策划和准备，只要具备量的差异就可以立即引发冲突。在《禁闭》中，伊内斯与加尔散素昧平生，她来到地狱，“看”到加尔散的第一眼，就“毫不犹豫”地把他称为“刽子手”，立即拉开了冲突和较量的大幕。

这里需要进一步说明，所谓“看”不是指通常眼睛的功能。通常人们所说的看就是指眼睛的看，眼睛属于物的范畴，停留在物的层面上。眼睛“看”一个对象，对象本身与眼睛没有任何关系，它完全是客观的，眼睛只能从外在的、物的层面把握它。停留在物的层面的看很容易被限制，譬如，捂住眼睛，就什么也看不到了。用眼睛只能看到对方的身体，看到身体的外观。如果穿上衣服，把身体遮住，眼睛就看不到了。萨特哲学所说的“看”有别于通常人们所说的看，萨特哲学所说的看主要是指“目光”，它是无形和内在的，用任何外在的手段都无从限制，因为目光能够穿透一切。萨特指出，他人“决不是用眼睛注视我，而是作为主体的他人在注视我们”[①]。体现他人作为主体的不是物质的眼睛，而是虚无的目光。

通常人们认为，“看”仅仅与对方的身体发生关系。萨特哲学认为，与目光对视的不是身体，而是对方的目光。两个不同目光的交集所造成的冲突不是对于皮肉的伤害和身体的摧残，对于皮肉的伤害和身体的摧残都是“外部”的，它们属于“物质”的范畴。“目光”直接探入对方的心灵，切入对方的存在，通过“目光”的交集和缠斗，发生的是两个灵魂之间的“搏斗”。加尔散认为，这种冲突比传统意义上的酷刑折磨更加令人无法忍受。加尔散能够忍受夹腿棍、钳子、熔铅、夹子、绞具、火刑等传统刑具撕裂人体带来的痛苦，他宁肯给鞭子抽，被硫磺浇，遍体鳞伤，但不愿“使脑袋受折磨”。他执意要从地狱里逃走，不愿意面对两个女人，因为通过目光的扫射，“痛苦的幽灵”从身边轻轻擦过，虽然没有带来任何皮肉的伤害，但造成了巨大的精神痛苦。在这个意义上，加尔散认为，根本没有必要四处寻找地狱，地狱实际上每时每刻就在人们身边，因为“地狱就是他人”。

把一个人捆绑在凳子上，这个人的身体被掌控，动弹不得，完全听从我们的摆布。我们可以随心所欲地对这个人的身体做出惩罚，到了这一步，这个人被折磨得气息奄奄，虚弱得只剩下一口气，根本无力反抗。从传统观点看，这种情形下，毫无疑问这个人已经被征服。但依照萨特哲学，到了这一步，输赢还远远没有最后定夺。因为被绑住的只是这个人的身体，他的身体动弹不得，并不意味着这个人的存在被“定型”。只要他还能够抬眼“盯”你一下，用目光扫射你，表明这个世界仍然不是你的世界。通

① 〔法〕萨特：《存在与虚无》，陈宣良等译，三联书店 1987 年版，第 366 页。

过虚无的目光，这个人仍然顽强地保留和占据着他自己的世界，通过稍纵即逝的这道沉重的目光，这个人仍然显现和保留了他的存在和自由。

由此可知，在萨特哲学定义下，“看”不是单纯地对于对方的确认和证实，不是单纯地对于外在世界的承认和见证，“看”揭示和显现冲突，是维护个体存在的重要方式。目光虽然看不见，抓不住，但能够穿透一切，目光的力量可以把整个厚重的世界轻轻地置于虚无之下，它能够最直接、最生动地显现一个人的自由。通过眼神的一瞥，通过那道无形而又沉重的目光，人的存在已经在世界上打下了深深的烙印。

了解了萨特哲学赋予“看”的意义，就能理解，为什么当伊比埃塔“直盯”着比利时医生，这位医生会浑身上下感到“不自在”。为什么当伊比埃塔挪开了眼睛，过了一会儿，发现比利时医生正带着好奇的目光打量他。我们就会理解伊比埃塔为什么说：“要是在平常的日子里，我盯住一个人是不会放松的。”这句话反映了伊比埃塔的性格，揭示了其“斗争哲学”和他的存在显现的独特方式。

4.“我”厌恶“多情的帮腔”

突然间，那个比利时人想出了一个好主意。

“朋友们，”他对我们说，“我能够负责——只要军事当局同意——为你们带一封信或者一件纪念品给爱你们的人们……”

汤姆嘀咕着说：

“我谁也没有。”

我没有作声。汤姆等了片刻，然后好奇地打量着说：

“你不送个信给贡妮吗？”

“不。”

我厌恶这种多情的帮腔，不过也是我自己不好，昨天晚上我谈起了贡妮，我是应该抑制自己不提起她的。我和她相好已有一年。仅仅在昨天，我还愿意为着再见她五分钟而用斧子砍掉我的一条臂膀。就是为着这样我才谈起了她，我实在抑制不住自己。现在我没有再见她的欲望了，我再也没有什么要对她说的。即使可能，我甚至连搂抱她也不想：我厌恶我自己的身体，因为这个身体的皮肤变成了死灰色，而且在流着汗——何况我也没有把握不厌恶她的身体。贡妮知道我的死讯以后是会哭的，她会在几个月内痛不欲生。我想着她的美丽的充满柔情的眼睛。她凝视着我的时候，她的眼光中有些东西从她的身上传到我的身上。可是我想这一切都完了：假使现在她凝视着我的话，她的眼光会停留在她的眼睛里，而不会传到我身上。我是孤独的。

若把伊比埃塔定位于一个革命战士，这一段的描写与伊比埃塔革命战士身份又显得“格格不入”了，或者它又成为伊比埃塔“境界不高”的证据了。

法西斯分子派来的比利医生提议，如果军事当局允许，他可以为大家捎一封信或一件纪念品给“爱他们的人”。汤姆孤身一人，没有亲人可以捎带。伊比埃塔有心爱的人，此时却默不作声，对于这一提议没有反应。汤姆好心地提醒他：“你不送个信给贡姹吗？”

伊比埃塔爱贡姹，贡姹也爱她，他们相好已有一年。此刻伊比埃塔就要走上刑场，临终之际，给爱自己的人写一封信，应在情理之中吧。但伊比埃塔的反应出乎意料，非但没有感谢汤姆的善意提醒，反而感到厌恶，并且认为汤姆此举是所谓“多情的帮腔”。

伊比埃塔对汤姆的善意提醒不做回报也就罢了，反而滋生诸多不满，未免有些不近人情吧！当然，伊比埃塔不是那种不会反省的人，他会认真检讨自己。可是检讨的结果不是向汤姆赔不是，而是认为汤姆之所以“多情的帮腔”，是因为昨天晚上他对汤姆谈起了贡姹，如果当时克制住自己，不多这一句嘴就好了。原来汤姆“犯错”的根源是在伊比埃塔身上，并不是汤姆“好事”，而是伊比埃塔自己的谈话涉及感情问题，这个感情的“闸口”是伊比埃塔自己先打开的。

这里蹊跷的是，为什么伊比埃塔在生命的最后一刻，不愿意给心爱的人留下一封书信，甚至不愿意别人提到贡姹？难道突然之间他与贡姹的感情发生了变化，他不愿意面对这些变化，宁可把它们统统埋藏在心底吗？看来这种情况不大可能发生，因为就在昨天，伊比埃塔还明确告诉汤姆，为了能见到贡姹五分钟，他“不惜用斧子砍掉自己的一条臂膀”。可见伊比埃塔不仅有感情，而且感情还相当强烈，并且为满足感情的需要，他敢于付出沉重的代价——“砍掉自己的一条臂膀”。问题是，为什么伊比埃塔一夜之间发生了这么大的变化，前后竟判若两人？

通常情形下，当生命面临最后一刻，人们会想方设法推迟这一刻，千方百计地延长这一刻，如果都无法做到，那么也会格外珍惜眼前的这一刻，充分利用其中的分分秒秒。人们会紧紧拥抱，依依惜别，尤其是即将面临死亡的人，也许会抓紧最后短暂而宝贵的一刻，写下告别话语，发出一个微笑，表达自己的感谢等。几乎没有人会像伊比埃塔那样做出近乎“绝情”的表示：不愿意为贡姹留下一行文字，甚至对提议他这样做的人感到厌恶。

人们临死前的举动与他们对待死亡采取的立场和态度有密切关系。

通常情形下，受求生本能支配，死亡是人们竭力逃避的对象。人们什么都可以追求，但就是不会追求死亡。除非死亡作为外在威胁，对人们穷追不舍，一直把人们逼入末路的死角，人们无法反抗，不得已“缴械投降”，在死亡面前“乖乖就范”。只要有反抗的可能，只要有一线生机，人们就会竭力逃避死亡。如果无法逃避，至少也要推迟死亡的到来，任何生命都不会在死亡面前甘愿“束手就擒”。人们抗拒和逃避死亡，哪怕在生命的最后一刻，这种行为彰显了人们热爱生活、珍惜生命的求生本能。

伊比埃塔之所以“不近人情”，不是他天生冷漠无情，而是与他采取的对待死亡的特殊立场有关。当伊比埃塔的立场与人们一致的时候，他对待爱情的做法也是与人们一致的。但此刻，伊比埃塔从存在主义立场出发选择了死亡，这与通常人们对待死亡的态度有很大不同。通常人们竭力避免死亡，而伊比埃塔主动选择了死亡，这是一个根本性的分别。伊比埃塔说到做到，必须使自己的行为与他的选择完全一致，他的行动必须配得上他的选择，否则就是言行不一，或者说，他并没有真正主动地选择死亡。

伊比埃塔清醒地知道，一旦选择死亡对他意味着什么。他不能再介入，必须主动放弃一切，切断与生活方方面面的联系，包括爱情。也就是说，他必须强制自己切断与贡姹的联系，强迫切断自己对贡姹的思念，不管这样做多么不近人情，他都必须照做不误，如此才能表明他是真正主动选择了死亡。如果一方面说选择了死亡，另一方面却与现实难舍难分，对亲人对感情等都放不下，这种矛盾做法只能说明其实并没有真正主动地选择死亡，说明死亡对于他仍是迫不得已的，他是在没有办法的情况下被迫接受了死亡，并非真正主动选择了死亡。

伊比埃塔对选择死亡做了非常形象的说明：之前贡姹含情脉脉地看着他，从她美丽柔情的眼睛里发射出的含情脉脉的目光会直接打动伊比埃塔，他能够切实感受到贡姹目光里有些东西转移到了他的身上。主动选择死亡后，这一切马上变了，贡姹的目光只能停留在她自己身上，再也无法深入到伊比埃塔身上了。一旦选择死亡，伊比埃塔就在自己身上筑起了一道无形的“铜墙铁壁”，针插不入、水泼不进，真正做到了“与世隔绝”，这就是死亡的境界。

在《死无葬身之地》这出戏中，女游击队员吕茜受刑回来，“直挺挺”地从若望身边走过，“连看也不看他们”。看到吕茜被敌人折磨成这般模样，若望心疼极了，过来“安慰”吕茜。吕茜的表现很“不近人情”，温柔地问若望：“你要干什么？”若望依然深深地爱着吕茜，即便她被敌人折磨得遍体鳞伤，他依然相信他们的爱情。若望说：“你答应过我，你的眼睛里只会有爱情的光芒。”吕茜“不胜悲哀地耸耸肩膀”，略带质疑地说：“爱情的光芒？”若望温柔、期待地望着吕茜，但她明确地告诉若望，“我再也不会温柔了”。若望有些茫然，问吕茜：“你不爱我啦？”当吕茜下定决心“一死了之”，当她毅然做出了决定，这种主动选择死亡的态度要求她必须“切断”与他人的一切联系，当然也包括爱情的联系。所以吕茜回答若望：“我求求你，别碰我。我想我应该继续爱你，但我已经感觉不到我的爱情了。我什么也感觉不到了。”这一刻吕茜自觉进入“死亡”状态，所以她说，“我见过牲畜是怎么死的，我倒愿意像它们那样默默地死去”。

“什么都感觉不到了”就是死亡的状态，选择死亡，就是主动“进入”这种状态。按照存在主义的理解，一当选择死亡，就必须割舍一切。这种割舍不是绝情，而是死亡的真正含义。如果说意识就是对某物的意识，人的存在就是介入，那么，主动选择死亡就是强制自己不介入，强制割舍与外界的一切联系，如此才能达到“什么都感觉不到”的“境界”。以常人目光看，伊比埃塔和吕茜的行为都违情背理，难以让人理解，但以存在主义眼光看，他们的做法不仅恰当，而且是应该和必须的。

第三章

《艾罗斯特拉特》

小说的主人公是一个反人道主义者，他在写给法国作家的信中对传统人道主义进行了全方位的犀利批判，这一批判预示了萨特存在主义的人道主义对待世界的基本立场。

一、历史原型与小说人物

艾罗斯特拉特（Erostrate）是古代艾菲斯城居民。一天突发奇想，别人留名青史，为什么他不能？有了这个想法，问题就来了：如何才能扬名青史？采取什么行动才能流芳百世？艾罗斯特拉特左思右想，选择了一个非常“独特”的行动，一把火烧掉了世界七大奇迹之一的狄安娜神殿。这一不可理喻的行动彻底激怒了艾菲斯城人，他们专门为他颁布了一项法规：不是把艾罗斯特拉特抓起来，判处重刑，让他尝尽牢狱的滋味，在铁窗中耗尽残生；而是针对这个一心要出名的家伙，禁止人们再提到艾罗斯特拉特这个名字。艾菲斯城规定，任何提到这个名字的人都会被处以极刑。

了解艾罗斯特拉特这个人物，需注意以下几点：

第一，艾罗斯特拉特想要的不是一般的出人头地，而是要与那些驰骋疆场、轰轰烈烈的英雄人物一样扬名青史。“出名”是他行为的唯一动机，也是他存在的目的和意义所在。

第二，为了出名，他采取的极端手段让人震惊，竟然一把火烧毁了世界七大奇迹之一的狄安娜神殿，但更奇特的是艾菲斯城人立下的严厉法令，这条法规非但没有让人们忘却艾罗斯特拉特，反而帮了这个家伙的大忙。设计和建造狄安娜神庙的人是谁，世人不甚了了，但一把火烧掉狄安娜神庙的人大家都知道他姓甚名谁。当然，严格说来，艾罗斯特拉特只是部分地实现了目的，他确实出了名，但留下的只是骂名和臭名，受到人们谴责。

第三，艾罗斯特拉特的行为让人不齿，遭人嫉恨，但后来这个形象的含义有所变化。人们倾向于认为，这个家伙用卑劣手段、用一种非常不得体的方式出了名，这个形象逐渐变成以无意义的荒唐行为不择手段博取出名的典型。

萨特小说的主人公叫保尔·希尔拔，他的一系列怪异想法引起了同事好奇。有人用“无政府主义”来概括他心目中的英雄，有人把他心目中的英雄称为“疯子”，但都没有得到保尔·希尔拔的认同。这时一个爱好文学的同事插话，“我知道你说的这种类型的人物是谁，他的名字叫艾罗斯特拉特”。在这之前，保尔·希尔拔从来没有听说过这个名字，但此刻他不仅认同和接受了这一称谓，并且认为两千多年前艾罗斯特拉特的故事强烈吸引了他，对他具有巨大的“鼓舞”作用。

需注意的是，尽管小说主人公认同和接受了艾罗斯特拉特，小说也以这个人物的名字命名，但不能因此把小说中的人物与两千多年前一把火烧毁了狄安娜神庙的那个恶棍等同视之，混为一谈。应该看到，这两个形象虽有联系，但还有显著的不同。在萨特的艺术处理下，艾罗斯特拉特的形象实际上发生了“质”的改变。

两个形象相通之处是：艾罗斯特拉特为出名一把火烧毁了神殿，这一行为非常荒唐。人们无法相信、无法理解，仅仅为了出名，就把世界七大奇迹之一的狄安娜神殿付之一炬，这太不可思议、太荒唐了。萨特笔下的艾罗斯特拉特举目无亲，孤身一人，其显著特征是仇视人类。现实中几乎没有人会像小说主人公这样做，从常情常理角度看，他的行为很难让人理解和接受。在萨特笔下，艾罗斯特拉特不是精神病患者，相反，他的精神很健全，对自己非常自信，只是其所作所为以常人的眼光看来是非常荒唐的。

除此之外，两个人物有一系列显著的不同。

首先，艾罗斯特拉特的追求单一，就是要青史留名。小说中艾罗斯特拉特的所作所为完全与出名无关，出名不是他的行为动机，也不是他的存在目的，这是第一个重要不同。

其次，艾罗斯特拉特一把火烧毁了狄安娜神殿，这纯粹是破坏和犯罪行为。小说中的艾罗斯特拉特没有烧毁任何文物，他的显著特征是仇视人。一个是对物的破坏，一个是对人的仇视，这是第二个重要区别。

最后，艾罗斯特拉特烧毁神殿的行为被界定为荒唐、“无意义”的。小说中艾罗斯特拉特仇视人，其行为虽然怪诞，不合常理，具有强烈的荒唐意味，但这个荒唐不是无意义，而是具有重大而深刻的意义，这是第三个重要不同。

萨特笔下的人物并不是直接照搬历史上的艾罗斯特拉特，而是在借鉴基础上对这个人物有所取舍，进行了独特加工，萨特对这个人物的处理是围绕着小说要表达的主题进行的。

二、艾罗斯特拉特对人的仇视

小说中艾罗斯特拉特坚定地站在人的对立面，与人作对，公然宣称，他是人们的“仇敌”。

艾罗斯特拉特的仇视与他“惧怕”人们有关。他不是做了什么亏心事，或是犯了严重过失，担心遭到惩罚或报应，产生惧怕心理。艾罗斯特拉特没有做任何伤天害理的事，他也没有因为利益纠缠开罪任何人，他的惧怕源于内心深处对人们的蔑视和拒绝，他担忧的是人们把他视为同类，害怕与人们“同呼吸、共命运”，他不愿意把自己与人们“搅在一起”。

艾罗斯特拉特身体孱弱，走在大街上被无端推撞，人们这样做无非是戏弄他。后来被抓进警局，人们狠狠地揍他，一直打了两个钟头。人们扇他耳光，用拳头打他，绞扭他的胳膊，甚至扯下他的裤子。人们把他的夹鼻眼镜扔在地上，他趴在地上寻找时，他们一边嘲笑他，一边狠狠地踢他的屁股。

艾罗斯特拉特仇视人类，这成为他存在的显著特征。在仇恨的驱使下，艾罗斯特拉特突发奇想：想向人们开枪，这是一个大胆的想法，也是异常荒唐的念头。它绝不是艾罗斯特拉特的一时冲动，而是他冷静的选择和决定。谁能干出这样的事，光天化日在大街上，不问青红皂白、拔出手枪向陌生人开枪？这种情形也许会出现在一个人愤怒的瞬间，出现在他失去理智的刹那。一旦情绪平复，恢复理智，他会后悔不迭。但艾罗斯特拉特很平静、很认真、很执着。他非常清醒，不是说着玩的，杀人的想法不是在他的头脑里闪一下就过去了，他真的去买了一把手枪，打算把头脑里的荒唐念头付诸实践。

有了手枪后情况大不一样，艾罗斯特拉特不再惧怕人们了。现在他外出溜达，手枪装在裤袋里，冷冰冰地贴着他的大腿，“像一只蟹一样撑着他的裤子”。毫无疑问，手枪确实给艾罗斯特拉特撑了腰，壮了胆，他可以毫无顾忌地走在大街上。

有了手枪，杀人的念头不断纠缠和“折磨”艾罗斯特拉特。之前他有开枪的想法和冲动，现在，他总是沉浸在杀人的幻想中，这些幻想给他带来了强烈刺激和满足。走在大街上，注视着行人的背脊，他立刻会想到，如果此刻拔出手枪，向人们背后射击，会出现什么样的情形？听到枪声，中弹者倒地，人们惊慌失措，四处逃窜，乱作一团。他则不为所动，镇定异常，这幅画面让他心满意足。

有了手枪壮胆，艾罗斯特拉特喜欢去人多的地方。这个小城市，哪里人多呢？什么时候人多呢？艾罗斯特拉特的眼光不错，他喜欢站在小城戏院前，等待古典音乐会散场。接近六点，散场铃声响起，观众慢慢吞吞走出来。他们还沉浸于音乐会带来的快感中，眼睛里充满梦幻，心中激荡着优美感情，脸上荡漾着微笑。可以想象，在这一刻，他们眼里的马路“一定是蓝色的”。艾罗斯特拉特站在马路的另一边，他已在“另一个世界”等着这些观众了。他右手插入口袋，全力握住枪柄，在想象中，说时迟，那时快，他没有一丝犹豫，拔出手枪，向人们连续射击，人们“像烟卷似地纷纷倒下”。幸免的人惊愕万分，谁都没想到竟然发生这样的事。人们恐惧异常，拥挤着逃回剧院，把玻璃门都挤碎了。这一刻是艾罗斯特拉特最为陶醉的，这种想象的游戏为他提供了强烈快感。他的手发抖，心脏狂跳不止，以至于必须要喝一杯白兰地压压惊。

艾罗斯特拉特日思夜想杀人的场景，最终下定决心采取行动。动手之前，他吃了一顿丰盛晚餐，把剩下的一点钱扔到了河里。他把自己关在房间里三天三夜，不吃不喝不睡，拒绝与所有人联系。一番煎熬之后，他来到大街上，精神振奋，浑身流汗，竟然没有一点饥饿感。看着大街上三三两两的人走过，听到他们断断续续的谈话，艾罗斯特拉特神情亢奋，呼吸急促，他知道自己就要动手了，就要开枪了，他射出的子弹会无情地打中人们，这些行色匆匆的路人还没有弄懂是怎么一回事，就要在他眼前毫无抵抗地软绵绵地倒下了。他一直想这样做，现在就要付诸行动，实现自己的目的了。在这一时刻，他虽然紧张，有些慌乱，但脑子还是清醒的。他决定不向老人开枪，也不向孩子开枪，他把枪口对准了一个迎面走来的肥胖男子。他用无力的、湿润的手指扣动扳机，连他自己都没有搞清楚，慌急忙乱中一下子就打了三枪。艾罗斯特拉特有六颗子弹，原来他的计划是很清楚的，他决定杀死五人，把最后一颗子弹留给自己。但没料到的是，他向遇到的第一个男人，眼前的这个肥胖男子一下子就打了三枪。之后他夺路而逃，跑入了人群中，慌乱中又连放两枪。他可以肯定，前三枪确实打中了那个肥胖男子，但不晓得是否致人死命。至于慌不择路逃跑时放的两枪，根本没有打中任何人。

艾罗斯特拉特仇恨人类，终于向人们开了枪。他的开枪非常滑稽，充满了荒诞色彩。从这一点看，他对人的仇视不同于通常人们所说的仇视，这个仇视具有特殊的意涵。

三、艾罗斯特拉特“仇视”的独特意味

艾罗斯特拉特在大街上公然向路人开枪，从通常观点看，这种行为毫无疑问是犯罪。无缘无故、莫名其妙地向陌生人开枪，这不是犯罪是什么？现代社会中，按最基本的文明准则和法律标准衡量，艾罗斯特拉特的行为无论怎么说都是地地道道的犯罪。

那么，小说是要塑造和表现一个精神错乱的罪犯吗？显然，刻画一个刑事罪犯根本不是这篇小说的目的所在。艾罗斯特拉特仇视人，这一点是非常确定的，但他的仇视与那些行为变态的杀人狂有本质区别，这一点必须分辨清楚。这不仅关系到对艾罗斯特拉特这个人物性质的确定，也关系到对这篇小说的整体理解和把握。

艾罗斯特拉特仇视人，这种仇视具有特殊性，完全不同于一般的刑事罪犯，主要表现在：

第一，艾罗斯特拉特仇视人，对于他的仇视心理，周围人几乎毫无所知，没有一点察觉，他们仍把他视为朋友。同事们相亲互爱，手挽着手，说说笑笑，融洽得像一个人。他们这样诚心诚意地对待艾罗斯特拉特，把他视为圈子里的一分子。不时这儿碰他一下，那里抓他一下，他们喜欢与他打闹，开开玩笑。

艾罗斯特拉特不是什么阴谋家，需要刻意掩饰自己的仇视心理。他的仇视源于惧怕和孤独，表现在对人的疏远和敌意上。艾罗斯特拉特对人们经常表现出来的热情保持高度警惕，对大家不经意间流露出来的善意毫不犹豫地拒绝。为什么呢？因为他无法享受与众人融为一体的乐趣，与大家

相处，他得不到任何快乐，他感受到的只是“窒息”。

艾罗斯特拉特的孤独不是由于小鸡肚肠、不合群导致的，不是因为他缺少情商，每每误解了别人的好意，致使自己陷于无人理解的烦恼和痛苦中。艾罗斯特拉特不仅能够清楚地判断他人，也能够准确地认识自己，他的孤独境遇以及对人的仇视都源于他对自己的精准定位。也就是说，与大众分隔，保持距离，在自己身上筑起一道高墙，维护他与众人之间不可撼动的界限，这是艾罗斯特拉特刻意努力和不懈追求的结果。对人的疏远和仇视是他的信念，也是他的存在坚守的重要底线。

第二，艾罗斯特拉特对人的仇视很奇特，他不是仇视现实中的某个具体个人，不是仇视某个张三或李四，而是仇视人的整体，仇视人类。一般刑事罪犯往往针对个人，报复和伤害的对象常常是现实中个别的人。即便仇视某一团体，也往往把这个团体的领袖人物作为代表，把对团体的仇视转化为对个人的仇恨。艾罗斯特拉特与现实中任何个人无仇无怨，从这一点看，他对任何个人没有私仇。他仇视的对象是大写的人、整体的人、集体的人。换言之，艾罗斯特拉特仇视的是抽象的人，是把所有人凝聚成为一个团体的那些规则和制度以及对这些规则和制度的一系列解释。这些规则和制度是无形的，它们看不见摸不着，但对它们的人道主义解释内化于人心，具有极大的能量。这些喧嚣不已的权威解释构成一条条锁链，把人们紧密而牢固地连结为一个整体。这种制度的人、规则的人、整体的人、社会的人是艾罗斯特拉特特定的仇视对象。

小说表现的艾罗斯特拉特在大街上的杀人很有“意味”。

艾罗斯特拉特仇视的是团体的人，所谓团体只是一个抽象和集合，谁能在现实中遇见一个“赤裸裸”的团体？你根本无法遇见任何抽象的团体，你能遇见的只是组成团体的个人。也就是说，艾罗斯特拉特用他的手枪无法击中任何一个团体，他能打中的只是个体。因而对于艾罗斯特拉特，针对和选择任何特定个体作为枪杀对象失去了意义。他不需要预先仔细筹划，选择和确定枪杀对象，然后跟踪了解，掌握对象的习惯和特点，最后在某个特定时间和地点动手杀人。这一切对于刑事犯罪非常重要，它是一场谋杀不可缺少的环节，但这些对于艾罗斯特拉特没有意义。艾罗斯特拉特只是选择不枪杀孩子和老人，其他所有人在他看来都是一样的，团体的规则充斥于每一个人的心灵，在这个意义上，所有人一律“平等”地成为他的枪杀对象。因而对于艾罗斯特拉特不存在杀错人的情形，他此刻拔出手枪射击，或在另一刻射击，此刻打中这个人，另一刻打中另一个人，此刻在平静状态下射击，另一刻在忙中出错下射击，效果和意义都是等值的。

第三，艾罗斯特拉特对于人的仇视不是出于经济、政治等原因。小说的表现把艾罗斯特拉特仇视人们的所有个人原因和动机一概进行了“悬隔”处理，对它们“存而不论”。一般刑事犯罪必有个人动机，它们可以是经济的、政治的、种族的等等，犯罪目的无一例外是为了获取“好处”。艾罗斯特拉特对人的仇视没有任何私人动机，目的也不是要在经济和政治等方面获取回报。艾罗斯特拉特的仇视不是为了自己能够得到什么利益，他对人的仇视从个人利益角度看一无所获。

那么艾罗斯特拉特为什么要仇视人呢?

他对人的仇视是因为在他看来人已经堕落了。不是现实中哪一个人堕落了，不是他的哪一种行为堕落了，不是他做的哪一件事让他堕落了，而是所有人都堕落了，人的所有行为都具有堕落的性质，他在一切事情的表现上都是堕落的。也就是说，艾罗斯特拉特仇视的对象不是哪一个人、哪一件事、不是人的哪一个具体行为，他是向所有人宣战，是向人的整体宣战，他仇视的是把人变为堕落的社会和文化。

第四,一般刑事犯罪通常都是隐蔽的，罪犯在犯案前往往要巧妙掩饰和包装自己，把自己伪装成一个正常人。一旦作案动机和行为被察觉就意味着危险，作案马上停止，或者需要另行谋划。没有一个刑事罪犯会愚蠢地在犯案之前向世人主动公布自己精心策划的作案目的和手段，这样做无疑等于自投罗网，自取灭亡。

艾罗斯特拉特的杀人不是临时起意，不是冲动下的鲁莽行为，也不是走投无路下的孤注一掷，更不是失去理智的对生命的践踏和冷血行为。艾罗斯特拉特酝酿杀人已久，他非常清楚自己要干什么。在开枪杀人之前，他郑重其事，专门写了一封信，详细阐述了自己的杀人动机和目的，公布了自己的杀人计划和意图。然后他把这封信认真誊写了一百零二份，分别寄往法国的一百零二个作家。艾罗斯特拉特的杀人不是秘密，无需隐藏，相反，向世人公布他的意图和想法是他的杀人计划的一部分，这个“自我宣传”是他的杀人计划不可缺少的。一般刑事犯罪源于各种各样的纠纷，针对个人，比较好理解。艾罗斯特拉特的杀人针对的是“整体的人”，这种奇特的犯罪逻辑一般人不明就里，所以必须要加以说明和解释。只有向世人做出一个明确交代，他的杀人计划才算圆满。

第五，艾罗斯特拉特的杀人还有一个显著特点，在萨特的叙述下，他的杀人没有丝毫的恐怖和血腥，他上演的不是一出残酷的惊悚剧，而是带有浓厚喜剧意味的荒诞剧。

譬如，艾罗斯特拉特酝酿杀人计划已久，做了精心布局，可事到临头，一切全乱套了。他有六颗子弹，已计划好怎么使用，但在慌乱中稀里糊涂一下子就打出了五发子弹。他原来已经设计好逃跑线路，可杀人后，他犯了一个“不可饶恕”的错误，糊里糊涂、鬼使神差地沿着反方向跑，竟然跑进了人群中，众人都用惊异的目光看着他，甚至“有一只手还搭在了他的肩上”，让他更加紧张和慌乱。艾罗斯特拉特不愿意被周围人“窒息”而死，他掏出手枪，放了两枪，人们尖叫着向两边闪开。艾罗斯特拉特跑进了一间咖啡馆，躲入厕所，把自己反锁在里面，试图负隅顽抗，但他只是“挣扎”了一下，最终还是缴械了。

在向人们开枪的那一瞬间，艾罗斯特拉特很不坚定，犹豫再三，与其说他是在选择一个枪杀对象，不如说他是在等待自己心情崩溃的那一刻才动手。他看见两个妇女走过来，听到了她们絮絮叨叨的谈话，他让她们走过去了。接着遇见的是一个肥胖男子，他紧跟着走上去，看到这个肥胖男子的颈背，颈背的皱褶显现的是“一张带着微笑与苦闷的嘴巴”。这个肥胖男子突然转过身来，有点气恼地看着艾罗斯特拉特，他的嘴唇在哆嗦，在这一刻，艾罗斯特拉特知道自己忍不住了，他快要尖叫，就在他要撑不住的时候，他连开三枪，这个肥胖男子在他眼前笨拙地倒了下去。

有意思的是，在艾罗斯特拉特快要开枪的时候，他踌躇再三。为什么？因为他内心里“不愿意”开枪。他机械地在大街上尾随行人，心里想的是，他“再也没有向他们开枪的意思了”。他甚至问自己：“要不要把手枪扔到阴沟里去？”为什么艾罗斯特拉特在动手前会有这些“奇特”的想法？原来在他眼中，这些在大街上熙熙攘攘来来往往的男男女女不过是一些行尸走肉，他们早已经“死”了。艾罗斯特拉特问自己，他“为什么一定要杀死所有这些已经死掉的人呢”？

与一般杀手比较，艾罗斯特拉特的行动太蹩脚太笨拙了，根本不称职，完全配不上杀手的称号。可以说，他缺乏最基本的杀人能力，在杀人方面简直是无能的。如果让这样一个缺乏基本能力的人去执行犯罪的谋杀任务，那是不可想象的。从完成一件刑事犯罪的角度看，艾罗斯特拉特蠢笨到了极点，他根本不适宜也不可能去完成任何刑事犯罪。

艾罗斯特拉特在杀人过程中表现的荒诞色彩恰好是这篇小说所要营造的艺术效果，它很好地把艾罗斯特拉特的杀人与一般刑事犯罪的杀人有效地区别开来了。

四、艾罗斯特拉特为何“仇视”人类？

了解艾罗斯特拉特为什么仇视人的最好途径就是分析他杀人前写的那封信。这封信的主旨是批判人道主义，为什么要批判人道主义？在艾罗斯特拉特看来，所谓整体的人的形成根据就是人道主义，对整体的人的有力支撑就是人道主义，批判整体的人，必然要求批判人道主义。

批判人道主义为什么要写信给法国作家？为什么要把批判的矛头首先指向作家群呢？

艾罗斯特拉特认为，作家是人道主义的积极倡导者，是人道主义的天然鼓手。他们每日每夜埋头伏案，辛勤劳作，为建设人道主义大厦添砖加瓦。在他们孜孜不倦的努力下，人道主义大厦在世界上巍峨高耸。事实表明，作家是人道主义不折不扣的坚定倡导者和捍卫者。向人道主义发起攻击，必须首先把矛头对准作家。艾罗斯特拉特把信件专门寄给法国一百零二个作家，目的就是要给这个世界的人道主义化身和代表们当头棒喝。

这封信揭示了艾罗斯特拉特眼中人道主义的特征。在他看来，作家影响力巨大，其作品动辄印行三万份，在读者中广泛流传。为什么会出现这种情形？因为“他们的血液里有人道主义”，作家通过他们的作品积极宣扬人道主义，读者通过阅读作品，潜移默化地接受人道主义，人道主义是作品产生魅力的根源，也是读者获取审美快感的保证。

为什么人道主义能够打动读者、在读者眼中具有无穷魅力呢？

原来人道主义是这样一种主张：它把人视为一个特殊族类，与世界上万事万物区别开来。在这个特殊族类里，人与人很亲密，相互打交道“非常快活”。看见同类，即便你不认识他，之前与他没有任何交往，叫不出他的名字，但这不证明你与他没有关系。人们生活在一个大家庭里，有共同生活，相互间有许多共性。譬如，可能因为一件很小的事情，你被感动，你很容易被打动，很容易就对他人的处境产生同情。在人类的圈子里，人们相互同情，相互欣赏，相互扶持，并且不约而同地一致赞美人类自己。凡是与其他种类不同、能够见出人的特点的东西，都属于人们自我欣赏和赞美的对象。

譬如，与其他族类相比，人的身体具有特殊构造，他可以随意张开和夹住双腿，他有两只手，每只手有五个手指，而且拇指可以与其他手指对立起来。这是人手特有的构造，其他动物都无法像人这样灵活地运用手指，所以人的手指动作就是了不起的“杰作”，值得赞美。人用这只手去拿杯子，“虽不及猴子那么柔软、那么迅速，可是从人拿杯子的动作中显示出来的态度和聪明却是猴子远远不及的”。

人道主义把人作为中心，把人当做至高无上的东西，通过赞美人的一切，通过用一种合适的语调“对人类谈起人类自己”，作品对人们就产生了天然的、无法抗拒的吸引力。人们坐在舒适的沙发里，贪婪地阅读这些歌颂人美化人的作品，他们生活中的小小不幸，如“长得丑陋、为人怯懦、元旦工资没有增加”等都一下子都随风而去了。作品提供了最大安慰，用人的特有魅力麻醉了一切，驱散了所有烦恼的乌云，消解了一切不快。读者阅读那些伟大而神秘的爱情故事，表面上看，这是别人的故事，实际上他们在阅读中遇到的是自己，因为归根到底，小说只能描写人的故事。文学离不开人，离不开使人互亲互爱、把人连结成一体的人道主义。这种人道主义精神贯穿所有文学作品，构成它们的灵魂和精髓。

人道主义不仅充斥文学作品，而且势不可挡地扩散开来，统治了整个世界。这个世界就是人道主义的世界，它在自己的大门上庄严地书写了几个金光闪闪的大字：“非人道主义者不得入内。”当然，人道主义世界也有形形色色的差异，但艾罗斯特拉特指出，这些形形色色的差异非但不排斥人道主义，相反，正是通过这些差异，世界的人道主义基本性质得以确立。

譬如，在人道主义世界里，人们的兴趣可以千差万别。张三喜欢这个，李四喜欢那个，人道主义的世界允许这些差异。艾罗斯特拉特认为，这个世界存在差异很正常，他并不是因为日常生活的种种差异而给作家们写这封信的。艾罗斯特拉特关注的是在这些差异背后运作和显现的那种凝聚整个社会的牢固原则，即无所不在的人道主义。他认为，张三或李四在趣味的追求上或许截然不同，这个社会能够欣然接受、甚至鼓励人们表现自己的个性。你爱不爱吃美国式明虾，这完全是你个人的自由，不关别人的事，你不用征得别人的同意，更不必担心在这个问题上与他人发生争执。但是如果你不爱人类，你反对这个社会的统治原则，你敢于把自己置于人道主义的对立面，那么，你立马会成为一个“可怜人”，处境瞬间变得岌岌可危。世界之大，在明媚阳光下，在浩浩荡荡的人流中，如果谁反对人道主义，他就“找不到自己的位置”。反对人道主义，下场就等于自绝于人民、自绝于社会、自绝于整个阳光灿烂的世界。

人道主义对世界的掌控可谓润物无声，因为它把外力的强制统统转化为人们内心的自觉。即便是语言，在无孔不入的人道主义浸润下，也不再是纯粹的工具了。在人道主义社会里，人们已经没有自己的语言了，用自己的语言表达自己的思想已经沦为幼稚的幻想。由于人道主义精神渗透所有的词汇，对每一个词汇的微妙含义里里外外进行了彻底清洗，并且按照自己的套路和习惯，组装了无穷无尽的语言链条。这些五花八门的语言链条温柔地固化了人们的思想世界，自动化地排列好了各种现成的语汇，形成了富有弹性的思想模式。这些排列整齐的现成语汇实际上变成了人们思考问题的语言拐杖，离开了它们的有效支撑，人们在思维的道路上要么摔得鼻青脸肿，要么磕磕绊绊，寸步难行。

作家在作品中大张旗鼓、有条不紊地推销人道主义，他们的营销非常成功，致使人道主义在这个世界上高歌猛进，畅通无阻，成功布下了天罗地网。人道主义的大网天衣无缝，网罗了这个世界的一切，可谓涓滴不漏，人们使尽浑身解数，也难以从这张大网中挣脱。对于一般人，在人道主义大网的笼罩下过得悠闲自在，可谓大树底下好乘凉，他们已经习惯了这样的安稳生活，对人道主义的这张大网没有丝毫的自觉和反省，已经把它当成了“自然”的天空，好像世界本来如此、从来如此、必然如此。但偏偏艾罗斯特拉特是一个“异数”，竟然与响彻云霄的世界主旋律大唱反调，不自量力地站在人道主义的对立面，对这个世界的合理性和公正性提出了强烈质疑。

艾罗斯特拉特公然表明，他是一个“不爱人类的人”。在作家营造的人道主义世界里，人所表现出来的种种可爱特征，正是艾罗斯特拉特极端厌恶的东西。譬如，“人们一边吃东西，嘴巴在咀嚼，同时睁着聪明的眼睛在阅读，他的左手还在翻阅杂志”。谁能这样做？只有人才能这样做，只有人才能阅读，才知道时间的宝贵，才会一边吃东西一边阅读书籍，这些动作是人特有的，它们是人的特征，难道不可爱吗？不值得自豪和赞美吗？这些行为在作家眼中熠熠闪光，是非常可爱的举动，它们在艾罗斯特拉特眼中则黯然失色，失去了一切可爱之处。在作家眼中人们一边吃东西一边阅读，这种动作和神态多么协调美妙啊！但在艾罗斯特拉特看来，人闭着嘴巴咀嚼，两只嘴角忽上忽下，神态就像“不停地从安详转变为突然的哭丧一样”，只能让他厌恶。与这种有节奏地咀嚼的人在一起，他“宁愿参加海豹的饭餐”，这能怪他吗？艾罗斯特拉特表明，他就是这样的人，生来就是如此，异端思想就像“微小的生理机能运动一样”潜伏在他身上，对此他无可奈何，他无法把这种“生理机能”从自己的生命中一揽子剔除，这就是他的不妥协、不退让的决绝态度和立场，为此他被人道主义世界拒绝，“已经吃了三十三年的闭门羹”。

与作家对人的热爱相反，艾罗斯特拉特对人的爱“只达到那么微小的程度”，以至于他厌恶人，不仅厌恶，他还要做一件“对人类不利的事”，即杀人，他要带着愉快的心情打穿那些不遗余力宣扬人道主义作家的脑袋。他声明，这种举动不具有政治意味，即他不是出于对某个党派的政策不满才去杀人，他的杀人也不是要争取某个党派的政治利益，他所做的这一切都与政治无关，它远远超越了狭隘的党派政治。在艾罗斯特拉特看来，党派纷争充其量只是一些政见分歧而已，不论分歧多么显著，双方争执的火药味多么浓烈，只要涉及人道主义，涉及奠基这个社会的基本原则，争执各方瞬间哑火，各路政治家一下子团结一致、枪口对外了。人道主义是所有党派政治都必须坚守的最后立场，是所有政党必须扛起的正义大旗，在这个意义上，艾罗斯特拉特的立场超越了所有的政治纷争，不具有任何狭隘的政治色彩。站在人道主义立场看，艾罗斯特拉特的行为一定会被整个社会界定为地地道道的疯狂，受到各派政治力量的一致声讨和谴责。对此艾罗斯特拉特早有清醒的预估和准备。在写给作家的信中，他特意提请他们注意，“报纸特有的文风”一定会把他的行为称之为“神经错乱”。他表明自己一点也没有神经错乱，他非常清醒，十分冷静。

这封信不仅是艾罗斯特拉特向作家们发出的挑战，也是向整个人道主义世界的宣战，一定意义上它还是存在主义的一份宣言书，它清晰准确地阐述了存在主义对待这个世界的原则和立场。

存在主义一以贯之的鲜明主张就是反对一切充实，而人道主义就是对这个世界的最大奠基、最大充实，所以清算人道主义就成为艾罗斯特拉特批判这个世界头等重要的任务。当然，这场清算会冒很大的风险，就如艾罗斯特拉特所感受到的，一旦不爱人，站在人道主义世界的对立面，处境迅即被边缘化，他瞬间变为一个“可怜”的人，他的命运就是被疏远、被排斥、被流放，甚至遭到痛打，最终成为一个疯狂之人，这就是批判这个世界必须付出的代价，一个存在主义者对此理应有清醒的认识。

在艾罗斯特拉特看来，人道主义垄断了对人的解释，定义了对生命意义的理解。在人道主义控制下，社会形成了自己的逻辑，生活有了自己的规则，它们演化为规律，积淀为人们的共识和默契。有了人道主义这块历史悠久、无比厚重的奠基石，任凭疾风暴雨，社会稳如泰山，无论风吹雨打，人自“岿然不动”。人道主义构筑的这个世界“密不透风”，没有一丝裂口，堵绝了一切虚无，没有自由的容身之地。在这样的世界中，人被主宰、被窒息、唯一的命运就是被本质化，与物的存在无异。艾罗斯特拉特就是要在坚若磐石的人道主义地基上凿开一条缝隙，就是要在秩序井然的苦闷中发出一声嘹亮刺耳的不和谐音，就是要对貌似宏伟壮观的“禁止非人道主义者入内”的大门踹上一脚。也许这一脚踹动的力量微乎其微，未能损及这道铜墙铁壁的一丝一毫，但得到的威胁却能把人逼疯。如此“得不偿失”、自不量力的事情，类似艾罗斯特拉特这样的“异数”却傻头傻脑地非做不可，这就注定了他的悲剧命运。

在存在主义视域下，艾罗斯特拉特这样的人物之所以能够做出一系列让正常人难以理解的荒唐举动，他之所以被拥有人道主义情怀的普罗大众一致认定是一个疯狂之人，就是因为他的存在根底是自由。只有自由才能解释艾罗斯特拉特的所作所为，只有自由才能揭示这个人物的真实存在。当然，这里所说的自由不是追求幸福、享乐人生，或是什么知足常乐、拥抱自然的逍遥游等。所谓自由在艾罗斯特拉特看来就是颠覆旧世界，打碎旧模型，就是彻底解构奠基传统社会的基本原则——人道主义。“人，并且只有人，才天生拥有造反的能力。”[①] 艾罗斯特拉特的命运就是义无反顾地造这个人道主义世界的反，他自觉自愿地承担起这个历史的重任。

在人类历史上，每当社会转型，急需启蒙，却还笼罩在旧制度的浓重阴影下，就会涌现类似艾罗斯特拉特式的人物。当年鲁迅备感苦闷，其作品一再出现狂人、疯人、孤独者等形象。鲁迅对狂人的境遇感同身受，有独特的描绘：一间铁屋子，里面睡满了即将昏睡过去的人们。突然有人大叫，要打烂这间铁屋子，把人们放到光明和新鲜空气下。昏睡的人们被惊醒了，他们用讶异的目光看着这位大喊大叫的人，不理解他要干什么。昏

---

① 〔波〕耶日·科萨克：《存在主义大师们》，王念宁译，中央编译出版社 2003 年版，第 129 页。

睡人的逻辑是：大家都是如此，一直如此，已经安安稳稳地睡了几千年，不是好好的吗？怎么偏偏到了你这里就不行了？“昏睡”不仅是生活的规则，而且是不可撼动的传统。为什么要搅乱大家习以为常的生活呢？为什么要违背人们一直以来引以为傲的传统呢？在众口一词的强烈抗议下，“大喊大叫”就成了大逆不道，这个想救人于水火的人就变成了大家眼中的疯子和狂人。鲁迅笔下的狂人与萨特笔下的艾罗斯特拉特在精神上是相通的，他们的共同特点就是想以自己的微薄之力撬动传统社会的根基，在这堵铜墙铁壁的大门上打开一个缺口，争取创造新社会的契机。

艾罗斯特拉特的这封信激烈声讨人道主义，形象而生动地表达了萨特存在主义的基本观念。这里应该注意，在下面两个问题上不应发生混淆：

第一，不能把艾罗斯特拉特对人的仇视简单推断和定性为存在主义哲学或萨特本人对普通人的仇视。严格说来，存在主义哲学没有仇视人，它仇视的是人道主义对人的解释和定性。波伏娃曾经非常有趣地对这个问题做了说明：“有一位养了十来只猫的妇人用责备的口气问让·热内：‘你不喜欢动物吗？’热内回答：‘我不喜欢喜欢动物的人。’萨特对待人类的态度正是如此。”[①] 萨特的严厉批判针对的是“对人类竭尽赞美之事的那些人”，他们用人道主义学说对人进行了系统包装，并且到处喋喋不休地贩卖这套学说。在小说《厌恶》中，自学者是洛根丁的批判对象，洛根丁并不是“仇视”自学者这个人，而是对他被人道主义蛊惑、迷途而不知返感到愤慨，“对所有那些毒害了这个可怜的脑袋的人感到气愤”。洛根丁明确说，他对那些狂热宣传人道主义的人有“许多话要讲”，但是对自学者，他只有同情，因为自学者的状态是“由于无知和好奇心”导致的。从这个意义上说，萨特反对人道主义，目的是为了把人置于自由下。艾罗斯特拉特仇视人，骨子里却是对人的爱。

第二，艾罗斯特拉特激烈地批判人道主义，人们或许以为，萨特的存在主义与人道主义格格不入，势同水火。其实情况并不如此，萨特在二次大战结束后曾就存在主义这一论题做过一次轰动性的精彩演讲，根据这次演讲整理而成的著名文章，题目就是“存在主义是人道主义”。萨特的存在主义也被称为人道主义，但他所讲的人道主义是建立在对传统人道主义批判的基础上。萨特存在主义的人道主义与传统人道主义在一系列方面有

① 〔法〕波伏娃：《事物的力量》第二卷（一），黄荭等译，作家出版社 2012 年版，第 112 页。

显著的不同，小说中艾罗斯特拉特的这封信可以说是萨特哲学对传统人道主义大张挞伐的先声，它向世人展示了萨特存在主义人道主义的基本内容。

传统人道主义包含这样几点要义：重视人，尤其是大写的人，即团体、组织、阶级等；重视知识，相信知识可以帮助人们建设一个理想社会；相信逻辑、规律、秩序、道德等，相信必然性；相信未来，认为未来是美好的，值得追求；美好的未来不仅带来希望，还是鼓舞信心的重要保障。在萨特的这篇小说中，形形色色的作家都是人道主义的天然鼓手，他们是传统人道主义的重要代表。

萨特的存在主义人道主义有这样几点要义：重视人，尤其是个人，强调个人的不可重复和替代，自由是个体的自由，必须落实到个体，离开个体，无从谈论自由；对知识、尤其是传统知识抱怀疑态度，认为死者以及他们的所谓智慧都待在图书馆，“最惬意的公墓莫过于图书馆，死者都在那里”[①]。对规律、秩序、道德等都持质疑态度，认为它们建立的固定模式都是超越的对象；相信偶然性，认为未来不可测，未来逃脱了一切掌控，因而什么都可能发生，未来决不单纯是美好想象充实的对象。

萨特的存在主义人道主义重要代表就是艾罗斯特拉特以及《厌恶》中的洛根丁，他们对人的仇视，对传统人道主义的挞伐，彰显了存在主义人道主义的基本观念。

五、场景分析

1.“高处”与“平面”

小说开篇，艾罗斯特拉特说了一句意味深长的话：“人，要从高处看他们。”

为什么要从“高处”看人？艾罗斯特拉特的这一告诫有何意义？

艾罗斯特拉特所处的是一个人道主义世界，人道主义为“人是什么、从哪里来、到哪里去”等一系列重大话语编织了一套诱人神话。这套漂亮的说辞为人的存在进行了精心的、全方位的包装，并堂而皇之地披上了权威、正义、真理的外衣。在人道主义的解释下，人获得了自己的立场和态

---

① 李瑜青、凡人主编：《萨特文学论文集》，施康强等译，安徽文艺出版社 1998 年版，第 85 页。

度，存在具有了充足“底气”，以一种崭新面貌和特殊姿态在世界上亮相。

在人道主义的滋润和充实下，平等的观念如春风化雨，暖化人心，打动和征服了每一个人。不管人们之间有多少差异，你我之间有多少不同，大家都是平等的，都是一样的，谁也不比谁高贵，谁也不比谁低下。在平等观念的驱使下，大家心往一处想，劲往一处使，步伐整齐，动作一律，每一个人都成为木偶方阵中机械化的一员，彼此统一，相互一致。这种情形下，不费吹灰之力就能够把人们统一为一个整体。只要把人们之间种种的不一致消除了，把那些导致人们相互分离、动辄争论得脸红脖子粗、一定要辩论出个高低是非来的种种差异都消除了，人们变得都“差不多”了，当然就平等了。平等的要义是抹杀和消除差异，人道主义世界运行的主要法则就是实现人人平等，人道主义费尽心机，用平等、博爱等观念织成了“天罗地网”，用它笼罩和覆盖整个世界。人道主义声称，在平等、博爱等观念的控制下，人被打造成“铁板一块”式的整体，整个世界将长治久安。

然而可惜的是，人算不如天算，百密总有一疏，这个世界总还有虚无存在，总还有“漏洞”和“死角”存在，人道主义“天罗地网”的神话其实是一个货真价实的假象。在艾罗斯特拉特看来，突破充实的禁锢氛围，从人道主义的重重包围和禁锢下超越出来并不难，只要稍稍变换视角，就能找到人的“破绽”。这里，“高处”就是一独特视角，它是艾罗斯特拉特击碎人的“完美”幻想的一个独到发现。

生活中人们总要修饰自己，“修饰”成为文明的惯例。大家都迫不及待地美化自己，所有点点滴滴的美化背后都隐隐约约地反映出人道主义设定的统一模式。一个不修饰自己的人就是“野蛮人”，一个不按照美化原则装扮自己的人就是一个“怪异”的人。人们修饰自己有一个前提，即大家不约而同地假定，所要面对的是在同一个平面上、“距离他们 1.7 米的观察者”。人们精心妆扮自己的脸蛋，不惜重金购买光鲜的衣服和鞋子，不是为了给处于其他平面和位置的人们看的，而仅仅是给和自己处于同一个平面、位于自己眼前的人看的。当然，有时候人们也注意背后，关注自己的后脑勺，也很在意对背后的修饰。但几乎所有人都忽略了“高处”，“高处”是一个被忽略的彰显人们“另一面”特质的独特发现。从高处、譬如从七层楼上望下去，人是什么样子？这个问题几乎没有人提出来，没有人从这个视角出发考虑过问题，没有人从这个角度去思考人是什么样子。人们只是涂抹自己的脸面，戴上眼镜和帽子，以为这样就“万无一失、心安理得”

了。可是他们从来没有想过，从七层楼高的地方看下去，一顶圆形毡帽是什么样子？人们忽略了“高处”，好像它根本不存在。由于对“高处”的疏于防范，人们从来没有想过用“鲜明的颜色和耀眼的布料来保护他们的肩膀和脑袋”。

严格说来，这种忽略不是一时粗疏导致的，而是所谓的“防不胜防”。因为只要变换角度，突破“正常”的强大惯性造成的惰性，就能轻而易举地发现人的“弱点”。原来人道主义对人的种种说辞布下的所谓天罗地网是在强制和凝固人们的视角和思路下显现出来的，一当变换视角，改变思路，这些说辞立刻暴露出破绽。所以，突破人道主义的重重设定，让人的“弱点”暴露出来，关键是要看能否找到恰当的视角。

艾罗斯特拉特认为，“高处”是一个理想位置，在这一视角下，能够直接发现人的“弱点”，揭示存在的真相。艾罗斯特拉特位于七层楼上，俯下身子，看到地面上来来往往的行人，“他笑了起来”。在地面上，人们昂首挺胸，健步行走，他们是唯一“直立行走的动物”，他们为此感到无上的荣光，浑身上下充满了自豪和骄傲。可在七层楼上俯视，人的“直立躯体”不知去哪儿了，顷刻间消失无踪了，他们在人行道上“压得扁扁的”，“半爬行着的两条长腿从他们的肩膀下面伸出来”。原来如此简单和容易，只要稍稍变化一个位置和角度，人们立刻“原形毕露”了，那些为自己高大挺直的形体和浓妆艳抹的装扮自豪爆棚的人们瞬间变得丑陋无比了。艾罗斯特拉特得意洋洋地宣布，“俯瞰——这是人类的大敌”。让艾罗斯特拉特颇为自得的是，人们一直懵懵懂懂，不懂得与俯瞰作斗争，对“高处”的意义懵然无知。所以他志满意得、睥睨一切地宣称，“七层楼的阳台，这是我应该度过一生的地方”。

“七层高楼”虽然是“物质的辅助”，但缺少这样的辅助，精神的优越会“复归消失”。所以艾罗斯特拉特最喜欢的地方就是高处，如巴黎圣母院的高塔，巴黎铁塔的阳台，圣心教堂以及他自己住的七层楼寓所。一旦下楼，来到大街上，与人们处于同一平面，艾罗斯特拉特就感到窒息。因为处于同一个平面，笼罩在平等状态，他很难再把人们视为“蚂蚁”。

人类消灭异己的“杀手锏”就是“感动”，感动在平面最易发生，它可以迅即征服、泯灭一切，且效果立竿见影，屡试不爽。在感动中，人与人拉近了距离，融为一体。被感动意味着个性和棱角被磨平，头脑中“乱七八糟”的思想被清除，转眼间服服帖帖地变成人类的一分子。艾罗斯特拉特就有过这样的体验：一个家伙死了，躺在马路上，人们把他翻过来，他的鼻子流着血。尽管他一再提醒自己，流的血只不过是“粉刷的红鼻子”而已，他不想被这一场面打动，但不管用。处于这一情境，他变得脆弱，瞬间被感动、被征服，失去了自己。那些“该死的软弱”一下子侵占了他的双腿和颈背，他无法控制自己，顿时晕了过去。

事实表明，与人们处于同一平面，特别容易受到人道主义的侵袭和掌控，成为“感动”的俘虏。站在高处，俯视人类，这一位置和角度的特殊，可以避免人们把你视为同类，这是保护自己的“方便”方法。

这里需要解释清楚的是，“七层高楼”仅仅是物质设施，它起到的仅仅是“辅助”作用。最重要的不是高楼，而是“精神上的优越”。“高处”本身并没有什么高贵的，真正高贵的是艾罗斯特拉特的精神，这个精神的真实含义就是自由。物质的东西可以辅助自由，可以使一个人的自由更容易彰显出来，但物质的东西本身不是自由，更不能用它来取代自由。

除了“七层楼的高处”，后来艾罗斯特拉特又得到了一个“物质的支持”，这就是手枪。他买了一把手枪，装在裤袋里，从此壮了胆。走在大街上，“觉得自己躯体里有一股特殊的力量”。手枪能发出子弹，会爆炸，但艾罗斯特拉特明确说，他并不是从手枪上取得信心，他是从自己身上取得信心的，因为他自己就是像“手枪、像爆竹、像炸弹一样的人”。手枪射出子弹只能打中几个人，威力有限。艾罗斯特拉特认为，总有一天，在生命结束之际，他会爆炸，“像镁光那样用强烈而短促的光线照耀全世界”。手枪只能击中人的躯体，像镁光那样强烈而不可阻抑的自由精神却能够“引爆”整个世界。

2.“白色英雄”与“黑色英雄”

艾罗斯特拉特与同事聊天时谈到了林白，他是美国著名飞行员，1927年独自驾驶飞机飞越了大西洋。这一史无前例的壮举轰动了世界，对所有人都是一个巨大鼓舞，林白一下子成为世人心目中的了不起的英雄，受到社会普遍和热烈的赞扬。

在人道主义世界中，不仅林白为自己的这一成就感到骄傲和自豪，所有的人也像林白一样，为这一成就感到由衷的喜悦和荣耀。虽然只有林白一个人做出了惊天动地的伟业，但林白做这件事不仅代表他自己，而且代表普天下所有的人。之所以能够代表所有人，是因为归根到底人是一个整体，林白就是这个整体的杰出代表。任何一个人作为整体的一分子，理所当然地可以分享林白的成就。人们赞美林白，就是赞美人的整体，也就是赞美人自己，这就是人们虽然没有做出林白那样的丰功伟业，可能他一辈子也不会做出这样的丰功伟业，但照样能够为林白激动和欢呼、被林白所感动的秘密。

人作为整体是至高无上的，保护人就是保护人的整体，这是人道主义坚守的一条基本法则。但对于这样一条基本法则，艾罗斯特拉特却明确表示反对。在他看来，林白是人类整体的代表，是所谓“白色英雄”，他声称自己喜欢的是“黑色英雄”。

“白色英雄”就是按照人道主义观念产生的英雄，是世人所认同、向往、模仿的英雄。林白得到大众的崇拜，这个“崇拜”就是人道主义辛勤培育、对人的心灵“深耕细作”的结果，它是人道主义这棵大树结出的丰硕果实。没有人道主义对人们心灵的养育和塑形，没有人道主义提供的价值和理想指引，就不可能产生这样的大众崇拜。

意识到崇拜乃是一种价值的体现，艾罗斯特拉特明确拒绝欣赏林白这样的白色英雄，在他眼中，这样的人物不是真正的英雄。这不是说林白飞渡大西洋的作为不是创举，或者艾罗斯特拉特也能够像林白那样飞渡大西洋。艾罗斯特拉特坦承，他根本无法做到林白所做的，在这个意义上，林白飞渡大西洋确实了不起。艾罗斯特拉特不喜欢的是，林白作为一个符号和招牌，体现着人道主义的价值，其功能是把众人更紧密地凝聚为一个整体。林白飞渡大西洋这件事实际上已经成为人道主义节节胜利、高奏凯歌的显著标志，所以艾罗斯特拉特必须坚定地拒绝林白。

艾罗斯特拉特推崇“黑色英雄”。这里的“黑色”不是黑道、邪道之意，也不是不合常规的无政府主义式的反抗。无政府主义反抗虽然激进，但终究也是在体制的包容下，甚至是体制的一个组成部分。而“黑色”则是在超越体制意义上对社会的反叛，“黑色英雄”标榜爱人，但这是众人恐惧、拒绝的爱，是社会抵制、禁止的爱。“黑色英雄”与大众片语不投，与社会冰炭不和，他的存在意味着要从根子上抗拒和解构人道主义的世界。说穿了，所谓“黑色英雄”就是指类似艾罗斯特拉特式的人物，小说主人公也正是在这个意义上认同了艾罗斯特拉特。在他眼中，艾罗斯特拉特的形象就像一颗黑色钻石那样熠熠生辉，大放异彩。艾罗斯特拉特遭到社会厌弃，甚至不准提起他的名字，但在小说主人公心目中，这类遭到社会放逐却不改初衷、执着反抗的“黑色人物”才是真正的英雄。

"黑色英雄"与"白色英雄"标志着两套不同价值系统、两种不同世界观，它们彰显的是个体与整体的对立，是偶然性、荒谬性的虚无与必然性、规律性的本质的对立，是萨特式的人道主义与传统人道主义的对立，这种种对立在根子上映射的是自由与奴役的对立。

3. 艾罗斯特拉特与妓女

艾罗斯特拉特是一个"猥琐的小人"，为什么？因为他嫖娼。不仅嫖娼，还用手枪威吓妓女，涉嫌犯罪。艾罗斯特拉特的心理阴暗，人格极不健康，是一个"很不正常"的人。

得出上述结论很容易。确实，艾罗斯特拉特招妓了，他在"嫖娼"过程中，用手枪威胁妓女，且言论和举动都颇为怪异。从世俗和道德角度看，这个形象一点不高尚，岂止不高尚，还有些"猥琐"和"下流"。把艾罗斯特拉特单纯视为一个嫖客，这种看法虽然省力轻松，但并不准确，对理解这个形象也没有什么帮助。艾罗斯特拉特虽然有"招妓"举动，但他与一般的嫖客一样吗？艾罗斯特拉特就是一个单纯的嫖客吗？就作品表现而言，艾罗斯特拉特与一般嫖客有显著不同，不能萝卜白菜一把抓，混为一谈。

可以确切地说，萨特并没有打算塑造一个下流嫖客的意图，把艾罗斯特拉特视为一个下流嫖客是对这个形象的严重扭曲，是一种偏离作品的极端解读。

艾罗斯特拉特与一般嫖客的不同主要表现在：嫖客招妓大都因为身体的需要，嫖客付给金钱，从妓女的身体得到回报，整个嫖娼就是一桩交易。既然是交易，就要遵循规则，嫖客付嫖资，妓女提供服务。艾罗斯特拉特寻找妓女，不是因为身体的需要，而是突然间冒出一个念头，他想"向人们开枪"。在这个念头驱使下，他来到大街上，看到了一位金头发妓女。

艾罗斯特拉特声明，尽管他找过妓女，但"从来没有和妓女发生过肉体关系"，因为这样做他"会受到损失"。这就奇怪了，如果不是因为身体需要，艾罗斯特拉特为什么要找妓女？他付出了一大笔钱，却不与妓女发生关系，认为发生关系非但没有所得，反而有所失，这是什么道理？当然，艾罗斯特拉特不是木头，他的身体也有反应，但他只是看着妓女脱掉衣服，他注视她却不碰她。在这种情形下，他的裤子湿了，他宁愿"回到家里自己弄完结"。艾罗斯特拉特需要的是一个"冷漠而虔诚"的妓女，希望对方能够“抱着厌恶的心情”听从他的摆布。

艾罗斯特拉特和妓女走进房间，开始“交易”。妓女熟门熟路，一上来就把嘴唇献给他，没想到却遭到拒绝。她进门后开始脱衣服，这是规则规定的套路，可谓习惯性动作，可是艾罗斯特拉特却“舒舒服服”地坐在沙发上，拒绝脱衣服，超脱了习惯性套路的支配。当妓女把两只手放在沙发扶手上，跪在他的两腿之间，艾罗斯特拉特竟然“粗暴地扶起她”，对她说“不要这样，不要这样”！

艾罗斯特拉特一系列的反常举动让这位妓女感到“惊讶”，但她还是试图把局面“控制”在规则内，于是直截了当地问他：“你到底要我为你做什么？”艾罗斯特拉特说：“没有什么，你走走看，走来走去就行了，我对你再也没有别的要求。”她按照艾罗斯特拉特的吩咐，开始在他的周围转来转去。为掩饰窘态，她边走边做出妩媚的微笑。她终于明白了，这个男人虽然与一般嫖客不同，但她还是搞明白了为什么他要让她这么做，她在“常识”里找到了答案：“你觉得我漂亮吗？你是在图眼睛的快乐吗？”但这样目挑心招、扭腰撒胯地走下去，她凭直觉感到有些不对劲了，有点生气地问他：“你想这样子叫我走很长时间吗？”她一丝不挂，在空空荡荡的房间里走来走去，冷得战栗起来，然后坐下来，俩人互相注视，不发一言，“房间里能够清楚地听见隔壁闹钟的滴答声”。突然间，艾罗斯特拉特“哈哈大笑起来，笑得那么厉害，以至于眼泪都流了出来”。笑完之后，他又问她了一句：“你懂了吗？”这些举动完全出乎这位妓女的预料，她根本没想到会遇到这样一个言行举止都颇为怪异、难以让人理解和把握的“嫖客”。她没有任何心理准备，对艾罗斯特拉特莫名其妙爆发的笑声不知该如何回应，她对超越“正常”的这一切感到愕然和尴尬，并且隐约感受到了一丝侮辱和嘲弄。

确实，艾罗斯特拉特“招妓”的主要目的不是为了得到身体享受，而是“另有所图”。他不是从妓女的身体得到满足，而是通过对妓女的嘲弄、让对方“出乖露丑”获得极大快感，以至于“笑得眼泪都流出来了”。严格说来，艾罗斯特拉特的“笑”不是针对妓女本人，他并没有觉得这个妓女有什么丑陋必须加以辛辣的嘲弄，艾罗斯特拉特的举动针对的是妓女所代表的规则，嘲弄的是整个行业的规范和制度。当然，艾罗斯特拉特不是认为嫖娼规则本身有缺陷，因而对其不满，所以加以嘲弄。相反，艾罗斯特拉特的本意根本不是要对这个行业制度修修补补，使其更加完善。在他眼中，这一套制度越完善，对嫖客和妓女的规范越全面、越彻底，艾罗斯特拉特就越对其表示嘲讽和抵制。

众所周知，妓女职业有悠久的历史，形成了自己的传统，这一行业对妓女和嫖客的所为都有规范。一个妓女在交易中该怎么做，嫖客该怎么做，都已形成惯例。这些惯例妓女和嫖客都心知肚明，彼此心照不宣，互有默契。没有规则，交易就乱套了，这一职业就难以为继。艾罗斯特拉特嫖娼的目的不是从妓女的身体得到享受，而是不按常理出牌，专门违背规则，一心一意与整个制度“对着干”。艾罗斯特拉特的目的非常明确，他说：“这就是我想做的，使所有人都吃惊。”这就是说，艾罗斯特拉特的行动就是要“脱轨”，他要无视规则、嘲弄规则、抵制规则、破坏规则，在他看来，他的所作所为即便所有人都不理解也没关系，他必须要这样做。人们对超越常规、打破常规行为的不理解，反应常常是惊讶和尴尬，就如这位妓女所表现的那样，艾罗斯特拉特的招妓所追求和营造的就是“惊讶和尴尬”的效果。

按理说，一个妓女阅尽风花雪月之事，她是最“不容易吃惊的”。她对这一切司空见惯，早已“见怪不怪”了。规则渗透了她的身心，在她眼里，世界就是如此，男女就是如此，这一切再“正常”不过了，她对沉浸已久、已经常态化、模式化的生活不会皱一下眉头。然而在艾罗斯特拉特的“挑战”下，这位妓女感到窘迫和狼狈，甚至气愤。她的反应越强烈，艾罗斯特拉特获得的满足就越多。对规则的嘲弄和破坏越激烈，艾罗斯特拉特得到的快感就越强烈。

艾罗斯特拉特做这件事时犹如“一个孩子那么快乐”。小孩子天真烂漫，不懂规则，不知规则为何物。在一个孩子身上，充实和束缚最少。对于成年人，知道规则，了解规则，适应规则，自觉地追求被规则充实，到了这一步，人们说他长大了，心智成熟了。以萨特哲学眼光看，这种成熟也使人的存在变得危险了。如果他被规则完全充实，就像这位妓女，或像《存在与虚无》中的咖啡馆侍者，这不是成熟，而是死亡。

4. 普通人

艾罗斯特拉特非常自信，强调他的自由来自于“精神优越”。但另一方面，艾罗斯特拉特既不是什么卓逸不群、超凡脱俗的超人，也不是什么高高在上、永不介入的圣人，他就是一个地地道道的普通人。

既然是普通人，就具有人所具有的一切。在这个意义上，尽管艾罗斯特拉特旗帜鲜明地反对人道主义，但人道主义对他仍然具有重要影响。尽管他对人道主义有着清醒的判断，但并不意味着，好像打了预防疫苗一样，人道主义对他百毒不侵，失去了一切效应，他一劳永逸地获得了抵抗人道主义的免疫力。艾罗斯特拉特坚定不移地反对人道主义，他是从人而不是神的立场去反对的，也就是说，正是他对人道主义没有天然的免疫力，人道主义每时每刻都在“侵蚀”他的存在，他的反对才更真实、更珍贵、更有意义。

譬如上文提到，艾罗斯特拉特看见一个家伙死在路上，他的脸和鼻子碰到了地面。人们把他翻过来，“他流着血，眼睛睁得大大的”。看到这一幅血淋淋的画面，艾罗斯特拉特一下子被“打动”了，被内心涌上来的情感紧紧攫住，动弹不得。尽管理性安慰他、提醒他，“这不算什么，这并不比一幅新画成的图画更动人”。艾罗斯特拉特想从这样的情感状态下挣脱出来，他这样告诫自己，是“有人把他的鼻子粉刷成红色，如此而已”。但他所采用的这些“措施”都不管用，因为他是一个凡人，具有凡人的性情，此刻被情感牢牢抓住，这方面他无法“超凡入圣”，不能“例外”，无法把自己身上的情感“赶尽杀绝”。在情感支配下，艾罗斯特拉特感觉到“一种该死的软弱侵占了他的双腿和颈背”，他晕了过去。

艾罗斯特拉特并没有因为“精神优越”而练就一副金盔铁甲，可以刀枪不入，抵挡人道主义的一切侵扰，从此高枕无忧，人道主义对他的存在就无可奈何了。不，人道主义仍然对他发生影响，在特定情境下，他还会双腿发软，“该死的软弱”还会一而再、再而三地从他的身上涌现出来，这是人的存在特点。正因为人的存在具有这样的特点，艾罗斯特拉特的反抗才有了现实基础。如果他先天已经获得了抵御人道主义的法宝，人道主义根本无法对他发生影响，他的反抗还有什么意义呢？

当他晕过去，好心善良的人们围了上来，“不断拍打他的肩膀，给他灌酒”，终于把他救醒了。艾罗斯特拉特醒来后的反应是什么呢？他向众人表示感激了吗？没有！向众人表示感激是常态下规定的套路，是人道主义世界的正常反应，艾罗斯特拉特的表现刚好相反，他“真想杀掉他们”，这是存在主义的“正常”反应。在情感的支配下，艾罗斯特拉特变得软弱，成为大家的一分子，与众人融为一体，这是他最为担忧和恐惧的。但话说回来，如果没有软弱，艾罗斯特拉特反对软弱就缺乏基础。如果他的存在与软弱无缘，他反对软弱以及人们对待软弱的习惯性反应就成为

"无的放矢"。

艾罗斯特拉特开枪后落荒而逃，躲入一间厕所，他把自己反锁在里面。人们把他围了个水泄不通，他知道插翅难飞，非常紧张，不住地喘气。他举起手枪，看见了枪口的小圆洞，只要扣动扳机，子弹立即会从这个圆洞里飞出来，随着一声枪响，弹药会烧毁他的整个面孔。只消一瞬间，他就可以从这个世界上消失。他放下了手枪，等待着。一个人高声说："喂，开门，我们不会为难你的！"沉默了一阵，那个声音又说："你知道得很清楚，你是不可能逃走的了。"艾罗斯特拉特把枪管放进嘴巴里，狠狠咬着枪管，可是"不能放枪，连把手指放在扳机上也不能"。他扔掉了手枪，打开了厕所的门。

艾罗斯特拉特这样做不是绝望下的认输投降。如果自杀，一枪打穿自己的头颅，这很容易。只要闭上眼睛，扣动一下扳机就能做到。他死了，随着他从这个世界消失，他的仇视也一道消失了，但人道主义的一统天下没有丝毫的动摇。相反，随着他的消失，这个世界更加巩固和"完美"了。自杀无助于改变世界，它仅仅是无力的抗议和消极的逃避。

艾罗斯特拉特打开了门，符合存在主义者的选择。在这个问题上，存在主义的逻辑是，人无法支配自己的生死，外在世界也无法决定人的生死。在打开门之前，艾罗斯特拉特已经想到他被抓后会受到殴打，人们会打落他的牙齿，甚至挖掉他的一只眼睛。但即便如此，也必须打开门。后来艾罗斯特拉特被押解到警局，果然遭到暴打，特别是人们在知道了他是谁之后，足足打了他两个小时。

他心里想，现在他有了"恨人们的更正当理由"。

第四章

《卧房》

小说最初发表于 1938 年《尺度》1 月号上。

达尔贝达夫妇安分守己，生活风平浪静，唯一让他们放心不下的是独生女儿爱娃。她嫁给了彼埃尔，可是好景不长，女婿精神错乱了。小说以两个家庭为线索，写了老夫妻惦念、担忧小夫妻，更为自己的爱女忧心如焚的故事。小说波澜不惊，亦真亦幻地写了一连串的家庭琐事，通过看似漫不经心的叙事，呈现了一幅幅精心刻画、带有浓郁存在主义意味的生活场景。

一、达尔贝达夫妇

小说首先出场的是达尔贝达夫人。

达尔贝达夫人并未到龙钟之年，但给人的印象是弱不禁风，已进入风烛残年。由于病体缠身，做什么都有心无力，她已从喧闹世界“全身而退”。达尔贝达夫人不求闻达，对外部世界失去了兴趣，越来越关注自己的内心世界。她的感觉越来越精细，情感越来越细腻，对事物的体验越来越微妙。以前身体好的时候，她喜欢耸肩，生病以来，身体变成了累赘，举手投足都颇感倦意。现在她习惯于用脸部表情代替动作，“表示同意用眼神，不用嘴角，抬眉毛而不耸肩膀”。眼下达尔贝达夫人甘于经营自己精细而脆弱的情感世界，对那些微细的、也许别人不大在意、没有留心的东西产生兴趣。

小说开始，达尔贝达夫人呈现给读者的第一个动作是：她用指尖拿起一块阿拉伯香糕，“小心翼翼地凑近嘴唇，屏住呼吸，生怕鼻息会把撒在香糕上的粉末吹飞了”。她朝光滑的香糕咬了一口，嘴里立刻充满了一股霉味。她想，“真奇怪，人一病，味觉就灵敏了”。尽管她小心再小心，书页上还是落下了一层薄薄糖末，“她的手指在光滑的纸上使小小的糖粒滑过去，发出沙沙响声”。达尔贝达夫人沉浸在细微的声音里，感受细微的糖粒运动，体味细微的感情变化，她生活在自己的“微妙”世界里，这是她生活的第一个特点。

达尔贝达夫人生活的第二个特点是喜欢回忆。达尔贝达夫人爱读书，年轻时读了不少充满想象和激情的小说，它们成为现在回忆的主要内容。那时还没有生爱娃，年轻的她坐在海滨，头戴一顶大草帽，上面系着绿色绸带。海风徐徐吹来，把滚滚沙子撒在膝盖上，这些画面在回忆中是多么美妙、多么惬意啊！现在她仍然喜欢阅读，但与以往不同的是，现在她“宁愿读一些回忆录和历史著作”。在她看来，这些都是严肃读物，能够为她提供滋养。达尔贝达夫人不能介入外面喧嚣的世界，就只能介入自己宁静的内心世界，她无法面向未来，就只好回到“沉睡的过去”。她的精力主要都放在回忆过去，回忆能够给她带来舒心的感受。以前阅读浪漫小说，她的心也和小说一起飞扬。现在病体把她困在房间里，周围好像有了一道无形的墙，她不再想象未来，不再有那些撩人心魄的激动和期盼，她的心不再被搅乱了，她在“回忆录和历史著作”中安静踏实下来，过去成为她坚守的落脚点，那些凝固的、没有变化的过去充实了她的心灵。她渐渐隐入了岁月的黑色帘幕，她的存在被无情地遮掩了、“定型”了。难怪在达尔贝达先生看来，他的妻子“就是那样，永远是那个样子”。

达尔贝达夫人生活的第三个特点是安常处顺，非常有规律，几乎到了刻板程度。她的世界犹如一座小小的世外桃源，没有激情和风暴，只有平静与安宁。她的生活面狭窄，内容单调贫乏，可是一切井井有条，纹丝不乱。除了星期四，达尔贝达先生都只在傍晚来看她。因为星期四是达尔贝达先生的日子，他一定要去女儿家消磨一个钟头，通常是在三点到四点之间。达尔贝达先生看望妻子有几个习惯性、程序化的动作，他先是吻一下她的额头，然后在她的对面坐下来，静静地阅读报纸。星期四出门前，他总要与妻子谈论令他们伤心欲绝的女婿。“这种星期四的谈话，内容永远不变，连细节也一样，早已使达尔贝达太太厌透了。”尽管如此，他们仍然乐此不疲，这种谈话不会中断，也不会改变，雷打不动，已经成为星期四这一天的固定内容。

与达尔贝达夫人的细腻和脆弱相反，达尔贝达先生完全是另一种“风格”。他体格魁梧，身体健硕，虽然一把年纪了，但精力旺盛，走起路来虎虎生风。达尔贝达夫人受病情困扰，总是一副楚楚可怜的样子，可达尔贝达先生对自己的身体保养得非常好，他的心脏像年轻人一样活泼有力，可以大气不喘、轻快地登上一百二十级楼梯。平心而论，以他这个年纪，能做到这一点的人真不多。大家纷纷投来羡慕的目光，达尔贝达先生不时受到夸赞，他对此很是洋洋自得。

达尔贝达先生的生活是粗线条的，说起话来嗓门大，表达直率，容易激动。但他绝不是粗鄙之人，他粗中有细，这主要表现在对女儿的关怀上。作为父亲，达尔贝达先生非常疼爱爱娃，每个星期四风雨无阻地去看望女儿，这成了他的生活常规。没有人逼迫他这样做，达尔贝达先生用一颗炽热的爱心，心甘情愿、“无怨无悔”地为自己建立了这样的规矩。达尔贝达先生的感情很丰富，可以因为一件很小的事情感动不已。走在大街上，看到一位母亲拉着小女孩的手，俩人一问一答，亲密非常。小女孩指着一台收音机问母亲：“这是什么？”母亲回答：“这是一台收音机，能发出好听的音乐。”母女俩一声不响地站在那里出神，这是一幅极普通的场景，几乎每天在大街上都能够看到，达尔贝达先生触景生情，被这幅日常画面大大地感动了。在他看来，一个女孩，一个母亲，走在大街上，母亲耐心地回答女儿提出的问题，这幅画面告诉了人们一个重要道理：这才是一个正常家庭，这才是正常的生活，母女俩一问一答的画面多么温馨感人啊！这样的家庭多么幸福美满啊！相比之下，爱娃的生活不入轨道，婚姻乱七八糟。她的处境真让人担忧啊！爱娃与一个精神错乱的人守在一起，怎么可能过正常人的日子？

达尔贝达夫妇生活中的主要话题就是他们的女儿。丈夫出门前，她打算告诉他爱娃的近况。她担心丈夫的反应，害怕身躯高大、心思单纯的达尔贝达先生听到她说的话一下子暴怒起来无法收场。平时他的到来就不平静，说到爱娃时他激动得走来走去，急得团团转，“仿佛房间里到处都有他”。尽管如此，达尔贝达夫人还是决定把从爱娃那里听到的消息告诉他，这种事怎能瞒他呢！原来爱娃仍然迷恋彼埃尔，他们仍有夫妻生活。眼下让达尔贝达夫人犯愁的是，这种话怎么说得出口？即便面对的是朝夕相处的丈夫，这种事她也张不开嘴。按照达尔贝达夫人的教养，这种话不能赤裸裸地讲出来，尤其是不能从一个做母亲的人嘴巴里讲出来。赤裸裸地谈论夫妻之间的那种事，语气就像谈论一件大家日常谈论的事，达尔贝达夫人无论如何不能接受，因为这完全不成体统。达尔贝达夫人相信并且坚守生活的规矩，在她看来，这些规矩之所以成为规矩，就是因为大家都承认、都接受、都遵守。而大家之所以都承认，都接受并且都遵守，当然自有道理，这些规矩的存在就表明它们是有道理的。达尔贝达夫人属于典型的循规蹈矩之人，怎么启口，让她有些犯难。她认为最好的方法就是不挑明，暗示一下，话说到一半，对方就能心领神会。达尔贝达夫人希望同那些“精明而敏感”的人交往，与聪明人谈话不需要太多技巧，重要的是，彼此都有默契和尊重，有些话只要稍微点一下，大家就心照不宣了，这种谈话是一种享受。

达尔贝达先生不属于聪明的谈话者，他在谈话中的表现不得不让达尔贝达夫人把他归为愚钝和粗俗的一类。因为达尔贝达先生常常情不自禁、非常“野蛮”地把她精心呵护的这层“窗户纸”捅破。她有些尴尬地告诉他，“爱娃仍然十分迷恋彼埃尔”。听了这话，达尔贝达先生随口应了一句，“我知道”。这种回应让达尔贝达夫人恼火，这个男人一点儿都不敏感，简直可以说是太麻木了。他根本不明白她表达的是什么意思！一定要把话说清楚，说透彻，一定要把事实全部摊在桌面上，他才明白点什么。于是达尔贝达夫人不得不深入一步，试图把话说得更明白清楚一些：“她迷恋他的方式同我们想象中的完全不同。”达尔贝达先生“滚动着两颗愤怒而焦急的眼珠，每逢遇到不懂的暗示，他都是这副表情”。他猜测地问：“难道你的意思是说……他们现在还发生……？”“对！对！对！”达尔贝达夫人极不耐烦地把简短的回答有力地重复了三次，好不容易才把鲁莽的丈夫快要脱口而出的话打住。

达尔贝达先生快人快性，讲话直来直去，不绕弯子，他喜欢咄咄逼人的风格。听到的消息确实出乎他的意料，达尔贝达先生非常恼怒，甚至愤慨，但最终还是两臂下垂，低下了头，不做声了。他心痛极了，这个消息对他的打击实在是太大了。他的女儿，他最心疼的宝贝女儿，竟然还与这个疯子睡在一起。这个疯子几乎不认识她了，她还这样迁就他、顺应他、满足他，一定是“鬼迷心窍”了。

爱娃的遭遇把老俩口拉近了，她的不幸婚姻成为他们关注和谈论的主要话题。除了性格差异，除了达尔贝达先生横冲直撞的粗线条不时惹得达尔贝达夫人不快，除了他们之间常常出现一点无关大碍的磕磕碰碰外，他们的生活态度，他们的追求，他们的期望倒是非常一致的。他们的存在具有共同特征：他们思不出位，行不逾方，遵守社会秩序，维护传统价值，捍卫共同信仰。在对待爱娃的婚姻上，他们的立场和态度完全一致。

看到爱娃婚姻出现了问题，达尔贝达夫妇非常着急。作为父母，他们认为在这个关键时刻不能袖手旁观，他们责无旁贷，必须挺身而出，及时站出来施以援手"挽救"爱娃，这是做父母的义不容辞的责任。达尔贝达夫妇都是责任感和使命感极强的人，在这一刻，用不着别人催促和提醒，他们很清楚地知道应该做什么。

他们的态度很明确：爱娃必须当机立断，快刀斩乱麻，与彼埃尔"切割"清楚。虽然彼埃尔的精神错乱并不是他的错，他的病来自遗传，但这更令达尔贝达先生不安。按照他的看法，彼埃尔的病不是一般的头疼脑热，由于精神错乱来自遗传，这种先天的生理缺陷构成性格的基础，对婚姻不可避免地产生严重影响。达尔贝达先生平生最恨的就是不健康的人，没有想到自己的女婿偏偏就是一个极不健康的人。他们给爱娃的建议是，尽快割舍这段感情，立即从这段无望的婚姻泥淖中拔脚而出，抖落干净，开始新的生活。如果继续沉迷于过去，后果将非常可怕。彼埃尔无药可救，最后必定走向疯狂，这只是时间问题。如果爱娃不及时刹车，不听劝阻，一意孤行，继续陪伴这个疯子胡闹下去，下场就是毁了自己一生。达尔贝达先生认为，爱娃应该走出自己的家，来到外面的世界，来到大家当中，呼吸新鲜空气，多与人们接触，她也许会遇到一个好小伙子的，慢慢地就会开始新的生活。可眼下他们担心的是，在爱娃改变主意之前，她的处境已经把她逼疯了。

达尔贝达夫妇反复向爱娃陈明利害，拳拳之心令人感动。然而让他们大失所望的是，爱娃铁石心肠，根本不为所动。爱娃的态度是一个谜，因为"陷于不幸"等等都是达尔贝达夫妇的一面之词，并不是爱娃的切实感受。每星期四一想到就要见到自己的女儿，达尔贝达先生会情不自禁地兴奋异常，他是多么爱自己的女儿啊！然而犹如负薪救火，总是事与愿违，甚至弄巧成拙。不管达尔贝达夫妇多么爱自己的女儿，他们的一瓣心香就是得不到回报，因为他们的爱得不到爱娃的理解和认同，他们对爱娃的爱是剃头担子一头热，这是问题的关键。

二、爱娃的“固执”

爱娃为什么不离开彼埃尔？为什么偏偏钟情于一个疯子？彼埃尔究竟有什么魅力吸引她？与彼埃尔一起生活能给她带来什么乐趣？这些都是不断纠缠和困扰达尔贝达夫妇、让他们百思不解、给他们的平静生活带来无穷烦恼的问题。

为了让爱娃离开彼埃尔，达尔贝达先生不惜与女婿撕破脸皮。如果可以采用暴力方式把这个疯子赶走，他就不惜使用暴力。在达尔贝达先生看来，暴力方式最快捷、最简单、也最有效。只可惜，这是他的一厢情愿，爱娃与彼埃尔结婚多年，说赶走就能赶走吗？达尔贝达先生专门请教了医生，了解了法律的相关规定。如果家属主张把病人接回家，医生只能配合。现在爱娃的情况就属于此种，她心甘情愿在家里照顾彼埃尔，对此医生只能提出建议，无法采取其他措施。除非彼埃尔真的疯了，大喊大叫，吵得四邻不安，甚至威胁邻居，引起公愤，大家忍无可忍，提出拘禁的要求，才能采取法律行动。现在爱娃与彼埃尔对周围邻居没有一点妨碍，想通过司法途径控告彼埃尔，用强力方式把他从爱娃身边赶走，没有任何可能性。

唯一可行的方法就是说服爱娃，让她主动离开彼埃尔。但说服爱娃却是达尔贝达夫妇遇到的一个天大难题。他们从来没有想到自己亲生的宝贝女儿竟然变得如此陌生，她的选择不仅令他们困扰，让他们不解，简直伤透了他们的心。爱娃为什么执迷不悟，像喝了迷魂汤一样在畸形的婚姻泥淖中越陷越深，在他们苦口婆心的劝说下仍然自以为是，不肯回头？爱娃为什么会失去最起码的理性，搞不清楚什么是真正的爱情，什么是正常的婚姻？爱娃为什么连人类社会最基本的常识都不懂，触碰甚至践踏人类社会的底线而毫不在意？总之，要说服和改变爱娃对于达尔贝达夫妇来说几乎是一个无法完成的艰巨任务。

尽管如此，达尔贝达夫妇还是尽力了，面对爱娃的婚姻问题，他们不可能被动地静观其变。起初他们以为，自从彼埃尔疯了，爱娃的婚姻名存实亡，她事实上已是一个寡妇。后来得知爱娃还有七情六欲，与彼埃尔还做夫妻间的那种事，达尔贝达先生大为光火。他宁愿爱娃在外面找一个情人，也不愿意看到她与这个疯子一天天厮混下去。但转念一想，爱娃也是明晓事理的人，她如此固执地不愿意放弃这段婚姻，一定有什么东西吸引她，一定是这段婚姻还有让她恋恋不舍、不能忘怀的东西。这是什么东西呢？彼埃尔已经疯了，爱娃能够与这个疯子有什么交流呢？他们现在仅有的就是“身体的交流”，莫非就是这个东西吸引了爱娃，莫非这就是彼埃尔仅存的魅力？难道他就是用这种东西迷惑了爱娃？在达尔贝达先生看来，与一个疯子做这种事纯粹是“胡闹”。当他向爱娃提出质疑和警示后，爱娃非常坦然，没有否定，只是微微一笑，向他投来“一道奇异、几乎带点快意的嘲讽眼光”。达尔贝达先生气愤地想，“果然不错，他们只干那事，他们在一起睡觉”。

还有一种可能性：爱娃不恤人言，刚愎自用，也许是心理上陷于自欺的结果。达尔贝达先生回忆起一段往事：以前他们有一个朋友，她有一个非常漂亮的男孩，小时候爱娃还与这个小男孩一起玩过。真是天有不测风云，这个小男孩突遭横祸，被汽车前翼切断了脖子。这一打击犹如晴天霹雳，时隔多年，这位母亲仍无法从这一悲惨事件中恢复过来。她不愿意相信自己的孩子已经死了，始终拒绝正视这一残酷的真相。她强迫自己生活在过去的世界里，仿佛孩子还活着，她每天不厌其烦、絮絮叨叨地和他说话，饭桌上照例摆着孩子的刀叉，她不知不觉地强制自己活在过去。人们眼睁睁地看着这个女人的异常举动，反复劝说都无效，最后大家只好把这个半疯癫的女人送进了疗养院。

按照达尔贝达先生的分析，爱娃的处境与这位母亲的遭遇有些类似。彼埃尔疯了，这是一个再明显不过的事实，爱娃必须睁大眼睛正视这一现实。尽管认清这一点非常痛心，甚至有些残酷，但逃避是没有出路的。像爱娃现在这样对彼埃尔不离不弃是很不明智的，彼埃尔明明不是一个正常人，大家都看在眼里，但爱娃非但不承认，还像过去那样，尊重彼埃尔的意见和决定，把他视为一个理智健全的正常人，这太危险了。达尔贝达先生恳求爱娃赶快清醒，正视现实，从不切实际的幻想中挣脱出来。不论带来多大痛苦，付出多大的代价，都必须坦率地接受现实。不勇敢地跨出这一步，就等于强制自己停留在过去，生活在自己营造出来的幻想中，这是典型的自欺欺人。爱娃不能单靠幻想活下去，不能紧紧抓住过去的彼埃尔不放，而对眼前的这个真实的疯子视而不见，这种偏执古怪的念头必须抛弃。

达尔贝达先生振振有词，越讲越激动，越讲越带劲。他非常自信，认为自己所讲的头头是道，很有道理。关键是，他认为自己的出发点，包括他所做的这一切都是为了爱娃好，这一点无论谁都不能否认。然而无论他怎样使尽浑身解数，爱娃却始终冷若冰霜，不为所动，甚至对父亲讲的都懒得反驳。达尔贝达先生慷慨激昂地说了一大通，爱娃只是淡淡地回应了一句，“你错了”。其实爱娃既不呆，也不傻，她了解自己的处境，了解彼埃尔的变化，事实上她一直密切关注着彼埃尔病情的发展。彼埃尔确实与过去有所不同，这一点她看在眼里，急在心里，但拒绝像父亲那样用“疯”这个字眼来界定他的变化。

达尔贝达夫妇知道爱娃的性格比较固执，她打小就这样，有主见，特立独行。那么是不是因为性格的原因，爱娃陷于偏执中，越是劝她，她就越往反方向使劲，十头牛也拉不回？现在迹象很明显，彼埃尔病入膏肓，明明已经疯了，可是爱娃就是不愿意别人说三道四。达尔贝达先生真是急得像热锅上的蚂蚁，不知道怎样才能找到让爱娃不那么固执己见的办法。他多次咨询医生，知道像彼埃尔这种状况，不出三年就会完全疯掉，他的行为会像禽兽一般。一个正常人和一个禽兽待在一起是多么恐怖的一件事！爱娃竟然对这件事的严重性没有一点预估，完全不顾可怕的后果，为了任性毁掉自己，这让达尔贝达夫妇异常痛苦。

达尔贝达先生对爱娃说，对丈夫尽妻子的责任，大家都理解。但问题是，彼埃尔已经疯了，而且随着时间推移，疯狂的程度会越来越加重，医学对此束手无策，爱莫能助，爱娃又能如何呢？这种情况下，聪明的做法是仁至义尽应该适度，一味地盲目坚持，“超过自己的责任，就是不道德了”。达尔贝达先生强调，爱情不是疯狂，爱情指向的应该是一个正常人，爱娃无论如何不能爱一个疯子。爱的感情用在一个正常和健康的人身上才有效，爱一个疯子是没有意义的。何况爱娃不仅对彼埃尔承担责任，对自己的父母也要承担责任，她爱彼埃尔，也需要爱自己的父母，还应该爱大家。达尔贝达先生恨爱娃的固执，恨这种一条道走到黑的任性，他无法接受事到如今，爱娃仍然拘泥不化，我行我素。

让达尔贝达先生万万没有想到的是，他掰开揉碎地说了半天，从爱娃那里只听到了一句“和和气气”的回答：“彼埃尔继续和我在一起，我同他挺合得来。”达尔贝达先生简直不敢相信自己的耳朵，他失望极了，对爱娃说，“你真是完全疯了”。对于父亲的指责，爱娃喃喃自语地答道，“疯得还不够”。这让达尔贝达先生彻底寒心，离开爱娃前他说的最后一句话是：“我的孩子，你使我害怕。”

达尔贝达夫妇对于爱娃的爱可以说是天底下父母对孩子最正常、最标准、最真诚的爱，这种爱不掺杂任何杂念，完全是为了爱娃的幸福。这种爱是纯粹的、无私的，完全是奉献，不索取任何回报。他们唯一的目的就是使爱娃能够回心转意，过上他们认为的正常生活。为了挽救爱娃，达尔贝达夫妇做到了所能做的一切，可以说已经尽了全部责任。他们一一梳理了爱娃陷入不幸的原因，仔细分析了导致爱娃“讳疾忌医、至死不悟”的心理机制，但可惜的是，他们所有的努力都不奏效。他们的热切关怀和爱娃的冷漠回应之间好像竖立着一堵无形的高墙，他们真诚的爱和热烈的期望无法穿透这座坚固的高墙，被这座高墙无情地挡住了。

应该说，达尔贝达夫妇只是认识到他们的徒劳无功，但为什么他们一而再、再而三的无功而返，为什么亲生女儿在他们眼里变得如此陌生，为什么他们之间会横着一堵墙，这堵墙会给他们的关系带来怎样的变化？这些问题并未引起他们的深思。他们像大多数父母那样对孩子怀有真挚的感情，对爱娃的状况无比忧虑，他们对自己的爱没有效果而叹息、着急，对爱娃有些抱怨，对彼埃尔充满了恨意……他们像大多数父母那样依然立足于存在的“素朴”状态。

三、爱娃的立场

爱娃既不糊涂，也不盲目，她很清醒，十分清楚自己的生活状态，知道自己在干什么。她能够明辨是非，知道自己需要的是什么。父母的爱不能改变她，她的主意已定，不打算离开彼埃尔。

达尔贝达先生一身轻盈，走起路来一阵风，像个年轻小伙子，可在爱娃眼里，“他是装出来的，待会儿他又要犯胸痛了”。达尔贝达先生视爱娃为掌上明珠，但在爱娃眼中，父亲的爱缺少价值。她认为父亲很肤浅，“他的脑子里没有多少东西，最多只有使自己显得年轻的渺小考虑”。

达尔贝达夫妇全心全意爱着自己的女儿，可这种爱注定“付诸东流”，对此他们缺少反省。传统生活规划了一条他们无法超越的界限，他们在传统道路上行走多年，对传统的路子不仅熟悉，而且亲切。沿着这条习惯的道路看世界，对于他们是一件很惬意、很舒心的事情。风景是熟悉的，人物是熟悉的，道路是熟悉的，对一切他们都了然于胸，都让他们称心如意。顺着这条习惯的道路指引的方向去思考，他们形成了自己的思维定势，有了一套固定思路，树立了牢固的观念，有了一套对世界的看法。这些看法对于他们坚若磐石，这是他们的生命所在，价值所在。以他们的世界观作为标准，爱娃的生活极不正常。他们越看爱娃越不能理解，越看越为爱娃的状况着急，越看越迫不及待地要“挽救”她。但他们忽略了最重要的一点：他们想要爱娃回归的“正常”在爱娃眼里恰恰是没有意义的，他们指出的“正途”正是爱娃避之唯恐不及的。他们的爱越真挚、越强烈、越无微不至，就越受到爱娃的反抗和抵制。

爱娃不是薄情寡义之人。达尔贝达先生每个星期四专程来看她，尽管他们有分歧，她对父亲仍是客客气气的。她清楚地知道她与父亲是两类人，从父亲的立场看，他无休止的絮絮叨叨都是为她好，但她更明白，父亲这样做的结果是竹篮打水。她不会有任何改变，父亲收获的只能是失望和伤心。耐心地向父亲解释，和他展开争论，有意义吗？直接向父亲袒露自己的内心世界，期望父亲改变想法，在心灵世界开启一扇新的窗户理解他们，可能吗？希望父亲明白山外有山、天外有天，这个世界具有多重面目，绝不是单一和永恒不变的，可能吗？像达尔贝达先生这样的人，在自己熟悉的世界生活太久了，他不仅生活得舒舒服服，还生活得理直气壮！生活在他看来就是如此、只能如此、必须如此！他觉得自己生活的每一个角落都是阳光明媚的，生活中的一切，甚至连最细微的地方，都被“密密麻麻”的规则充实。他的生活是“结结实实、牢不可破”的，他恨不能把整个世界都按自己的标准纳入规则的轨道。达尔贝达先生生活得信心百倍，他天生就是一个征服者，一个不遗余力、迫不及待地改造别人的人，一个野心勃勃、把不断扩充自己“生活版图”作为毕生使命的人。这样的人能理解别人吗？能够耐心地倾听别人的意见吗？他知道还有不同的世界吗？他能够了解世界不止一种色调、而是五颜六色、丰富多彩的吗？在爱娃看来，父亲虽然每个星期都来看望他们，但他来的目的根本不是理解他们，而是“改造”他们。让父亲理解和接受自己的想法完全是天方夜谭，爱娃对此不抱任何希望。但他毕竟是自己的父亲啊，为了尽一个父亲的责任，达尔贝达先生浑身上下能量十足，他开足了马力，一门心思地安慰和开导她。爱娃不能不考虑和担忧父母，其实她是有点可怜他们。他们都被社会严重定型，眼光呆滞凝固，看什么东西都一个样，任何偏离他们标准的东西都成为异端，都不能容忍，这就是他们的悲哀，但他们没有任何自觉，只是一个劲儿理直气壮地要求爱娃反省，要求爱娃改变自己的生活。爱娃主意已定，不会离开彼埃尔，涉及原则问题，她不会有丝毫的让步和妥协。但是父亲来看望她，她不会板起面孔，横眉冷对，拒人于千里之外。她还要接待父亲，尽可能避免冲突，至少她不能剥夺父亲尽责任的机会。

达尔贝达先生走进客厅，坐在沙发上，问爱娃："我可以吸烟吗？""当然可以，爸爸，你想要雪茄吗？"爱娃忙不迭地问。在这类问题上，父女之间没有冲突，爱娃可以尽力满足父亲。看到爱娃的样子，达尔贝达先生顿生忧虑和怜惜。爱娃原来有一张"聪明俊秀"的面孔，现在变成了"灰灰暗暗、像蒙上了一层乌云似的"。爱娃现在喜欢打扮了，她"染蓝了眼皮，长长的睫毛上涂上了眼睫膏"，这种浓妆艳抹让达尔贝达先生很不舒服。一旦触及这类问题，马上显现分歧，爱娃就不搭腔了，双方僵在那里，气氛有些尴尬。达尔贝达先生意识到他来这里的重要目的，最好不要在这类小事上令爱娃不快。他退让一步，解释说，他是自然美的信徒，所以不大能欣赏女人把厚厚的脂粉涂在脸上。他话锋一转，顺势退让一步："应该是我错了，因为人们总是应该随着时代前进的啊！"做了小小的退让，和缓了气氛，达尔贝达先生开始切入正题，表达他的来意，希望能够和爱娃好好谈谈："来吧，坐下来，乖乖听我说，你应该相信你的爸爸。"爱娃知道他要开始了，这种谈话进行过多次，父亲的看法他早已清楚。"我喜欢站着，你有什么话要对我说？"爱娃摆明了态度，她知道谈话的结局，与之前的多次谈话不会有什么区别，父亲的观点乃至他谈到这类问题时的语调她都很熟悉，她希望随时可以结束这场谈话，所以她宁愿站着。如果乖乖地坐下来，就为结束谈话增加了一点障碍和难度。

达尔贝达先生舌无留言，单刀直入，干脆明了地抛出问题，这种方式虽然生硬，但直切要害："这样下去会有什么结果？"这种提问题的方式就是要把对方一下子"将死"，注定了问题本身不会得到讨论。达尔贝达先生滔滔不绝地发表了一通看法，爱娃有些不耐烦地回答，"我就爱他现在这个样子"。问题很直接，回答也不绕弯子。一个要把对方逼到死角，逼对方立马缴械投降。一个却爱答不理，不情愿接招，让还没有开始讨论立即夭折了。达尔贝达先生的信念很坚定，他无论如何不能相信爱娃竟然会失去理智，爱一个疯子，现在爱娃的回答就是沉默。达尔贝达先生"恨爱娃的固执"，只好使出最后的杀手锏，"没办法，这是她逼的"。他本来不愿意说出痛苦的真相，现在不得不"和盘托出"了。他把医生的结论告诉爱娃："不出三年，彼埃尔就会完全疯了，他会像个禽兽一样。"说完这句话，"他用残酷的目光凝视着女儿"。没想到爱娃动也没动，一点不吃惊，连眼睛都没有抬起，她的心灵没有激起一丝波澜，只是淡淡地说了一句：“我早知道了。”

达尔贝达先生满怀希望兴冲冲地来，没想到在女儿面前这么狼狈地遭到拒绝，他是真切地体会到了无奈和无力的感觉。不过对于自己的女儿他还是“网开一面”，他把气一股脑儿都撒到了彼埃尔头上。他下楼时想，“应该派两个壮健的汉子用强力把这个可怜的废物带走，并且不用征求他人的意见把他按在水龙头下冲洗”。他真希望用强制的方法，哪怕再野蛮，再不合理，只要能把彼埃尔从爱娃身边带走，他都举双手赞同。想到彼埃尔被强制抓走的那副可怜样，孱弱的身子在几个壮汉的挟持下激烈地挣扎和扭动，达尔贝达先生会心地笑了。可是忧愁很快又爬上了他的脸庞，因为他把事情完全扭曲了：现在不是彼埃尔离不开爱娃，而是爱娃“死心塌地”地要与彼埃尔在一起。强制带走彼埃尔，最先反对的就是爱娃。

达尔贝达先生造访效果不佳，他前脚刚走，大门咔哒一声关上，爱娃心里立即涌起一股强烈的反感和厌恶：“我巴不得他死了。”她撩起窗帘看到父亲从大楼走出来，看到他宽阔的肩膀，“他停下来，抬起头向天空眨巴眼睛”。在这一刻，她突然又不恨父亲了。爱娃对一心要拯救他的父亲更多的是怜悯，在她看来，达尔贝达先生壮健的身躯里其实没有什么有价值的东西，他很平庸，只是有一颗强烈跳动的爱孩子的“正常心”。只要他存在，他的爱就要源源不断地“喷涌”出来，就要把所有的一切都整合到他的爱里去，整合到他絮语不休的所谓正常秩序里去。想到这里，爱娃又有些恼火。眼看父亲快要在转弯的地方消失，她断定此刻“他在想着彼埃尔”。爱娃和彼埃尔虽然生活在都市中，但他们离群索居，闭门谢客，目的是只想过自己的清净日子，不想打搅任何人，也不想被任何人干扰，他们希望在这个正常世界里保留一块属于自己的清静之地，可以按照自己的方式生活。可是父亲的到来搅乱了平静，不仅如此，此刻他还把他们的生活带到了大街上，带到了阳光下，带到了人群中，而“大街”、“阳光”和“人群”恰恰是他们所要逃避的。爱娃忍不住地抱怨：“难道人们就不能够永远忘却我们吗？”

每当达尔贝达先生走进卧室与彼埃尔交谈时，爱娃特别留意父亲的动作和神态。他“带着内行的神气俯下身子对彼埃尔说话，就像一个懂得怎样对病人说话的人似的”。在达尔贝达先生眼里，彼埃尔毫无疑问是一个病人，既然是病人，就该用对待病人的方式来对待。达尔贝达先生把社会对待病人的一套“礼仪”带来了，他很自然地要把这些“礼仪”套在彼埃尔身上，他要把社会对待一个病人的态度在彼埃尔身上恰到好处地体现出来。他盯住彼埃尔看，“彼埃尔的脸已经深深地印入他的那双敏锐的大眼睛里”，这引起了爱娃的强烈不满。她心里想，“我一想到他看清楚了他，我就恨爸爸”。在存在主义哲学中，“看”有特殊含义，它不单纯是肉眼的功能，通过“看”显露出来的目光具有强烈的生成性、剥夺性和侵入性，虚无的目光长驱直入，无法阻挡，它是一个人自由的生动表现。达尔贝达先生“盯住”彼埃尔看，致使彼埃尔的脸被他的目光吞噬，在一刹那，彼埃尔的存在消失了，达尔贝达先生的存在得到了有力肯定。这场无声的较量显然是达尔贝达先生占据了主动，是他所代表的那套社会规则占了上风，这是爱娃“恨”父亲的主要原因。

达尔贝达先生来到大街上，边走边想，一下子有所顿悟，突然明白了他的爱代表什么，他对爱娃的不满究竟是什么，他为什么要这样竭尽全力地挽救爱娃，他对爱娃掏心掏肺地谆谆告诫究竟要得到的是什么？这一系列原来懵懵懂懂的问题，此刻豁然开朗，他一下子找到了答案。在他看来，彼埃尔是一个疯子，爱娃为了这么一个疯子，抛弃了所有人，她的生活远离了父母，远离了大家，这就犯了人类生活的大忌。人类生活就是大家的生活，大家生活的基本要则就是聚在一起，彼此关心，相互帮助，心灵相通，互有默契。在人类大家庭里，每一个人都很相似，大家相互需要，谁也离不开谁。达尔贝达先生认为，为了和彼埃尔在一起，爱娃奉献了一切，她所有的爱全部集中在彼埃尔一个人身上，而彼埃尔却是个疯子，爱娃为了这么一个废人牺牲了一切，这不单是盲目，还等于剥夺了其他人的爱。为了爱这么一个疯子，爱娃与其他人，包括与自己的父母脱离了关系，这种“离群索居”不仅是对自己的不负责，而且也是对他人、对父母的不负责，这是极其严重的过失。达尔贝达先生真诚地相信：“一个人没有权利拒绝同别的人共处，纵使有魔鬼在我们中间，我们也得生活在一起。”这就是他的爱的宗旨，就是他的爱的强大驱动力，他耐心细致地做爱娃的“思想工作”，目的就是抵制“离群索居”的个体生活，让爱娃回到父母身边，回到大家的生活中来，回到能够把人们紧密联系在一起的群体生活，一言蔽之，回到生活的“正常状态”。

在达尔贝达先生看来，群体生活才是人的真正生活，人之所以成为人，就是因为他在群体中，离开群体，人能够成为什么呢？离开了群体，人什么也不是。群体不仅能够消除孤独，驱散焦虑，为个体提供安全，更重要的是，只有在群体里才能产生“正常”和“理所当然”，有了许许多多的“正常”和“理所当然”，秩序和道德等就获得了权威，具有了控制力和影响力。在它们建立的权利之网覆盖下，人们心甘情愿、争先恐后地被充实，能够脚踏实地、绳趋尺步地做事，再也不会动辄得咎、担惊受怕了。想到这里，达尔贝达先生释然了，好在这个世界是健全的，好在这个世界还是像他这样的正常人多，如果人人都像爱娃那样只顾自己，破坏常规，脱离群体，与一个疯子厮守在一起，躲在阴暗角落过自己的小日子，那还不乱套了？这个世界还能够成为一个世界的样子吗？此时此刻，达尔贝达先生惊异地发现，大街上所有行人的表情都非常单纯，都带着能够“反映出他所熟悉的幸福和忧虑的表情”。不错，“处在充满阳光的街道上，在人群中间，就有一种安全感，仿佛在一个大家庭中间一样”。

社会像一个大家庭，每一个人应该融入这个大家庭，而爱娃的选择却是脱离、拒绝这个大家庭，她不接受群体生活，抗拒群体的规则，抵制群体的诱惑，拒绝达尔贝达夫妇代表群体发出的呼唤和批判。爱娃钟情于自己的小天地，捍卫个体存在的权利，这就是她固执的根源。爱娃对于父亲的抵制说到底就是对所谓正常秩序和原则的抵制，爱娃的固执体现的就是存在主义的基本原则：不是集体先于个人，平等先于自由，而是强调个体比集体更加现实，个体应该在集体之前，而不是在集体之后。爱娃俯身自家的窗口，看到了这样一幅画面：大街上一个老婆婆迈着碎步越过马路，三个年轻的姑娘笑着从她身边走了过去，然后是些男人，他们身强力壮神情严肃，提着公文包，边走边谈着话。这些都是生活的普通画面，是一些再正常不过的画面，它们日复一日反复出现，大家都习以为常，甚至对它们有点“视而不见”了。它们变成了“理当如此”的画面，不得不如此的画面，它们成为所谓常规常理的体现。通常人们视常规常理为当然，为“自然”，达尔贝达夫妇就是这类正常人的代表，常规常理成为他们存在的生命和底线。存在主义质疑的就是这个社会的常规常理，喜欢抓住人们习以为常的东西“穷追猛打”，这是存在主义人物安身立命的根据。

爱娃俯视窗口，看着眼前出现的一幅幅正常画面，看着大街上走来走去的正常人，她感觉到内心里陡然涌起了“如此强烈的仇恨”。

四、客厅与卧房

小说取名“卧房”，它是爱娃和彼埃尔生活起居的场所，一定意义上，还是存在主义的一块“飞地”。

达尔贝达先生走进爱娃的家，穿越一道又长又昏暗的走廊，喉咙立刻被浓重的乳香气呛住。他劝爱娃尽快搬家，这个要求提了多次。他很不理解，爱娃为什么偏偏非要住在这样的房子里，“这间房子对他们太大了，根本不适合他们”。爱娃的回应是：“你每次总要这样说，我已经回答过你了，彼埃尔不愿意离开他的房间。”

爱娃的家由两部分组成，一是客厅，一是卧房，两部分的“性质”截然不同，具有不同的意义。

先来看看客厅，小说的描写是：“这是一所正常人的客厅。”它的显著特点是充满了阳光，无论是浅色的圆形地毯还是空气中，到处都是令人目眩的阳光。在阳光的搜索下，客厅的每一个角落都被照得亮亮堂堂，每一件家具都闪闪发光，每一块玻璃都一尘不染，锃亮如新。客厅没有丝毫的阴影，没有一点嗅味，在爱娃看来，“这真像牙科医生的诊所”。小说的表现是把充满明媚阳光的客厅视为人类社会的缩影，人类生活的最基本特点就是在阳光下，人类社会不能离开阳光。阳光不仅带来光明，带来温暖，关键是在阳光下事物才能棱角分明，界限清晰。在阳光下，“界限”和“分别”等才能显现出来，当“显现”发挥作用，规则才能建立起来，秩序和道德等方能派上用场。离开了明媚的阳光，“显现”变得“无能”，这使逻辑、道理、秩序和道德等纷纷“失效”，它们在“漆黑”一片的混沌中无法“大显身手”。

客厅里摆放着各种家具，有粉红色丝绸的靠背椅、长沙发和搁脚凳，它们的风格特征是：“很平庸而不引人注目，还带点慈祥的样子，它们是人类的好朋友。”客厅里家具的摆放遵循和满足了社会规则的要求，提供了人类社会所需要的温馨和舒适的功能，所以这些家具向人们展示出“慈眉善目”的样子，符合温馨舒适的标准才能成为“正常人的客厅”。在爱娃的想象中，这样的客厅才能成为人们活动的理想场所，才能在温馨和舒适中把人的活动与社会的规则天衣无缝地结合起来。在这样的客厅中，人们才能生活得如鱼得水，自由自在。

爱娃仿佛看见许多面孔严肃的先生，穿着浅色衣服，就像她在自家窗口看见的大街上正常人一样，边交谈边走进客厅。这地方他们以前没来过，按理说对他们是陌生之地，然而这些严肃的先生们没有任何陌生感，他们似乎对这个地方非常熟悉，就好像走进自家的庭院一样。他们根本不停下来问一问这是什么地方，不问一问应该怎么走，不问一问应该注意些什么。他们信心十足，“坚定地一直走到客厅中央”。其中一人走过时一只手拂过靠垫和桌子上的物品，那样自然，那样贴切，没有一丝一毫的阻碍，他对这些东西的摆放如此熟悉，以至于他不经意间的动作已经与这些家具“丝丝入扣”，严丝合缝，难以容留一丝的虚无。偶然会有家具挡住去路，这些庄重的先生们“不仅不绕道躲避，相反却冷静地将家具挪个地方”。从这些庄重先生的种种举动看，他们非常了解这里的规则，已经融入了这个地方，俨然成为客厅的主人，事实上他们已经拥有了这间客厅。他们坐下来热烈交谈，“连望也不望后面一眼”。为什么要望一望后面呢？有什么不放心吗？没有，完全没有！这间客厅不仅顺心如意，最主要是足够安全和可靠，完全可以保证这些先生们安枕无忧，始终把“庄重”和“严肃”的面具戴在脸上，他们尽可以放松地营造和享受“一本正经”带来的秩序感和庄严感。

卧房的格调与客厅恰好相反，这是彼埃尔的世界，是他的存在固守和扎根的地盘，是其生活寸步不离的地方。

爱娃走进卧室，一股浓郁的香味立刻充满了她的鼻孔和嘴巴，伴随着这股特殊味道的是昏暗光线，这些光线已经“变老”了，“残破无力”，“浑浊不堪”。这两样东西彼此不分，很融洽地“搅拌”在一起。

卧室的窗帘全部放下来，把整个窗户遮盖得严严实实，阳光根本透不进不来。爱娃进入卧室前，先要在门槛上站一会儿，必须让眼睛适应一下昏暗的光线。达尔贝达先生坚决反对女儿住在既阴暗又充满潮气，还飘散着一股怪异味道的房间。这种房间空气不流通，终年不见阳光，不知滋生了多少细菌，“污浊”不堪，这种令生命窒息的地方适宜于正常人居住吗？达尔贝达先生每次来都忍不住向爱娃提出强烈质疑。

黑色是卧室的主色调，卧室里许多物件都是黑色的。厚厚的窗帘是黑色的，彼埃尔穿的衣服是黑色的，桌子上的灯座被彼埃尔漆成了黑色，一幅国际象棋，他只在棋盘上留下了黑色棋子。彼埃尔用硬纸板制作的驱妖拍，其中一面写了一个大大的“黑”字。彼埃尔把人们一分为二，一个是“黑人集团”，这是真正的人，另外的“非黑人集团”则是“糊涂虫”。彼埃尔认为“非黑人集团”“样样都管，接二连三地干蠢事”。针对正常世界的明媚阳光，彼埃尔喜欢的是沉重阴郁的黑色，他对爱娃说，“应该挂上黑色帷幔，这间房间里的黑色还不够多”。在彼埃尔想象的节日狂欢场景中，他看到的是黑色旋转的汽车。他环顾四周，用傲慢的口气说：“我完全可以说是在黑人中间！”总之，卧室与客厅在色调上有一个鲜明反差，正常人的客厅阳光充沛，达尔贝达先生喜欢的就是一片光明。彼埃尔的卧室则是昏暗不堪，黑色成为主色调，构成了彼埃尔世界的独特背景，彼埃尔的“疯”与“黑色”互为映衬，可谓“相映成趣”。

对于爱娃，从客厅进入卧室是一个“考验”。要见彼埃尔，就必须进入卧室，可每次进入卧室，她都有些“焦躁不安”，甚至“胆战心惊”。爱娃心里清楚，她不可能在别处生活，因为她“爱这间卧室”。既然爱这间卧室，为什么不能痛痛快快地进去呢？原来卧室对她有一股抗拒的力量，爱娃“必须战胜它才能进入房间”。很显然，这种“抗拒”的力量并不是来自卧室本身，而是来自于卧室的主人彼埃尔。爱娃很高兴她能够与彼埃尔一起嘲笑达尔贝达先生，但这并不意味着她已经与彼埃尔“亲密无间了”。因为“彼埃尔并不需要他”，这让爱娃非常痛苦。在她看来，许多正常人对她还抱有希望，认为她属于他们那一边，她也是一个正常人，但他们实际上不了解，她“根本不能在他们中间待一个小时”。爱娃需要卧室，需要彼埃尔，卧室和彼埃尔就在眼前，但她却感受到了一股明显的拒绝力量。在正常的客厅与不正常的卧室之间确实有一堵无形的墙，爱娃想跨过去，但在墙的那边，彼埃尔却不愿意接受她，这就是爱娃的真实处境。

这里需要清楚的是，不是说在物理空间上，爱娃无法从客厅进入卧室。爱娃的身体在房间里可以随意走动，这是她的家，没有任何东西能够阻碍她。爱娃只要轻轻地迈一步就能进入卧室，她担心的根本不是这一点点空间距离。爱娃感受到的是，即便她进入卧室，坐在彼埃尔身边，她与他的空间距离只有那么一点点，她也无法进入彼埃尔的内心世界，更不可能与他融为一体。在这个意义上，不仅客厅与卧室之间有一堵墙，爱娃与彼埃尔之间也有一堵墙。

譬如，彼埃尔把国际象棋的棋子一个个放在手里，对它们说话，把它们称为“机器人”。好像施了魔法，这些棋子在彼埃尔手中隐隐约约地具有了生命，好像“活过来了”。当把这些棋子重新摆好，爱娃抚摸它们，“它们马上又变成了没有生命的小块木头”。爱娃寻思，卧室里的东西都是彼埃尔的物件，“只有对于彼埃尔，这些东西才显露它们的真面目”。对于爱娃，这些东西的物理形状没有发生改变，空间位置也没有改变，但它们对她却呈现出陌生和抗拒的一面。爱娃可以一连几个小时地注视着这些物件，“它们恶意地、固执地要使她失望，从来只对她露出它们的表面”。爱娃以为，她与父亲等人不同，卧室的物件对于达尔贝达先生只显露其表面，她不会像父亲那样看待这些物件了，但这并不代表她可以融入彼埃尔的世界。正如爱娃先前也有几件家具，那是祖母遗留给她的，彼埃尔“公平合理”地将其称为“爱娃的梳妆台”。这几件小小的物件构成了爱娃的世界，彼埃尔也无法进入其中。所以他对爱娃说：“我和你之间隔着一面墙。我看见你，我同你说话，可是你在墙的另一边。”

小说描绘的是一个存在主义的世界，这个世界的显著特征是贯穿和熔铸了个体生命，它建立在各种偶然性上。就像彼埃尔能赋予手中的棋子生命一样，卧室实际上象征的就是彼埃尔的个体存在。这是一个独特世界，彰显了彼埃尔的存在，但对于其他人，哪怕是朝夕相处的爱娃，却筑起了一堵无形的墙。存在主义鼓吹的是个体自由，所谓个体就是不能被本质、被群体穷尽和覆盖的那个“剩余”，它营造了自己的天空，导致一堵无形墙的建立，这堵墙的功能就是保护个体存在的独特性。爱娃走进卧室，坐在彼埃尔身边，面对这堵无形的墙，她强烈地感觉自己是一个“多余的人”。

客厅阳光明媚，事物棱角分明，界限清晰，秩序井然，这是所谓正常世界。卧室昏暗不明，事物朦朦胧胧，边界模糊不清，处于变化莫测中，不时上演石像飞舞这样的荒诞事件，这是所谓非正常世界。爱娃青睐的不是正常世界，不是那些一举一动都中规中矩的世界。从存在主义视角看，正常世界奠基于逻辑和理性之上，形成了众人一致认可的规则和道德。在正常世界中，人不仅与世界和谐，人与人之间也充满和谐。正常之所以为正常，就是因为人被结结实实地充实，世界被赋予了“理想”的模式。爱娃与彼埃尔所钟情的是非正常世界，它奠基于偶然，充满神秘，没有规律可寻，拒绝一切充实，难以捉摸，不可思议。在存在主义看来，任何想把反常世界纳入逻辑和理性轨道的做法都注定失败，任何想把它归入传统模式的努力都是徒劳的。存在主义之所以执着于疯狂，目的就是反对世界的一体化和同质化。存在主义坚持世界的多样性，相信人生的偶然性，认为世界始终保有未知和神秘的一面。其实，疯狂之所以是疯狂，恰恰是正常不容忍或专制的结果。正常世界把一切不符合自己的标准、与自己有距离的东西一概视为疯狂，在这个意义上，存在主义认为，疯狂蕴含着自由，自由就是对正常世界的突破和超越。

小说中，达尔贝达先生和爱娃分别是这两个世界的代表，达尔贝达先生不遗余力地说服和改变女儿，就是试图用正常世界改造、战胜、取缔非正常世界。从这一点看，达尔贝达先生的失败，不仅是作为一个父亲的失败，更是作为一个正常人的失败。爱娃的执拗和抗拒，不单纯是一个女儿对父亲的抵抗，更是非正常世界的自由对于正常世界的秩序、规律的反抗。

五、彼埃尔：清醒与疯狂的双面特征

彼埃尔疯了，言行举止颇不正常，但与一般疯子不同，他在一系列迷言妄语中表现出难得的清醒与深刻。

达尔贝达先生视彼埃尔为一个地地道道的疯子，站在他的立场，这一判断有着充分依据。从正常世界看，不论是彼埃尔的思维还是他的身体，都已疯狂。但在爱娃眼中，彼埃尔的存在没有这么“单纯”，他的疯狂有不同意义，它们常常相互交织，彼此渗透。彼埃尔既疯狂，又清醒，他在疯狂中清醒，他的清醒又好像是疯狂，这种相互融合的双面特征正是这个形象的鲜明特色，构成彼埃尔的特殊魅力，令这一形象耐人寻味。

达尔贝达先生看望彼埃尔，故意提高声调问：“今天我们好不好啊？”彼埃尔坐在小桌前，神色阴沉。“今天我们吃带壳溏心蛋，溏心蛋好吃！”彼埃尔用柔和的声音回答，“我不是聋子”。达尔贝达先生善意地把彼埃尔当作病人，所以故意提高问话的声调，彼埃尔则用委婉然而明确的态度拒绝达尔贝达先生对待病人的这套“礼仪”，使达尔贝达先生碰到了一个似痛非痛的软钉子。在达尔贝达先生眼中，彼埃尔“一无是处”，他的所有行为都没有道理。这个家伙一开口就是胡说八道，要他承认错误，根本不可能。

彼埃尔吃牛排，拿起叉子，用又长又苍白的手指尖儿握着它，翻来覆去地把这把叉子细细查看，然后要求爱娃换一把叉子。爱娃没有拒绝，也颇有兴趣地仔细端详那把可疑的叉子。这些怪异的举动达尔贝达先生一一看在眼里，心里想：“他们的所有动作和全部关系多么叫人难以捉摸！”爱娃的家根本不符合正常家庭的基本规范，夫妻俩行为乖张怪异，一举一动叫人生疑，与正常夫妻差距太大。爱娃按照彼埃尔的要求换了叉子，这下子惹恼了达尔贝达先生，他失掉了耐性，激动地告诉爱娃，“满足一个疯子的胡思乱想并不是一件好事”。爱娃虽然体贴，但把爱心用错了对象。事事迁就一个疯子，能得到什么结果呢？在达尔贝达先生看来，爱娃的纵容只能更加助长彼埃尔的疯狂。

达尔贝达先生离开后，彼埃尔微笑着对爱娃说：“你知道吗，那把叉子，我这样说是想吓唬一下那个家伙，其实它几乎没有什么特别的。”爱娃说：“你做得非常成功，你简直把他吓疯了。”彼埃尔问：“他们为什么要派他来呢？如果他们想要知道我在干什么，他们在银幕上看看就行了……他想要什么？”爱娃直截了当地回答：“他想叫人把你关起来。”彼埃尔用嘲讽的语气重复了一遍：“叫人把我关起来，弄错了吧？”彼埃尔把达尔贝达先生划归黑人集团之外的那帮人，属于糊涂虫一类，专门干蠢事，所以把人关起来这种事完全是蠢人的所为。彼埃尔认为，“墙壁是可以穿越的”，他不相信一个人可以被墙壁关起来，不相信一个活人可以被笨重僵硬的墙壁控制。爱娃告诉他，她对父亲讲，“不能把你关起来”。彼埃尔认为爱娃不应这样说，而“应该让他们摊牌”。在这些看似有些错乱的对话中，表现出来的可不是单纯的疯狂。

彼埃尔想戏弄达尔贝达先生，他做到了，达到了他的目的。他质疑达尔贝达先生看望他的意图，认为他不怀好意。在他眼里，达尔贝达先生虽然是自己的岳父，但他首先是个正常人，这种正常人是地地道道的“蠢人”，达尔贝达先生竟然相信可以用墙壁把人关起来，这简直不可思议。在彼埃尔看来，“墙壁可以穿越”，根本无法禁锢人。墙壁仅仅是物，用僵死的物可以把一个活生生的人关起来吗？用僵死之物可以限制人的自由吗？这些见解不但清醒而且深刻，但它们又被颠三倒四的妄言妄语所裹挟，造成的效果是：彼埃尔始终处于疯狂与清醒之间，他越是疯狂就似乎越清醒，他越清醒就显得越疯狂，疯狂构成了清醒的组成部分，而清醒则从内部制约着疯狂。每疯狂一次，彼埃尔就给达尔贝达先生这类正常人带来一次小小的震惊，而他的每一次“深刻”又涂染了浓重的疯癫色调。彼埃尔的话看似迷言妄语，但别有一番意味，不像一个疯子的歪诌白扯，但又通向一个疯癫迷狂的世界。他的行为真假莫辨，一会儿说出让人惊讶不已的话，转瞬间消失在胡言乱语中，他在不经意间显出一丝深刻和犀利，忽然间好像又“被鬼迷住了”。彼埃尔身上总是萦绕着神秘感，他是真狂还是假疯，这条界限始终模糊不清。读者对彼埃尔的判断无法坚定地落在任何一边，只能同时落在清醒和疯狂的两边，他是通过疯狂来表现清醒，他的清醒就是疯狂，这就是彼埃尔这一形象的魅力所在。

疯狂的另一种含义通过彼埃尔迎接“石像”得到充分表现。石像是彼埃尔臆想出来的，现实中根本没有这种东西。按照正常人思维，对现实中不存在的东西却煞有介事、郑重其事地去“迎接”，这一举动确实不正常。彼埃尔生活在自己的反常世界中，其中的一切都不能以理性为基础的常规常理来衡量，在常人看来是荒谬绝伦的东西，在彼埃尔看来却具有实实在在的真实性。彼埃尔脑海中的高大笨重的石像会飞，飞得又低又慢，还会发出嗡嗡响声。石像眼睛周围的石头上都长出睫毛，还有呼吸，身躯上“有一块块的肉和温热的鳞片”。它们手指尖上的石头正在剥落，手指还会发痒。爱娃看不到这一切，但能够想象出石像就像一些身材庞大的妇女紧挨着她“滑过去”，神情庄严而可笑，它们“样子像人，却具有石头的结实”。

彼埃尔得知石像进入卧室，大声吆喝，命令不许说话，并且把身子挺得笔直。他脸色苍白，神情略显轻蔑，双腿紧缩在安乐椅里，不时发出阵阵冷笑，额头渗出滴滴汗珠。由于不断哆嗦，他的嘴巴呈现歪斜。当石像在他的周围旋转飞舞，彼埃尔呼哧呼哧地直喘粗气，双手抱头，瞳孔古怪地放大，汗流浃背。他对爱娃说，他看见石像，不愿意石像碰到他，因为他担心石像“使他的皮肤长出疙瘩”。这场“装神弄鬼”的仪式过去之后，彼埃尔松弛下来，从衣袋里拿出一支烟放在嘴里，“没有点燃，他有了睡意”。

爱娃在石像旋转时闭上了眼睛，“立刻在红色的眼睑上飞起了金星”。她觉得有点发痒，肩头和右胁有些不适。她把身子弯向左边，仿佛在避开一种不愉快的接触。在这一刻，“一阵阵心酸的快感使她哆嗦起来，她的整个生命都藏到右边去了。她把身子俯向彼埃尔，眼睛仍然闭着。只要稍微使点劲，她就第一次能够进入这个悲剧的世界”。爱娃使尽全力使自己相信石像的存在，她“正在使右半身的麻木不仁获得新的感触”。在她的右臂和右肩上，她感觉到这些石像的来来往往。爱娃感受到这种类似疯狂的特殊状态，经历了这一切，她有些精疲力竭，但对这一切并不相信，并不把石像当作事实，她觉得“这简直是在开玩笑”。她甚至对经历这些有点“悔恨”，因为她“一分钟也没有真正相信过这一切”。爱娃经历这一切的时候确实手哆嗦，但她心里很清楚，她没有疯，她“只是神经激动，如此而已”。

彼埃尔问她，你看见石像了吗？爱娃回答，“我不能看见它们”。皮埃尔说，“这样对你更好，否则它们会使你害怕。至于我，已经习惯了”。对于彼埃尔的这种“居高临下”的表现，爱娃恼火上升。彼埃尔又问：“你听见它们了吗？”爱娃回答，“听见了，就像飞机的引擎声”。她之所以这样说，是上个星期彼埃尔就是这样对他说的，她对这种状态下的彼埃尔仅仅是应付。但是当彼埃尔以安慰者的姿态对她说：“你的手在哆嗦，这件事一定使你大为震惊吧？不过不必担心，因为它们今天不会再来了。”这一刻爱娃的反应是“说不出话来，她的牙齿格格作响，但又害怕彼埃尔发觉”。当彼埃尔把手放到她的手上，温情地对她说，“我很愿意相信你”。爱娃没有丝毫的感动，而是“闭上眼睛，胸口感到恶心”。她从自己的感受中知道，彼埃尔并没有什么真情要表达，“这个时候，最好什么都不说，否则会引起他的疑心”。

经过一番“折腾”，彼埃尔终于倦了，爱娃在他脑袋下塞了一个枕头，他睡了，歪着头，“脸上露出一个天真的微笑”。爱娃也有些倦怠，但毫无睡意。她突然发现，彼埃尔的样子变得有点痴呆了，他说出的话含糊不清，“这对他来说还是第一次”。每逢彼埃尔睡着，爱娃会问自己：“他醒过来以后会是怎样的呢？”她害怕彼埃尔醒过来后双眼浑浊，说话含含糊糊。虽然大夫说一年之内彼埃尔不会疯，但一年之后呢？冬天、春天、夏天，很快又是秋天，总有一天彼埃尔会完全变样：“张着嘴巴，下颚下垂，半睁着一双泪汪汪的眼睛。”爱娃不允许彼埃尔变成这样的人，她做了这样的决定：在彼埃尔彻底疯掉之前，她会杀了他。

彼埃尔的疯狂有两种意义，一种是在疯狂表象下闪现的犀利而深刻的火花，另一种是日益严重的身体疾病。以达尔贝达先生为代表的正常世界对这两种疯狂都不能容忍，对彼埃尔全面判处了“死刑”。爱娃认为，第一种疯狂状态下的彼埃尔正是他的新颖可爱之处，爱娃很想介入彼埃尔心灵深处，分享他的秘密。她之所以对彼埃尔不离不弃，就是因为有这种存在的共同基础。第二种疯狂对于彼埃尔不可避免，由于无药可救，爱娃对此已有准备，她做了最坏打算。一旦第二种疯狂遮蔽了第一种疯狂，前者消失，彼埃尔身上只剩下了疯狂，在他完全变成一个疯子之前，她会毫不犹豫地出手，不让这种事情发生。

第五章

《闺房秘事》

小说没有惊心动魄的情节，没有感人至深的故事，也没有大时代的宏伟叙事，描绘的仅仅是一些家庭日常琐事，甚至只是夫妻间稍纵即逝的恩恩怨怨。存在主义在选材上往往“躲避”宏大叙事，即便涉及重大题材，也多是从个人角度表现。存在主义关注个人，在题材选择上相应地偏重“琐碎”。可以说，描绘在世人看来没有什么分量的小人物小事件是萨特小说的拿手好戏。存在主义在题材开掘的深入与艺术表现的细腻方面见长，“细微琐碎”构成了存在主义小说艺术的表现风格，这一特点在《闺房秘事》中得到了充分体现。

一、亨利：木然的人生

亨利有一个高大身材，可给人的印象一点不魁梧，他的高大身躯展现的不是伟岸，而是笨拙。在露露眼中，这个大个子软绵绵的，“像一个穿着长袍的神甫”，带有一点女人的温柔，缺少男子汉的刚毅。

亨利很不幸，年纪轻轻就丧失了男人的功能。睡在露露旁边，一合上眼，“就觉得浑身上下被纤细而结实的绳索绑住，连动一动小指头也不可能”。他就像“一只大苍蝇落在蜘蛛网里”，越挣扎束缚越紧。与一般男人不同的是，患上了阳痿的亨利行若无事，一点不着急。他为自己编织的理由是，既然老天爷把他变成这样，那有什么法子呢？只能顺其自然呗！亨利是一个随遇而安的人，既然已经这样了，那就这样吧！亨利不想改变自己，也没有能力改变自己，尊重现状、承认各种各样的规矩，在他看来是天经地义的，人来到世界上就是要接受命运的安排，这没有什么不好。晚上露露碰到他的身体，他会脸红，“把头转过一边叹气”。通常露露碰他，他动也不动，只是安安静静地躺在那里，然后就“自然”入睡了。亨利得了这种让很多男人着急上火的病，可他的心态真好，很安静，很平稳，既不求医，也不问药，没有焦躁，没有不安，好像没事人似的，没觉得有什么严重缺憾，他坦然接受命运的安排。对于露露的挑逗，亨利没觉得有什么心有余而力不足的烦恼，他既没有对于露露的亏欠，也没有对于自己的怨恨，他太平静了，平静得有些麻木了，他的生命就在这种平静中渐渐枯萎了。

亨利并不一概排斥性事，他喜欢的动作是紧贴在露露背后，挨着她的屁股。他知道，这样做会使露露意识到“有一个屁股而羞愧得要命”，这种“羞愧”会让亨利莫名其妙地兴奋。然而露露对亨利这一难得的“嗜好”非常厌恶，她不喜欢别人接触她的背后，她宁愿自己没有背后。露露的理由是，她无法看见背后的人，而站在背后的人却能够看清楚她。“他们可以用眼睛注视你，你却看不见他们。”背后的人可以随意上下其手，而她却“不能预见它们要到哪里去”。由于看不见对方也无法预测对方，露露处于被动中，处于被操纵中，对此她却无可奈何，露露讨厌被操纵的状态。当然，亨利只是贴近露露的背后，从来不考虑这些多少有点“玄妙”的理由，有时他认为露露有些挑剔，很麻烦。

亨利爱好虚荣，喜欢装腔作势。露露称其为“格列佛”，他就高兴得不得了。这是《格列佛游记》主人公的名字，亨利并不是对这部小说感兴趣，也不是对小说主人公的命运有什么特别看法，而是因为这是一个英国名字，露露叫这个名字时带一点外国口音，亨利听了很舒服，觉得很文雅，显得受过教育。在一些鸡毛蒜皮的小节上，亨利常常纠缠不休，埋怨露露不够高雅。可在露露眼中，亨利是一个邋遢庸俗之人，没有一点情趣，缺乏高贵气质。他们外出逛街，亨利不停地上厕所，露露有点不耐烦，在橱窗外张望等待。一会儿亨利出来，那副样子真让人倒胃口：他“一边拉着裤子一边走出来，两条腿弓成弧形，像个老头子似的”。

亨利为人懒散，不拘小节，但顾及脸面，面子对他是个大问题。事情本身如何，他并不十分在意，他更看重的是面子。面子很重要，只要面子上过得去，其他的就得过且过了。亨利是一个很古板、很重视规矩的人。爱面子就是讲究规则，面子就是靠规则支撑的，坏了规矩，面子就没处放了。当然，在亨利看来，是不是一定严格按照规矩去做，可以将就，但有一点绝不能容忍，这就是至少必须有一个按照规矩去做的样子。你是不是这样做，或者能够做多少，这都可以“妥协”，但你必须给人一个印象，看上去你确实在这样做。这个“样子”很重要，如果连个样子都没有，那就无法容忍了。

亨利与露露的弟弟吵架，认为这个小家伙没有教养。在他看来，教训一下露露的弟弟对于他这个大男人是理所当然的。但没想到，这个小家伙非但不听劝，还顶撞他，竟然敢当面骂他“大傻瓜”，这种忤逆天理的行为惹恼了他，气头上打了露露弟弟一耳光。露露大怒，但不动声色，使了一个小诡计，诱骗亨利到阳台，随即把阳台门锁上，把亨利关在阳台上，一关就是一个多小时。亨利愤怒了，他穿的是睡衣，冷得发抖。他在阳台外使劲比划，挥舞拳头，不停地咆哮威胁。但是再愤怒，他也知道掌握分寸，不会失去理智，不会把阳台的玻璃砸了，这一点露露拿捏得很准。在她看来，亨利是一个吝啬鬼，胆怯得很，行动上绝不会越轨。如果换了是她，盛怒之下，早就把阳台玻璃砸个稀巴烂了。为了报复，露露不仅拿糖果给弟弟吃，还当着弟弟的面换衣服，这种行为是亨利最嫉妒的，他讨厌露露当着别人的面换衣服，此刻她就隔着玻璃门专门表演给他看，气得亨利怒目圆睁，脸色铁青。

正当夫妻二人“酣战”之际，来了一对老夫妻，他们是邻居。亨利立刻满脸堆笑，在阳台外点头哈腰，向他们鞠躬致敬。看到这一滑稽场面，老夫妻有点惊讶，认为显然来的不是时候。他们懂礼数，知道规矩，也隔着玻璃向亨利致意。露露把阳台门打开，亨利笑呵呵地回到屋子里，当着老夫妻的面吻露露，称她为“小淘气”。老夫妻前脚走，后脚这出滑稽戏立刻落幕，亨利的笑容一下子烟消云散，一拳打中了露露的耳朵。露露当然不甘示弱，顺手抓起一把刷子，狠狠地朝亨利的脸上打去，把他的两片嘴唇打裂了。亨利的婚姻有名无实，但他并不太在意，他更关注的是，人们看上去他和露露是一对夫妻就行了。他需要一个家，这是生活的常规，大家都有一个家，他既然生活在这个社会中，理所当然要与大家一模一样，他也需要有一个家。只要露露在他身边，只要看上去有一个家的体面，他就心满意足了。

后来露露离家出走，大街上被亨利撞到，他抓住露露的胳膊，大声咆哮：“同我回家，我是你的丈夫，我要你跟我回家！”亨利对露露的朋友莉雷特说：“她是我的妻子，她是属于我的，我要她与我一起回家。”在家里，亨利有时低声下气，但面对朋友，尤其在大庭广众下，他必须理直气壮。

在亨利这个大个子眼中，这个世界有一套规矩，这些规矩是怎么来的，他并不清楚，但他知道的是，这些规矩源远流长，影响深远，对所有人都有效，大家都应遵守。规矩就是规矩，规矩就是让大家遵守的，不遵守还叫规矩吗？亨利身材高大，有一双大手，依照传说，古老家族的后代都有巨大的手脚，亨利为此很自豪。亨利沿袭了古老家族的传统，他的存在具有这样的特质：坚定地捍卫生活中的一切规矩。所以他打了露露，依然不依不饶地向她吼叫："你是属于我的！"

亨利生理上是阳痿的，但并不妨碍他"外强中干"，具有大男子主义气概，这种男子气概受到千百年来流行常规的强力支撑，这些规矩给亨利这个孱弱男人提供了充足底气。当然，为了维持夫妻名分，亨利也很识趣，会做出一系列让步。他答应不再管露露弟弟的事情，永远不说露露母亲的坏话。亨利不惜"委曲求全"，满足露露的条件，只要能够维持他们的夫妻关系就行，只要别人还把他们看做是夫妻就可以。对于亨利的妥协和退让，露露没有丝毫感激，她一点没觉得自己胜利了，因为她对于在这种状态下承担夫妻责任"并不愉快"。她看得很清楚，亨利需要的并不是"她"，而是他的"妻子"，亨利要把她纳入特定的社会身份，要求她一心一意地扮演妻子的角色，才称心如意。在这种制度下，作为丈夫，亨利没来由地总是认为自己足够聪明，经常无意识地贬低露露，但凡出现问题，他一股脑儿地推到露露身上，认为是露露的过失。换言之，亨利赖以生存的社会体系是对他高高在上、自以为是的保障，而这是露露最反感的。她认为，只要亨利"不那么高傲地对我，我还会同他在一起"。

亨利的婚姻徒有其表，他的存在已被掏空，仅剩下一个空壳。奇怪的是，亨利认为这个空壳异常珍贵，只要能够守住它，做到表面上和大家一样，他就知足了。只要露露能够和他出门，在大街上拉着他的手，依偎在他的身子上，大家看到这一切，"哦，他们还是一对！"他就踏实放心了。

亨利欣赏的是什么人呢？他喜欢瑞士人，尤其是日内瓦人。小说表现的瑞士人特点是"木头木脑，很有气派"。亨利喜欢这种僵硬得像木头一样的人，因为这样的人守规矩，一成不变，心地善良，诚恳忠厚。亨利喜欢一个卖花的女人，她就是瑞士人。无独有偶，亨利的姐姐也喜欢瑞士人，并且嫁给了"高贵"的瑞士人，按照传统家庭义务，一口气生了五个孩子。亨利无法像姐姐那样生养一大堆孩子，他连一个孩子也没有，而且露露也不像传统的妻子那样循规蹈矩，亨利只能抱怨自己非常不幸！当露露打定主意与他摊牌，明确说已经受够他了，不再爱他了，决定离开他。亨利怎么办呢？他的办法有两种，一种是温和的办法，就是消极逃避，“恨不得一连睡它八天”，把事情拖下去，把哀伤慢慢冲淡，让心情逐渐平复下来。另一种是激烈抗议，哭泣闹腾，用自杀相威胁。这种手段露露已经领教多次，对这种一哭二闹三上吊的做法多少感到麻木和厌倦了。

亨利还有一个突出特点，即纯洁。露露与亨利分手后回到家里，看到亨利“笔直地躺在床上，仿佛有人把一根木桩放在床上。他像他同瑞士人说话那么僵直”。露露用两只手抱着他的脑袋，对他说：“你是纯洁的，你非常纯洁。”在存在主义语汇中，“纯洁”并不是一个褒义词，说一个人纯洁，不是说他特立独行，出污泥而不染，敢于坚持自己的主张，保持个体的独立。从存在主义观点看，纯洁意味着单一，意味着乏味，意味着排斥变化甚至不能变化，这是人的存在的严重缺陷。纯洁的人往往是单调和僵硬的，在复杂的现实面前，他们固守自己的贫乏天地，缺少生活的锤炼和考验，缺乏应对挑战的实际能力。说一个人纯洁，不是羡慕和赞美他，而是指这个人单纯幼稚，容易被本质化。“纯洁”往往指一个人缺少改变和提升自己的能力，他懒惰，得过且过，拘泥不化，满足于“静止”状态，不知不觉地自甘堕落。露露在指出亨利是纯洁的之后，加了一句：“也有点懒惰。”

从存在主义观点看，亨利动循矩法，接受现成的一切，被种种规定充实，其存在已经“死亡”。亨利没有激情、没有欲望、被动无能，这是一个从内到外都被窒息、在禁锢下无法动弹的人。最可悲的是，他对自己的存在状态完全麻痹，没有反省。亨利在生理上是阳痿的，精神上是木然的，精神和肉体“交相辉映”，展现的是一个典型的“木头人”。在萨特笔下，这个人物有生命，表现的却是衰亡。他能够哭泣、愤怒，显现的不是改变的力量，而是困顿和无奈。他经历了一系列活动，显现的只是麻木和单一。

二、露露：存在的流动和“溢出”

亨利的身体像块木头，露露则相反，她的身体如橡胶一般富有弹性。亨利身材高大，但像过期的花朵，蔫头耷脑，已显枯萎。露露则不同，她的身体无论从前面还是从侧面看，都表现了“令人惊讶的性感”。她穿上紧贴肉身的裙子，屁股在瘦腰下面圆溜溜的，装满了裙子，“简直可以说是塞进去的，还拼命扭动”。她的四肢很长，像黑人女性的身体。露露的身体柔软而消瘦，但与一般女人身体的柔软和消瘦不同，在莉雷特眼中，露露的身体“总有点下流”。

露露的生活总能引发一连串的惊讶，这些惊讶不是她特意谋划、专门制造出来给别人看的，露露本人并没有要引起别人关注的意图。对她而言，所谓惊讶是在别人目光里显现出来的，它们仅仅是别人的惊讶，对露露自己，一切都很自然，她对自己的举动没有丝毫的惊讶可言。在人们眼中，露露总是生活在各种各样出人意料的“不合适”中，她的生活总是充满了许许多多的“不恰当”，她常常自然而然地越出常规，令人不得不刮目相看。

露露活力四射，遇到亨利这样僵硬得如同木头一样的男人，他们能生活在一起吗？从传统婚姻的角度很自然地会提出这个问题，很自然地会质疑露露与亨利的结合，质疑他们婚姻的质量与稳定性。奇特的是，尽管亨利年纪轻轻就犯了阳痿，露露却不当回事，她不像一般妻子那样四处奔波，寻医问药，积极为丈夫治病。更让人不解的是，露露甚至没有觉得亨利的这种缺陷会影响他们的婚姻。她全然不当回事，仰天躺在亨利身边，把左脚拇指伸进被单的一个缝隙，她的脚趾“悠然自得”地“把线扯开一段，以感觉线的断裂”。躺在这个僵硬的大男人身边，露露悠闲自在，安然无事，心无旁骛地营造自己的安乐窝，她在被单的一个裂缝中随缘作乐，她的脚在被单的小缝隙里“优哉游哉”地享受着游戏的乐趣。

露露太熟悉亨利这具软绵绵的身体了，肉体全是灰色，只有肚子是粉红色。她把这具身体当作“玩具”，像擦拭一件东西一样，把它从上到下揩得干干净净。她把亨利的身子翻转过来，拍打几下屁股。亨利母亲来看望他们，露露找个借口，退下被单，故意把他的身体露出一截，让她看见亨利的裸体。露露心想，看到这个大个子裸体，她一定会大吃一惊，“她大概十五年没有看见他这样子了”。露露不是恶作剧，也不是穷开心，她就是想这样做，不知不觉地想这样做，因为生活的常规不允许这样做。哪一个妻子会把丈夫的身体当“玩具”？哪一个妻子会随随便便把丈夫的裸体展示给他人看呢？常规不允许这样做，露露偏要“不经意”地这样做，这样做才能得到乐趣，随随便便地违背常规就是露露快乐的秘密源泉。戏弄亨利的身体，是这个大个子所能提供的快乐，无法指望从亨利身上得到更多的快乐了。

当然，露露也会用手慢慢地摸着丈夫腰部，“到了鼠蹊处捏了一下”，这时亨利咕噜一声，终于有了一点反应，可他的身子却动也没有动一下。遇到这种事，亨利的身体像一块厚实的橡皮，对一切都绝缘了。露露知道，他们不可能有孩子，对于别的夫妻，这可是一件天大的事。没有孩子，婚姻还能维持吗？恋爱中二人世界是有趣的，但一辈子都这样，一生中都是你看着我，我看着你，彼此不会厌倦吗？再说不要自己的后代，为什么还要结婚呢？但露露对这些在常人眼里是天大的问题没有一丝一毫的兴趣，她一点也没有因为不能生孩子而嫌弃亨利，更没有因此而抱怨自己的命不好。她虽然喜欢幻想，但与其他女人的幻想不同。露露很少有这样的幻想：她抱着孩子，走在阳光和煦的大街上，像一个年轻母亲那样手忙脚乱，但看一眼怀里的宝宝，脸上立刻绽开了幸福的微笑。露露没有感到自己的生活、感到他和亨利二人世界有什么欠缺，她的生活与正常人的生活相比如此“畸形”，她也没有感到有什么严重问题。她觉得眼下的一切挺好，躺在亨利旁边，与这个无法动弹的僵硬身体比较，露露发现自己的身体和动作都很灵活，这让她高兴。

亨利昏昏睡去，露露却没有一丝睡意。她的意识很活跃，脑子根本停不下来。听到咕噜咕噜的声音，是肚子叫，她有点恼火，因为“分不清楚是亨利还是她的肚子发出的声音”。每一个人肚子都一样，里面有一大堆管子，不知疲倦地发出咕嘟声。露露想，亨利爱她，这一点可以肯定，但亨利爱她的一切吗？譬如，亨利也爱她的肠子吗？把她的肠子装在瓶子里拿给亨利看，他一定大眼瞪小眼，根本不认识。对于不认识的东西人们也能够去爱吗？如果像俗话所说的，爱一个人就应该爱他的一切，那么，食道、肠子和肝脏等也应该成为被爱的对象。可是人们很少见到它们，或者根本不认识它们，怎么去爱呢？人们能够爱一个他们不了解、不认识的东西吗？要是人们能够经常看见这些东西，熟悉它们，就像经常可以看见胳膊和大腿一样，说不定人们就会爱上它们。这样看来，海星的爱就比人类的爱更彻底。每逢太阳高照，它们躺在海滩上，把内脏拿出来呼吸新鲜空气。海星能够把自己的一切都摆出来，都摊开在眼前，没有什么需要遮掩。人能够像海星那样把内脏拿出来吗？从哪里拿出来呢？从肚脐吗？人的特点是把许多东西都包裹起来，藏得严严实实，只剩下一个外壳，爱人就是爱这个外壳，至少爱要从这个外壳开始。爱人实际上只能爱人的一部分，不可能一下子做到爱人的全部。爱不可能求全责备，不能太贪婪，不能要求对方一五一十地把所有的东西全部陈列在眼前，人无法像海星那样把自己一览无余地展示出来。人有许多东西是天然“隐藏”的，不可能一眼看透，因为人的存在是“一眼望不到边”的。人的存在就像冰山那样，显露在外面的只是一部分，其他部分总是“秘不示人”。正因为人的存在无法那么“实在”、那么透明，所以人的存在必定是“隐隐约约”、千变万化的，永远不会停留或凝固在一个点上。

露露闭上眼睛，脑海里出现了莉雷特，“每天晚上她总是在同一时间去想莉雷特”。刚开始出现的是卷曲的头发，接着出现了莉雷特的一只耳朵，“一只鲜红而带金黄色的耳朵”，后来听到了她又尖又清晰的嗓音。露露虽然已经结婚，但仍喜欢与莉雷特在一起。莉雷特身材壮硕，“肩膀肥而光滑”。她爱上了别人，这本是一件再正常不过的事了，莉雷特也应该有自己的生活呀！露露理解这一点，她不想也没有办法阻止莉雷特爱上别人。可是一想到莉雷特爱上别人，她就伤心不已。一想到那个男人怎么抚摸莉雷特，手沿着肩膀和肋部摸下去，莉雷特怎么喘气，她就“心烦意乱”。她甚至构想出彼埃尔强奸莉雷特的画面，不知怎的，她竟会跑去帮助彼埃尔，一把抱住了莉雷特。她想知道莉雷特躺在男人身下，男人抚摸她的肉体，她的脸是什么表情，她想听听莉雷特发出的呻吟声，摸摸她的粉红色膝盖。当莉雷特说话时举起了胳膊，露露看见了她的腋窝，“它半张开着，像一个嘴巴”。莉雷特赤裸着胳膊的时候，露露更喜欢她。她虽然想知道莉雷特的一切，但始终与莉雷特保持着界限：即使“给她全世界的黄金，她也不会碰她，因为她不知道拿她怎样办才好”。露露仰天躺着，想着许多事物，想着女人，听到亨利发出有节奏的呼噜声，她的手顺着平坦而漂亮的肚皮往下挪，往下挪，接着就感到快感，这是她给自己的快感。

露露还有一个“怪癖”，当亨利晚上说话含糊不清，发出哼哼唧唧声音的时候，露露神思畅游，但她的想象也会遇到抵抗。在想象中什么都可能发生，谁也无法预测下一步出现的会是什么。能够预测到下一步，能够把握将会出现的是什么，那就不是真实的想象。真实的想象无法预料、无法把握，因为未来的一切都悬在虚无中。如果出现的是一张脸蛋，那不会引起什么不安，但如果是一些肮脏和恐怖的记忆，就会惹来烦恼，露露就曾因为这些想象心情大受影响，一夜未曾合眼。在她看来，对一个男人一切都熟悉，尤其是连那个都熟悉，是很可怕的。“那个东西如果安安静静地待在那里倒还好，如果像个畜生似的蠢动起来，坚硬起来，真叫人害怕。”

有鉴于此，露露对爱的认识是：“爱，真是肮脏事。”她喜欢亨利，就是因为在这方面他不会让她担惊受怕，不会把她弄脏。亨利像一个神甫，穿着长袍，把自己的一切都遮掩和包裹起来，这使露露感到安全。在她眼里，“穿着长袍的神甫像女人那样温柔”，亨利作为一个男人徒有其表，这个“徒有其表”对于露露反倒是件“好事”，这使亨利缺少了对她的支配性和侵犯性。露露甚至说，“我爱亨利是因为他阳痿”。从这一点看，亨利确实是一个难得的对象，也只有他这样的男人才符合露露的期待，满足她的愿望。

当亨利独自酣睡，露露心烦意乱，四顾茫然，这一刻她也会动怒，骂一味酣睡、只会打呼噜的亨利是“笨蛋”。露露对亨利也有期望，夜深人静的时刻，她心里想，要是这个笨蛋“搂住我，哀求我，对我说，你是我的一切，露露，我爱你，不要离开我”！那么，她的心会软下来，她会为她做出牺牲，留下来和他在一起，“甚至用一生来讨他的喜欢”。可是，她听到的只是亨利的鼾声，看到的只是这个大男人僵尸般的躯体。

露露的最大特点是，她身上的各种特质奇特混杂地交织在一起，而不是一个一个按照次序清楚地呈现出来。露露与亨利，与莉雷特，与彼埃尔都不同，从这些不同中显现出她的基本轮廓，这个轮廓还是大致清晰的。但具体而言，露露的特性是什么？这方面很不明晰，她的存在始终是模模糊糊的。譬如，露露不满亨利，决定离开他，但她又“怜悯”亨利，最后回到他的身边。露露的许多做法无法让人用一根标尺衡量，她好像总是处于反复和矛盾中，她的行为常常前后不一。她刚刚做出一种选择，随后就被推翻、被否定。她的行动让人们惊讶不断，表明露露的存在处于不断折腾的“模糊”地带。她不是那种个性鲜明、有棱有角的人物，或者说，她既是个性鲜明、有棱有角的人物，又不是个性鲜明、有棱有角的人物，其存在总是处于对自己的不断否定中。

传统文学作品塑造的往往是个性鲜明的人物，这类人物之所以能够个性鲜明，前提就是他们受到某种强力本质的制约。在强力本质的制约下，人物性格获得了统一，显现出主导的一面。存在主义反对任何本质的制约，主张对本质的超越。存在主义认为，人的存在不是某种固定的模块，存在一旦凝固，就意味着本质化，一旦本质化，就失去了自由。存在主义认为人的存在应该不断超越、不断更新，人的存在始终处于变化中。相应的在文学创作上，存在主义不主张塑造传统意义上个性鲜明的“典型”人物，而力倡塑造变化的、模糊的、无法或难以清晰定义、或能够不断从本质框架制约下逃脱的人物，露露的形象就是诞生于存在主义这一思想土壤上的。

三、莉雷特：原则的化身

莉雷特和露露交往多年，俩人无话不谈，可谓知心朋友，但她们性情和趣味差别很大，实则为两类不同的人。

莉雷特坚持原则，做事有板有眼。虽然只是一个售货员，但她坚持追求时尚，而且有自己做人的底线。她坐在咖啡馆露天座位上，要了一杯波尔图葡萄酒，刚喝了一小口，立即敏感地发现酒有一股子“瓶塞味”。莉雷特味觉敏感，品味高雅，坚持喝开胃酒的时候就不能喝咖啡，每一个时段该喝什么不该喝什么都有清楚而明确的“讲究”，不能坏了规矩。可在露露约她见面的这间咖啡馆，人们整天都在喝咖啡。这里的顾客没什么品味，归根到底就一个原因：穷。来这里消费的都不是什么有钱人，所以整天只能靠喝咖啡刺激神经。莉雷特自认为是一个高雅的人，属于另一个阶层，不屑于与这些穷酸者为伍。穷困潦倒的人什么都不讲究，可以稀里糊涂、得过且过地混日子，随便败坏生活的趣味，可莉雷特是一个守规矩、追求趣味的人，特别不能容忍粗俗邋遢的行为。别人可以随随便便，把趣味不当回事，她则会为生活中的“雅趣”被破坏大为光火，冲动之下甚至“会当着顾客的面把整个咖啡店砸碎”。

莉雷特有点气恼，不明白露露为什么把约会地点选在这里！

在这间咖啡馆，经常能够见到一些老面孔，单是这一点就让莉雷特“伤心”。她坐在露天座位还能接受，要是在屋子里，扑鼻而来的浓烈臭内衣味，一定会把她熏倒，让她窒息。光顾这里的人都是生活的失败者，社会竞争的淘汰者，他们模样邋遢，胡子也不刮，连假领也没有，个个都是一副寒酸样。他们吸烟斗，“把目光直接投在女人身上，也不试图遮掩一下”，这都是“下等人”的典型特征。莉雷特注重形象，衣着光鲜，坐在这群落魄者中间格外扎眼。路人会转过头来惊讶地问：“这样的女人怎么会坐在这里，她坐在这里干什么呀？”莉雷特认为，她坐在这里真的是不合适。

莉雷特的职业是售货员，但她卖的是奢侈品，而且是排名第一位的销售员。眼下政府虽不得力，经济也未好转，但莉雷特并没有因为外在环境的艰难而动摇自己的信念。她认为，一个人辛辛苦苦站了一整天，就应该找一个舒适的地方放松一下。这个地方要带点豪华气派，播放低沉柔和的音乐，周围还有艺术品点缀，有训练有素的服务员殷勤伺候。在这种氛围下，才能闭上眼睛，尽情享受。莉雷特发现这间咖啡馆侍者的素质太差，傲慢无礼，看得出来，他们都是“惯于同下流社会打交道的”。她发现一个消瘦而有点驼背的男人不怀好意、目不转睛地注视她，她马上耸了耸肩膀，转过身去，心想“一个人如果想向女人献媚眼，起码得穿着干净的内衣”。露露经常光顾这种地方，说明她缺乏自信。露露与不少男人打过交道，但事实证明，她一遇见风度翩翩的男人就缺乏自信，这大概就是她为什么经常光顾这种咖啡馆的原因所在。

让莉雷特不解的是，露露为什么不离开亨利。在她看来，他们俩根本不合适，露露有许多理由离开他。

首先，露露根本不爱亨利，她只是为了体面才同他在一起。如果不爱一个人，还与他待在一起，这就是“罪恶”。在莉雷特看来，这一切是非分明，非常简单，两个人合适就在一起，不合适就应该分开。不合适还要相互纠缠，就违背了道德，而违背道德就是罪恶。露露与别的男人交往，对亨利不忠，背后说了亨利不少坏话，但只要人家把她称为“夫人”，她就认为这些都不算什么。莉雷特认为这种做法不好，对于一个女人，这样做很不得体。

其次，亨利不值得爱，因为他是一个有残缺的男人，露露没有权利为一个阳痿的男人毁掉一生。莉雷特最恨生理有缺陷的男人，她反复劝露露一定要痛下决心，坚决离开亨利，因为这关系到幸福。露露可以对其他事情马马虎虎，迁就忍让，但没有权利把自己的幸福当儿戏。在莉雷特眼中，对一个女人什么最重要呢？当然是幸福，幸福最重要，这对一个女人是天经地义的。幸福是一个令人感动和严肃的字眼，是法兰西语言里最美丽的一个词。对于男人，也许“勇敢”、“荣誉”这样的词汇是最美好的，但对于女人，只有一个词最重要，就是“幸福”。可是，露露偏偏在对于女人如此重要的问题上犯迷糊，不仅是犯迷糊，简直是犯了不可饶恕的严重错误。最可怕的是，露露固执己见，执迷不悟。莉雷特认为，幸亏露露走运，有一个像她这样忠心耿耿的朋友。她的责任就是不断提醒和敲打露露，反复叮嘱她：“您没有权利失去您的幸福，您的幸福！”

第三，在莉雷特看来，露露在婚姻问题上泥足深陷，不能自拔，关键是她“根本不知道怎样才算是一个美男子”。如果一个女人糊里糊涂，连什么样的男人是一个好男人都不知道，她的脑子里没有一个好男人的清晰概念，没有一个好男人的恰当标准，婚姻必然一塌糊涂。露露之所以找亨利这样阳痿的男人结婚，犯这种对于婚姻是致命的错误，而且一直拖泥带水，不能彻底改正错误，干脆利落地离开亨利，归根结底，就是因为她糊涂，不知道什么样的男人才是好男人。

莉雷特建议，露露应该找彼埃尔这样的男人。彼埃尔聪明，很有心机，会关心人，而且有钱，有能力关心人。彼埃尔有坚强的个性，懂得说话的艺术，他动辄巧舌如簧，能说一大堆甜言蜜语，很讨女人的欢心，这些都是亨利不具备的。莉雷特喜欢彼埃尔这样爱打扮的男人，这类男人有一身漂亮的服饰，他们的衬衫、鞋子、领带等都是一尘不染，浑身上下干干净净，散发着英国烟草和科龙香水味。他们鬓角斑白，头发向后梳，人很瘦，肩膀宽，有运动员的体态和风度。由于吃过苦，所以待人宽厚，善解人意。在莉雷特眼中，彼埃尔完全符合一个好男人的标准，露露应该找这样的男人定终身。尽管彼埃尔有时对莉雷特情意绵绵，大献殷勤，可她“装着没注意到”，总在他面前大谈特谈露露，不断赞美露露。莉雷特自认为已经帮了不少忙，露露有她这样毫无私心的朋友真是三生有幸。她提醒露露，彼埃尔这样的男人可不是随便就能遇到的，别的女人虎视眈眈，随时都可能趁虚而入，露露必须把握时机，抓住稍纵即逝的难得机会。但是让莉雷特失望的是，“露露好像不配享有这样的好运，她根本不知道自己的运气好”。莉雷特敏感地发现，近来彼埃尔好像已经有点厌倦了。

在与露露的关系上，莉雷特信心满满。作为一个精明的销售员，她自诩是一个不错的观察家，什么事都逃不过她的眼睛。她认识露露四年了，在各种各样的场合下见过露露的表现，自认为对露露“了如指掌”。可现在她犯难了，为什么呢？因为露露似乎是一个不按常理出牌的人。她性情古怪，许多表现让莉雷特越来越惊讶，越来越把握不住，甚至连露露到底是喜欢男人还是讨厌男人这个最基本的问题，她越来越吃不准了。本来凭着细致观察和对露露的深入了解，她已经形成了对露露的一套看法，已经把她的行为表现总结和归纳到一个固定模式中，她认为这套模式非常适合露露，对认识露露非常管用，简直可以说是专门为她精心量身定做的。然而一回到现实，遇到具体问题，她发现，露露总是轻易地就超越了她辛辛苦苦打造的这一模式，总是能够不断地从这一模式中轻易挣脱出来。她虽然费尽心思对这套东西修修补补，但显然还是跟不上露露的变化。她发现自己总是陷入到一种不尴不尬的境地：她既想谴责露露，又发现她很有趣，露露总是让她产生这种矛盾的印象，她好像老是处于中间地带，处于微妙的模糊中，总是处于对于清晰概念的不断闪躲中，总让人产生不能痛痛快快、直截了当地“抓住”她的烦恼。她刚想谴责露露，突然发现，她的谴责有些偏离，露露的行为已经逃离了谴责，她的谴责已经失效了。她刚想赞美露露，又感到赞美要么有些空洞，要么露露不配得到这些赞美。总之，用固定清晰的概念衡量和检验露露非常困难，露露在这些概念面前像一条经验老到的泥鳅，不声不响，自自然然地一下子就滑走了，没有留下一点痕迹。莉雷特抓不住露露的变化，无法预测她的变化，不知道接下来露露会怎么做，这让她颇为烦恼。露露每一次不经意的做法，都让她惊讶，都是对她自诩的精明观察力的一次小小打击，对她已经形成的对露露的固定看法一次不大不小的冲击。

莉雷特确实把露露视为知己，她是真心帮助朋友，可是常常适得其反。她的动机是为了露露好，这一点无可质疑，然而效果却每每令人失望，不仅仅是失望，有时是伤心，而且伤得很深。当她毅然挺身支持和帮助露露，在大街上，在众目睽睽下与亨利争夺露露，把她从亨利手中抢夺回来，她表现得多么勇敢啊！她像一个母亲奋不顾身地护卫自己的孩子那样保护露露，大声斥责亨利，连她都惊讶自己的表现，都为自己的行为感动。可是露露呢？她是什么反应呢？让莉雷特大跌眼镜的是，露露用古怪的眼神盯着她，尖声大叫：“我讨厌你，讨厌彼埃尔，讨厌亨利，你们为什么要缠着我，你们虐待我！”莉雷特一下子跌入失望的深渊了，尽管她很坚强，无怨无悔地为露露做了这一切，但落得这个下场，还是让她始料不及。她为朋友付出了，没有得到回报，反而遭到斥责和冷落，她有些不明白了，自己在干什么？她做这一切究竟是为了什么？没有安慰和同情，她不得不独自默默地品尝无以名状的苦涩。她感到憋闷和委屈，不知不觉开始怜悯自己，“眼泪和呜咽像汹涌的波涛似的一直涨到了她的喉咙里”。回到家里，看到空荡荡的房间，她倍感孤独，吸引她的是那张“又白又软、在睡得凹下去的地方有点湿润的床”。她眼含热泪，只能独自感受“枕头抚摸两个火热脸颊的滋味”。

四、分手

小说描写了露露的两次分手。

第一次是与亨利的分手。这次分手的直接原因是亨利打了露露的弟弟，露露认为亨利对她盛气凌人也就罢了，但侵犯和殴打她的家人就太过分了，是可忍孰不可忍，一气之下，提着箱子就离家出走了。她走得异常匆忙，甚至连换洗衣物都没有带。

露露见到莉雷特，她的冲动劲还没有过。莉雷特原先认为，露露永远不会离开亨利，因为她缺少足够的意志力和自信心。但没想到，露露又让她吃惊了。她从一辆出租车下来，老远就向她摆手和喊叫："我离开亨利了，我离开亨利了！"莉雷特一阵惊喜，心想，她跨出这一步真不容易！如果之前她不那么任性，听从劝告，这件事早就成功了，何至于拖到现在！不管怎样，她终于觉悟了，艰难地跨出了这一步，无论如何这是可喜可贺的，这一步是突飞猛进的质的飞跃，是决定性和关键性的一步，露露终于回归正常了！莉雷特多少感到了一点宽慰，自己的努力没有白费。在露露人生的重要关头，她跨出了正确的一步，做出了正确选择，她觉得这里面也有自己的一份功劳，这表明她对露露还是有很大影响的。

莉雷特的断言和自信总是靠不住，她的喜悦就像没头没脑突然降下的太阳雨，来的快去的也快，两下子就蒸发得干干净净。露露做事从来都不是快刀斩乱麻、处理得痛痛快快，相反，她总是"瞻前顾后"，黏黏糊糊，留下一大堆"后遗症"。她从来都不会一根筋地勇往直前，老是没有方向地转悠。莉雷特虽然相信露露离开亨利了，但心里还是有些忐忑不安。她让露露把话说清楚，好让她听明白，让她弄懂突然发生于眼前的这个事实：露露确实与亨利分手了，确实离开了家吗？他们之间确实已经一刀两断了吗？莉雷特的直觉没有错，露露总是会留一手，她做事总是会留一个小尾巴，露露总是不能给人一种清晰的印象，总是让人"提心吊胆"。应该说这不是露露的深思和筹划，而是她"无为而为"的做事效果。露露只是身体离开了家，她的心并没有与亨利一刀两断，她一气之下出走很容易，找一个莫名其妙理由回去也很正常。其实，就在她兴冲冲地宣布离开亨利、激动不已时，她内心已经有另一股力量在暗地里较劲，偷偷地拉扯她，把她推向另一个方向。所以，当莉雷特陪伴露露到街上买东西，露露明知道在这个时候这个地点会遇到亨利，莉雷特催促她赶快离开，可她执拗地不愿快走，故意东张西望，仿佛在寻找什么。当她们发现亨利就在后面紧跟着，露露激动起来，老是回头张望。亨利越来越近，她挺直身子，用眼角去瞟他，或者干脆“直勾勾地凝视着亨利”。当确信亨利确实看到了她们，她才如释重负般地惊慌起来，神情虚伪而固执，“一下子倒在莉雷特怀中”。

露露永远不走清晰路线，她的生活飘忽不定，总让人看不清楚，谁也不知道她究竟在想什么，究竟要什么。什么是清晰路线？这就是大家都熟悉和习惯的路线，就是众人都坚定不移信奉的路线，也是大家眼中最稳定最可靠的路线，此即所谓生活常规。或者，如果反对生活常规，你就清清楚楚地站在那里，显现出一个反对者的准确定位。露露总是含含糊糊，模模糊糊，好像是这样，似乎又是那样，究竟是怎样，总是模棱两可，不清不楚。但有一点是明确的，就是她与大家确实不一样，她既不同于亨利，也不同于莉雷特。亨利也不同于莉雷特，两个人之间水火不容，莉雷特瞧不起亨利，在她眼中，亨利根本不配称为一个男子汉。然而亨利与莉雷特在一个方面又是相同的，即他们都有清晰的定位，在社会中扮演的角色是清楚的，他们的态度和立场都不含糊，他们都是棱角分明的人物。可是露露不是，她的态度和立场总是翻来覆去，反复无常，永远不会在一个固定的位置上停下来。

露露离家出走，马上与彼埃尔取得了联系。彼埃尔是她的情人，朝思暮想地想得到露露。他答应露露一道去尼斯旅行，这是露露很久以来就向往的旅行。彼埃尔在一系列方面与亨利刚好相反，露露为讨他喜欢，专门搽了面香粉，涂了眼睛。彼埃尔根本不看她的脸庞，对露露的精心打扮视而不见，“只盯着她的乳房”。露露有些失望，“恨不得乳房在胸前瘪掉，使他觉得没趣”。彼埃尔善于调情，会说一大堆讨人喜欢的话，他邀请露露到尼斯别墅做客。别墅是白色的，有大理石的楼梯，面对大海，景色优美，他们可以整日光着身子，想做什么就做什么。露露想，裸体上楼一定有趣，不过她必须强迫彼埃尔先上。他要是跟在她后面，她连步子也举不起来，她真希望彼埃尔是一个瞎子。然而她知道，即便穿上衣服，把自己从上到下都包裹起来，在彼埃尔面前，她也是赤身裸体的。彼埃尔的眼光很毒，样子也可怕，他抓住露露的胳膊，凶狠地说：“你疯狂地爱着我！”露露害怕，就说“是的”。彼埃尔马上承诺，他要带着她坐汽车，乘轮船，到处兜风游览，还要去意大利，露露要什么就买什么。彼埃尔的胸膛宽阔，呈棕色，上面长了一大堆毛。亨利白白净净，彼埃尔却像头棕熊。对于彼埃尔胸前苔藓似的卷毛，露露的态度也很不定，一会儿讨厌，避而远之，一会儿被彼埃尔拉过去贴近身体，她抚摸这个硬邦邦的胸脯，又觉得这些毛很柔和。当她靠近彼埃尔，闻到的不是古龙香水味，而是一股体臭。亨利没有欲望，彼埃尔的欲望很旺盛，露露估计，“他半夜醒来会要求干那事，她永远不能安安静静地睡觉”。

彼埃尔把露露安排在一间她从来没有听说过的旅馆，它破旧不堪，楼梯嘎吱嘎吱作响，铁床也是嘎吱嘎吱作响，还有那个不怀好意的阿尔及利亚门房，老是窥视露露，目光在她的大腿上扫来扫去。露露发现，住在这里的人都是些下流的家伙，不是醉鬼就是吸毒者。看到这样恶劣的环境，她心凉了，她不知道彼埃尔是怎样找到这间旅馆的，但可以断定，“彼埃尔把她安排在这里，就是对她的不尊重”。

彼埃尔一进门就干那种事情，他在房间里待了两个小时，铁床也响了两个小时。彼埃尔强壮，干这种事充满诗意，做完之后，就“像一只刚挤完奶的母牛那样轻松”。他换上漂亮衣服，浑身新鲜干净，扬长而去，经过窗户还吹着响亮的口哨。彼埃尔很会穿衣打扮，这方面比亨利强很多。亨利不修边幅，窝窝囊囊，讨人嫌，彼埃尔则相反，衣着方面很光鲜，女人和彼埃尔这样的男人外出一定是很骄傲的。彼埃尔的欲望满足了，得意洋洋，潇洒地走了，把露露赤身裸体地留在黑暗房间里。她浑身发冷，真想哭，“想到以后每一个夜晚都要这样度过，不禁打了一个寒噤”。

最让露露不满的是，彼埃尔沉重地压在她的身上，她不得不喘粗气。彼埃尔像发现了一件宝贝似的叫唤起来：“你发出快活的声音了，你有快感了。”露露讨厌这种时刻说这种“混账话”，更否认自己有什么快感，她只感到彼埃尔的身体太笨重，她在下面不得不喘气。彼埃尔认为，亨利是一个无能的人，所以只能让他来给露露制造快感，只有他才能满足露露的需要。露露承认，这个家伙到处乱摸总是会让人动情的，彼埃尔确实比亨利更懂女人，他会把女人当做一架乐器，会因为自己懂得流畅的弹奏这架乐器而洋洋自得。但是露露并不因为彼埃尔更懂女人而对他有一丝感激，相反，她为这一点恨彼埃尔，因为她的处世原则就是反对被操纵，哪怕是在做爱中被操纵。她讨厌人家使她动情，讨厌对这一切了如指掌的男人，她宁愿与一个处男睡觉，也不愿意和彼埃尔这样成熟老到的男人做这种事。当彼埃尔摸来摸去，自以为可以掌控露露，把她的身子当做一架乐器，随心所欲地弹奏，并且摆出自命不凡的神气说：“我有技巧！”露露感到受了侮辱，她“真想打他一耳光”。她终于认识到，没有一个人爱她，彼埃尔带她到这里来就是为了干这种“混账事”。

亨利无能，这种无能也有好处，他无法操控露露，不会给露露带来支配感。彼埃尔欲望强烈，但这对于露露未必是好事，强烈的欲望对于露露是危险，直接威胁到她的存在。尽管有海滨白色的别墅，有露露喜爱的旅游，有多年来她渴望的头等车厢的长途旅行，这些诱惑依然强烈，露露心里活跃着种种向往，但最终她还是义无反顾，选择离开彼埃尔，回到亨利身边。不是因为亨利有多少吸引力，而是因为他不像彼埃尔那样对她的自由构成威胁。从世俗标准看，亨利有明显的缺陷，许多方面不能令人满意，特别是他的无能，让人无法接受，这样的男人根本不能结婚，也不配得到女人的爱，但露露并不认真对待这些世俗的理据。亨利有大男子主义，但这个大男子主义徒有其表。从露露的角度看，亨利这样的男人有一个优势，即他能够最大限度地减少对露露自由的妨碍，尽管这个自由狭隘苍白，甚至有些荒诞不经。露露离开彼埃尔，不是因为彼埃尔不够优秀，或者缺乏魅力，而是他太成熟、太有心计、太有能力和办法。他能操控一切，能够让别人失去自己，对他忠心耿耿，死心塌地，且不留死角。他像一张巨大的网，能够覆盖和吸收一切，俘虏和缴获一切，让所有的女人俯首称臣，这是彼埃尔的魅力，但它恰恰是露露所恐惧的。

五、露露存在的意义

露露的存在显现了一系列的奇特：

她曾幻想当一名从事慈善事业的嬷嬷，去公馆募捐。她戴着修女帽，脸色苍白而俊俏，样子显得高贵。但她又不会成为一个真正的嬷嬷，为什么呢？因为她把募捐得来的钱留给自己用。有时她无缘无故地对路边的一个家伙频送秋波，起初对方大吃一惊，接着就对她说一些不堪入耳的话，她立即叫警察把这个家伙关进监狱。这些幻想的共同特征是趋向否定，她要成为什么仅仅是为了否定它，否定成为目的，给她的幻想带来了特殊乐趣。

现实中的露露也是如此，她的生活充满否定。

从世俗角度看，亨利是一个不能结婚的人，露露偏偏与这个不能结婚的人结了婚。结婚后，她与亨利维持的是一种“特殊”关系，他们之间没有通常所谓正常的夫妻生活，也不承担生儿育女的社会责任。露露与亨利分手，不是在这些方面发生了冲突，而是因为亨利不能平等待人。离开亨利，她又回到亨利身边，厌恶亨利，但抛弃他又让她于心不忍。除了爱亨利，她也爱彼埃尔，他能够给予亨利所不能给予她的一切，在莉雷特看来，离开亨利，最好的选择当然就是彼埃尔。亨利没有欲望，彼埃尔的欲望强烈，强烈到要支配一切，强烈到要把对方吞没，这是露露离开彼埃尔的重要原因。按照世俗标准，彼埃尔对于露露是一个理想选择，这也是莉雷特大力向她推荐彼埃尔的原因所在。但在露露看来，彼埃尔与亨利半斤对八两，他们其实是一样的，即都自认为对于女人有一种天然的支配权。区别在于，亨利对露露的支配是空洞的，缺乏实际内容，停留在形式上，毕竟亨利年纪轻轻就患上了阳痿。比较之下，彼埃尔的支配则是“实实在在”的，他严重威胁到露露的自由，因而彼埃尔更加令露露不能容忍，所以她最终还是回到了亨利身边。

除了这两个男人，露露还爱莉雷特。她们是多年的挚友，莉雷特一直无私地帮助她。在露露的婚姻上，莉雷特不断表明自己的立场，认为不爱一个人却与他继续保持关系就是罪恶。莉雷特的立场就是大多数人的立场，是社会的正统态度。露露离开亨利，起初莉雷特很是惊喜，认为自己胜利了，露露终于可以像大多数人那样按照社会规则来安排自己的生活了，然而她马上就失望了。露露刚刚离开亨利旋即回到他身边，这不仅令莉雷特失望，更让她伤心和不可思议。不可思议的不仅仅是露露的出尔反尔，说变就变，让莉雷特真正难以接受的是，露露竟然又回到亨利的身边，重新回到过去的畸形生活。莉雷特难掩对露露的失望，但这并不妨碍露露对她的身体发生兴趣。在莉雷特眼中，露露的身体很性感，在露露眼中，莉雷特的身段也很迷人。但露露与同性恋者不同，她仅仅对莉雷特身体着迷，她对莉雷特的身体仅仅停留在兴趣上，并不触碰她的身体，因为她“不知道该如何对待这个身体”。

露露爱亨利，又爱彼埃尔，这种爱不能兼容，她还爱莉雷特，这种爱简直就是逆天了。从世俗角度看，露露的爱乱七八糟。露露不尊重爱，不懂得爱，她的爱没有任何庄严感和神圣感，就好像穿衣服，今天穿这件，明天换一件，很方便，很随意，她在亨利和彼埃尔之间“跳来跳去”，这种对待爱的做法让人不能理解和容忍。露露离开亨利，没有遮掩，没有耍小聪明小手段，她开诚布公地向亨利宣布了自己的决定。露露离开彼埃尔，虽是不辞而别，但也留下了一封信，表明了自己要回到亨利身边的明确态度。露露的选择和行动非常自然，心理上没有“首鼠两端”的困扰，事后也没有负疚或亏欠的负担。她离开亨利，让亨利伤心欲绝，又回到亨利身边，她没有觉得这样“折腾”有什么不好。她投入彼埃尔的怀抱，马上后悔，立即分手，前后矛盾，她没有为这种反复无常产生一丝抱歉，根本不认为此举“玩弄”了对方的感情。总之，露露的特点是朝三暮四，朝秦暮楚，变化多端，变化无常。如果社会对人的要求是确定性，一个男人结婚后就是丈夫，他应该安安稳稳地扮演丈夫的角色，做丈夫应该做的事。同样，一个女人结婚后就是妻子，她的所作所为必须符合妻子的要求。社会对每一个人都有准确定位，在这种定位下，每一个人安分守己地各就其位，专心致志地扮演社会赋予自己的特定角色，如此整个社会才能和谐。露露的特点就是偏偏不能安分守己，偏偏不能被社会特定的角色完全充实，她所扮演的既是确定性，又是确定性的对立面，她始终把自己定位在确定性和不确定性之间，定位在对妻子固定角色的不断“破坏”和超越上。

露露结婚了，具有妻子的身份，但与一般妻子不同，她不遵循妻子所应遵守的规矩，这些规矩对于她形同虚设，没有制约的力量。露露做了一系列反复无常的事情，这在她都很随意、挺正常。她离开亨利，离开彼埃尔没有任何心理上的“转折”，对社会常规的违背在她的心理上是光滑平顺的，没有激起任何感情的“芥蒂”，她的心理机制中似乎没有“应该”和“必须”，所以不论做什么，哪怕是严重背离了伦常规则，都显得非常容易，心理上连“咯噔”响一下的暗示或提醒都没有。露露缺少通常所谓“成熟”的能力，她不会把自己的行为与社会的规则比照，不会在强大的社会压力下严肃地反省和约束自己。相反，社会的压力视而不见，不是故意视而不见，而是这些压力在她身上就像一阵风，呼啦一下子就过去了，没有留下什么痕迹，更不用说产生烦恼了。露露做事是兴之所至，她不是要突破或抗争什么。突破或抗争都要设定对象，都要下定决心，做好准备，都要预估风险，承担后果。露露做事就好像任何阻拦都不存在，在别人看来很难“转折”的关口，对于她轻而易举。不是她的志向远大，抗风险的能力比别人强，而是她的心理系统中似乎没有羞耻之分和是非之别，没有应该这样必须那样的一系列的制约能力。总之，没有正常社会要求人成熟稳重所应具备的那套完整的心理机制。

露露的存在像流动的水，没有固定形状，没有稳定边界，让人难以捉摸把握。她身上随时会涌现一连串的相异性，这个充满活力的女人永远不能“恰到好处”，永远不知道什么叫“恰如其分”。她的存在不是要回答“我是谁”而是趋于指向“我不是谁”。露露的存在不是要树立一个标杆，彰显一种新的存在样态，为社会提供新的人物范型。她的存在意义是挑战、是冲击、是破坏，萨特塑造的是一个把不要规范作为规范的典型，是一个把永恒的流动性作为理想的范本。这个形象的意义是在昭示，一种模糊性的存在比一种确定性的存在更具生命的力量，一种没有形状、没有边界、无法定型、不断变化的存在，比亨利“僵硬”的木头式存在和莉雷特本质化的定型存在更具活力。

从正常世界的视角看，露露没有自己的事业，她的婚姻糟透了，这个女人一事无成，她的存在是一连串的失败。按照传统标准衡量，露露只是一个不幸的失败者，她身上哪有什么值得自豪称道的地方？哪有什么幸福和自由可言？但从存在主义视角看，露露的存在具有特殊魅力。露露是一个什么样的人？一个正常女人，一个变态女人？一个爱丈夫的女人，一个出轨的女人？一个同性恋者，一个手淫者？一个敢作敢为的女人，一个犹豫不决、患得患失的女人？一个善变的女人，一个随波逐流者？一个缺乏理性的女人，一个过于自信的女人？……这样的界定和疑问可以不断提出来，露露也许与所有这些定性有关，但又不是其中任何一个定性。露露的存在拒绝合适、恰当、单一的定性和定位，她的存在犹如流动的水，无法在任何一个点或一个方面被凝固，用存在主义术语讲，就是拒绝本质化。

拒绝本质化是存在主义的自由底线。在一个逻辑和理性的世界中，拒绝本质化意味着拒绝存在的确定性、清晰性和稳定性等，意味着把存在导向流动性和模糊性，它们都是确定性概念的有力“杀手”。流动性是对规则世界的冲刷和肢解，模糊性是对一个棱角分明世界的悄然解构。波伏娃指出，“存在主义一开始就被定义为一种模糊性的哲学”。[①] 存在主义青睐模糊性，认为模糊性才是这个世界的根本性质。传统哲学从一开始就力图消除世界的模糊性，用各种方式把世界还原为单一的精神或物质。传统哲学的任务是建立概念，为展现一个清澈透明的世界奠定基础。在存在主义看来，传统哲学的做法是本末倒置，因为模糊性才是世界的真理，是世界的真正本源。从这一立场看，人的存在不仅是变化的，而且变化是模糊的，

① 〔法〕波伏娃：《模糊性的道德》，张新木译，上海译文出版社 2013 年版，第 6 页。

人的存在永远不会变成“清澈透明”的。

传统哲学也讲变化，也认同人的存在是变化的，在“变化”这一点上，存在主义与传统哲学有相同的一面，但它们的分歧更重要、更有意义。传统哲学认为，变化是从一种形态向另一种形态转变，是从一种规定性向另一种规定性变化。变化尽管存在，但它是规定性的变化，是所谓本质的变化，变化是用来说明本质的，变化只是在肯定本质的前提下才有意义。因而变化本身并不被看重，看重的是变成了什么、形成了什么样的规定性、最终结局是什么，这些成为本质的东西才是重要的。在存在主义看来，传统哲学所说的变化实际上局限于物，只能用来说明物的变化。物是本质先于存在，只有先肯定本质，先明确一种确定状态，然后才谈得上变化。存在主义认为，人的存在不同于物，人的存在本身就是变化，这种变化永远不会与自身一致。也就是说，变化总是意味着变成什么，对人而言，变成什么不是目的，变化本身才是最重要的。对于人，永远不会变成一个纯粹的东西，不会变成一个十足的肯定性，不会变成一个僵死的规定性，不会变成一个与自己的存在完全一致的东西，不会变成一个不会变化的东西。或者说，人的变化永远不能消除变化本身，人的变化永远停留在差异上，永远造成差异，永远在差异中运行，人的变化永远不会“死”在本质面前，不会用本质的高墙封死变化的可能性通道。存在主义强调，变化比凝固的本质更为重要，人的存在的不确定性要先于本质的确定性，变化带来本质，又超越本质，变化才是一切。本质充其量只是变化的一种形态，而且是不稳定的一种形态。对变化的这种界定必然把模糊性注入存在，一种细微的量的差异必然导致模糊，这种模糊的存在才能保持变化的本性。抗拒本质的凝固性，必然为模糊性的变化打开大门，使存在始终把变化置于首位。也就是说，传统哲学与存在主义哲学都不排斥变化，传统哲学往往以本质的确定性来界定变化，所以把确定性视为常态，变化是常态制约下的表现。存在主义看重变化本身，认为对于人的存在而言，变化才是常态，确定性只是变化的一种形态，它本身并不是凝固的。二者对变化看法的不同源于，传统哲学看重的是本质的充实，以此来定义人和物。而存在主义青睐的是虚无，认为物的存在扎根于本质，人的存在只能扎根于虚无，所以人的存在必然处于绵绵无尽的永恒变化中。

在传统哲学观下，露露这样的人物由于不具有本质的确定性和明晰性，其存在样态很容易被判为不成熟，处于缺少理性统驭的幼稚状态。这样的人物塑造由于缺少本质的规定性，在艺术上令读者无所适从，难以把握，很容易被界定为艺术创造的“失败”。但从存在主义艺术表现的视角看，露露这样的人物具有更真实的存在形态。由于模糊性成为生命本身的样态，偶然性成为存在的常态，露露的形象别具魅力。

第六章

《一个领袖的童年》

有论者指出，小说主人公吕西安与萨特《词语》中的普卢很像，他们之间只有一个重要区别，那就是吕西安有一个父亲，在他的成长中，父亲和家族发挥了重要影响力。对于一个孩子，父亲的好处是“方便吸收社会的价值观和道德原则，吕西安的成长证明了这一点”[①]。

曾经是萨特的学生，后成为萨特密友的法国作家弗朗西斯·让松指出，一个人的聪明和成功在于“从他一生的最初开始，种种情况不允许他有任何一种精神舒适。今天，萨特之所以能够对世界上的一切矛盾，包括对他自己童年的矛盾如此敏感，首先因为这一童年本身是在显然非常矛盾的状态中经历的”[②]。让松对萨特的这一概括也可以转用来说明小说中的吕西安。吕西安童年生活优渥，衣食无忧，他之所以没有变成一个养尊处优、呼奴使婢的浪荡子，堕落成为一个心安体适、浮花浪蕊的花花太岁，就在于他从小经历了一系列“矛盾状态”，吕西安的成长和成熟来自于他在这些“矛盾状态”中的“折腾”和“煎熬”。抗拒精神的委顿麻木、拒绝思想的舒适安逸是吕西安身上最为突出和可贵的品质。

小说刻画了一幅存在主义关于人的成长和发展模式的生动图景，展现了吕西安在存在主义设定的人生路径上从童年到青年的艰辛探索过程。

一、“昏昏沉沉”的童年

小说叙述的是这样一个故事：主人公吕西安是一个小男孩，其父弗勒

① 〔法〕德尼斯·贝尔多勒:《萨特传》，龙云译，人民文学出版社 2013 年版，第 177 页。

② 〔法〕弗朗西斯·让松 :《存在与自由——让－保尔·萨特传》，刘甲桂译，北京大学出版社 1997 年版，第 22 页。

里埃先生是工厂主。不仅吕西安的父亲是工厂主，其祖辈四代都是工业领袖，这是一个工业领袖的世袭家族。吕西安出生在这样的家庭，当然一劳永逸地告别了吃糠咽菜的生活。这样的家庭往往对一个男孩寄托着殷切期望，何况吕西安是个独生子，万千宠爱集于一身，他的成长自然承受了很大压力。弗勒里埃先生从吕西安懂事起，就打算把孩子培养成家族事业的接班人，期待百年之后，吕西安能够独当一面，担负起工厂的管理重任。

按通常看法，吕西安的父母当然会重视教育，会不惜工本为孩子选择最好的学校，请最好的老师，提供最有利的成长环境。在父母无微不至的关怀下，孩子也会积极努力，养成良好趣味，显露卓越天资，深得长辈赏识，成为父母的掌上明珠。依照世俗逻辑，描写一个孩子的成长必然会浓墨重彩地展示这些方面，但按存在主义的看法，这些只是吕西安成长的一个方面，小说对于这些方面只是轻描淡写，一笔带过。萨特对吕西安的刻画可谓“独辟蹊径”，可以这样说，小说重点刻画的是吕西安“独特”的成长道路。因为在存在主义视域下，对什么是成长，什么是成熟，对一个人从童年到青年阶段的发展会有独到的理解和期待，会从存在主义的立场和视角设置一系列坎坷和难关考问人物。这些理解和期待、坎坷和难关以世俗眼光看，或许颇为“怪异”，与常情常理有较大背离，让人滋生种种不解。但在存在主义哲学设定的场域下，吕西安的成长具有合理性，他的种种心理和行为在置入存在主义哲学框架下才能得到恰当的解释和说明。

吕西安童年生活的主要特征是什么呢？我们可以把他的存在特征概括为“昏昏沉沉”。年幼的吕西安为什么会“昏昏沉沉”？这一“昏昏沉沉”的状态是如何形成的？它对于吕西安的成长和发展具有什么意义？这是阅读这篇小说首先面对的问题。

1．角色的“错乱”

小说为吕西安设置了这样一个成长环境：吕西安是一个小男孩，举止乖巧，聪明伶俐，善于讨巧，很是可爱。父母给他穿上了小天使服装，这使大家都把他当做了一个可爱的小女孩。

吕西安父母的朋友抱他、亲吻他，大家不约而同地称他为“小女孩”。吕西安也努力按照一个小姑娘的样子去生活，白天一整天穿着裙子，晚上睡觉才脱下来。早上一觉醒来，第一眼看到的就是放在床边的裙子。他要撒尿，必须像小姑娘那样撩起裙子。作为小女孩，吕西安内心充满柔情，嗓音变得又尖又细，甚至产生了一股冲动，“想亲一下自己的肘弯”。他和小朋友玩得正欢，父亲过来一把抱起他，对他说："小娃娃！"他想喝一杯橘子水，遭到拒绝，因为橘子水是冰冻的，最后大人们按照小姑娘的礼节和待遇只给他的小杯子里倒了一点点。

这样的描写来自萨特早年的经历。萨特幼年也曾被当做小女孩，那时他留着金黄色的披肩卷发，穿着天蓝色裙子。后来年龄稍大，外祖父背着孩子母亲，把小萨特的一头长发剃掉了，使他恢复了一个男孩子的外貌。在外祖父看来，一个男孩子就应该有男孩子的样子，不应像女孩子那样留着长长的披肩波浪发型，所以毫不犹豫地把母亲为小萨特精心修剪和护理的漂亮长发剪掉。在外祖父看来，他的做法合情合理，完全正当。没想到的是，这次剪发对萨特的打击很沉重，且影响深远。原来大家都赞美萨特是一个漂亮的小女孩，他接受并且真诚地相信大家的赞美，为自己是一个众人心目中漂亮的孩子而沾沾自喜。及至剪发后，他突然发现了自己的庐山真面目。原来他的外貌如此不堪，他根本不是一直以来大家赞美、他自己也洋洋自得的那么漂亮，这一打击的阴影在萨特心灵上保留了很长时间。小说中萨特幼年的这段经历被借用，但经过了巧妙改造，目的是为了适应小说艺术表现的需要。

吕西安成为人们眼中的小姑娘，他欣然相信并且接受这一切。大人们用一个小姑娘的标准要求他，用可爱的小姑娘标准对他进行定义和充实。人们对一个美丽小姑娘的赞美，吕西安照单全收，并且陶醉其中。但这些来自大人们的充实无法一竿子插到底，也不可能完全彻底，因为吕西安在接受和享受这一切时，内心深处隐隐约约地又在提醒自己，他毕竟是一个男孩子啊！他是一个男孩子，这是确定和不争的事实，对此吕西安完全心知肚明，他并没有昏头昏脑到连基本事实都分辨不清的地步。所以，对于大人们的赞美，他隐隐约约地感到，"这一切都不能当真"。

吕西安穿着小姑娘的花裙子，却以"一个小男人的身份"与母亲交谈。不仅如此，他还通过想象，构筑了一个又一个"错乱"场景。吕西安要求母亲讲一讲她儿时的故事，母亲答应了，娓娓道来，可是吕西安听着听着就走神了，他的思绪悄然飞走了。他摸摸母亲脖子上的发卷，怀疑她是不是真正的母亲。也许她在撒谎，说不定她从前也是一个小男孩，只不过人家给她穿上了袍子，就像人们现在给吕西安穿上袍子一样。她是一个小女孩，也许像他一样是装出来的。如果脱掉妈妈的袍子会发生什么呢？她还是一个女人吗？或者给她穿上爸爸的裤子，"说不定她会长出一脸的络腮胡子，变成一个可怕的畜生”。妈妈会变成一个长出胡子的女人吗？就像吕西安在集市上看到的一个妇女，长着胡子，张开嘴巴哈哈大笑，吕西安看见了她的红舌头和喉咙深处，觉得恶心，真想吐一口痰进去！

吕西安对妈妈产生了怀疑，她是不是自己的妈妈，她是一个真实的妈妈吗？他直截了当地向母亲提出这个问题，母亲觉得吕西安很调皮，认为他的问题完全是“无厘头”，所以漫不经心地说回应了一句：“小傻瓜！”吕西安心里顿时涌起了一种感觉：她在演戏。吕西安之前曾夸口，说长大后要娶母亲，恐怕以后再也不能傻头傻脑地说这种话了，因为难以断定她是不是自己的妈妈。他的母亲，他的父亲，他们的真实性都值得怀疑。也许在一个月黑风高的夜晚，强盗们把他的真实父母悄无声息地掳走了，把现在的这两个人放在床上。白天他们扮演父母，演得很逼真，很成功，可到了晚上，他们也许变成另一副样子。

不仅他的父母在演戏，吕西安相信其他人也在演戏。譬如圣诞老人就在演戏，他背囊里的玩具都是偷来的。在一个演戏的世界里，没有人只有一个固定身份，没有人先天注定了只能扮演一种角色。人们给吕西安穿上一件裙子，他摇身一变成为一个小姑娘，给她的妈妈穿上一条男人的裤子，忽然间她会长出男人的胡子。戏剧世界是一个云谲波诡、变化多端的世界，出现在观众面前的人物虽然个个逼真，但不能当真，吕西安不能把扮演角色的人物当成自己的爸爸或妈妈。

吕西安的存在变成了舞台，生活的常规变成了演戏。既然是演戏，当然离不开想象，在想象中角色可以任意变换。吕西安坐在一颗栗树下面，两手抓满了泥土，想象离开了父母，告别了温馨家庭，他变成了一个孤儿。“我会成为一个孤儿的，名字就叫路易，我已经六天没有吃饭了。”在想象中，吕西安被一伙强盗收容，训练成一个扒手。这是吕西安通过想象给自己的定位。到了午饭时间，按照这个角色的规定，他必须吃得少，喝得也少。吕西安从一本小说里读到，一个饿坏了的人第一次吃饭不能狼吞虎咽。吕西安看到妈妈因为她的小宝贝吃得太少而愁眉不展，这副苦恼不堪的样子在他看来正是在演戏。他的父亲吃完饭后轻松地坐下来，若无其事地读报，在吕西安眼中，也是在演戏。不错，大家都在演戏，每一个人都在认认真真、浑然不觉地扮演规定的角色。可是演什么呢？他是演一个孤儿还是演吕西安呢？他有些犯迷糊，角色的变化给他带来困惑，不过他的肚子倒是一点不含糊。吕西安的肚子是“实实在在”的，它不会演戏，不会扮演饥饿。由于中午吃得少，此刻吕西安是“扎扎实实”地饿了。吕西安无法暂缓饥饿，也不能减轻饥饿，因为他的肚子拒绝演戏，他的存在此刻就是饥饿，所以他一下子偷了十来个李子狼吞虎咽地塞进肚子里，差点消化不良。他为自己的行为辩护，寻找的理由是：“他扮演吕西安已经够多的了。”

吕西安对自己角色和身份的疑惑给他的世界带来了“松动”，导致世界具有了虚幻性，他的生活犹如一个舞台，其存在在摇摆不定中变得“朦朦胧胧”。吕西安按照成人世界的规定认真和努力地扮演着小姑娘角色，同时又不可避免地对这一角色的真实性产生动摇和怀疑，由此开启了其“昏昏沉沉”的存在状态。

2．“虚无”的萌芽

为什么吕西安的存在能够变成一个舞台，这个舞台上活跃着各种角色，他们披上了形形色色的外衣，一个个都煞有介事地在演戏？为什么吕西安会质疑他的父母的真实性？为什么他不能心安理得、踏踏实实地做一个小姑娘？按世俗看法，这是因为吕西安生性好动，喜欢质疑，或者扮演小姑娘角色与吕西安是一个男孩子的“事实”发生冲突，由此导致吕西安的存在产生了一系列“矛盾”。存在主义对这个问题的看法更深入一步，它要从源头揭示产生这一问题的真相：吕西安之所以陷入“昏昏沉沉”状态，不单纯是外在的事实性矛盾促成的，不是外在现实把吕西安变成什么样，而是吕西安的存在始终萦绕着一种神秘感，他的存在笼罩在一片虚无中。换言之，吕西安的存在总是不那么扎实，他脚下那块“小姑娘”的土地始终是松软的，一有“风吹草动”就会开裂甚至塌陷。

小说中，吕西安存在的虚无感是通过艺术化描写表现出来了的。

吕西安喜欢做梦，他在梦境中看见了一条“又长又暗的隧道”，只有一盏蓝色的小灯照明。“在这个蓝色幽暗的隧道深处，有个东西在移动——那是白色的东西。”这个白色幽灵式的东西引起了吕西安的好奇，这是什么东西？为什么会如此这般地闪烁不停、吸引他的关注？他能够把这个影影绰绰、不断闪现的东西抓住吗？他能够把这个东西像个宝贝似的捧在手里，里里外外仔仔细细把它看得一清二楚吗？正当吕西安思忖时，灰蒙蒙的隧道突然消失了。它是怎么消失的，事先没有任何兆头，事后也没有线索可以追踪，真可谓来无影去无踪，很是神秘。吕西安想一把抓住那个白色、不断移动、虚无缥缈的东西，他想把自己的存在“坐实”，但根本做不到，虽然他努力了，可总是功亏一篑。

小说为什么要在吕西安的存在中注入一种神秘的、虚无缥缈的东西呢？为什么这道蓝色的虚无之光对于吕西安的存在那么重要呢？我们可以说，这道虚无之光是吕西安存在的“法宝”，因为他没有任何别的方法，惟有凭借这道虚无之光，才能保证他的存在不被“小女孩”充实。换言之，凭借这道虚无之光，吕西安的存在才能从此一劳永逸地告别清晰、凝固、明确、可以被界定为一清二楚的单一状态。在“昏昏沉沉”的状态下，吕西安的存在呈现为模模糊糊、朦朦胧胧的，无法用一个概念、一个标准、一个模式、一个套路去定义和衡量。正是吕西安的存在具有这一特性，他才能如鱼得水，辗转腾挪，灵活自如地变换视角和角色，审视对方，审视世界，而且还能扪心自问、反躬自省，如此他才能把自己的存在变成一个趣味盎然、变化无穷的大舞台。

吕西安的这一存在状态与他的表兄里利截然不同。里利比吕西安大六个月，但在许多方面还很幼稚。吕西安想教给他一些游戏，但里利却一门心思憎恨德国佬。很显然，与吕西安比较，里利态度明确，立场坚定，在大人世界分配给他的角色上平心静气地“安身立命”。里利的世界清晰固定，有板有眼，绝不像梦幻泡影般地变幻莫测。里利是一个被充实、被定型的孩子，他对许多事情的理解生吞活剥地接受成人世界的观点。里利是一根筋，像个小大人，说着大人的语言，好像很成熟，实则头脑简单。

小说设计了一个情节来揭示两个孩子的差异。有一天里利把他的小便器官露出来给吕西安看：“你瞧它多大，我是一个大孩子了。等到它完全长大之后，我就是一个男子汉，我要到战壕里去打德国鬼子。”里利鉴别一个人成熟与否采用的是“物”的标准，在他看来，小便器官长大，人就成熟了。这种成熟充其量只是身体的成熟，不是智力的成熟，更不是心态和人格的健全。但里利不懂这些，他执着于“物”的标准，坚持要与吕西安小便器官比较一下。里利之所以用“物”的标准进行判断和比较，源于其存在本身就处于“物”的状态。对于这种肤浅观念，面对里利不可思议的执着，吕西安不由得哈哈大笑。但里利不以为然，固执地要比较一下，执意要求吕西安把小便器官掏出来。经过一番比较，里利断定自己的大，吕西安的小一些。可是吕西安不服气，发现里利有作弊嫌疑，故意把他的器官拉长了。但里利非常顽固，叫嚷：“我的最大！”

吕西安不服气，但这方面确实没什么优势，占不到便宜，他赶紧转换话题，声称自己是一个梦游患者。什么是梦游患者？里利大眼瞪小眼，一窍不通，僵在那里，不知如何回应，这下子轮到吕西安大显身手了。他耐心地向里利解释什么是梦游患者，梦游患者会有哪些表现，并且约定，第二天晚上里利不能睡觉，必须观察吕西安的一举一动，并且记录他所做的一切。关于梦游患者的故事吕西安是从阅读过的一本书里得来的，读完之后，吕西安大受启发，他“按图索骥”地推导，认为自己的生活犹如一个梦游患者，白天戴着面具演戏，只有在晚上，才会有一个真正的吕西安出来走动，他对这个真正的吕西安深感兴趣，希望里利能够帮助他“逮住”这个真正的吕西安。可是到了晚上，里利的表现令人失望，他呼呼大睡，早把白天的约定丢到爪哇国去了。倒是吕西安睡意全无，他催促里利赶快醒来：“你应该观察我！”

吕西安在梦游中，不可能知道他究竟做过什么，不可能知道那个在夜深人静的时刻出来活动的“真实的他”究竟是什么。当然，呼呼大睡的里利不知道，吕西安的父母也不知道，世界上没有人能够知道，因为所有的人都一样，谁能在夜晚悄无声息地潜入吕西安的梦境呢？但是，除了人之外，有一样东西应该知道吕西安的一切，按照成人世界的规定，这就是天主。按照基督教定义，天主是万能的，既然是万能的，当然就无所不知，所以天主理所当然地了解并且掌握吕西安的一切。对于天主的智慧，人们心存敬畏，可对于吕西安，仅凭这一点，就给了他足够的理由憎恨天主。为什么“仁慈的天主知道关于吕西安的事情比吕西安更多”？这让吕西安大惑不解。一般人对于天主的态度是敬畏和服从，可是吕西安有所保留，他对大家习焉不察、默默接受并且习以为常的事情总是产生各种各样的疑问。

成人世界已经接受天主万能的观念，吕西安的一切逃不过天主的眼睛，就连最隐秘的事情，天主都能尽收眼底。所幸的是，吕西安有一个独家秘笈，他发明了一个逃避天主的方法。他会拍一下额头，说一句自己发明的咒语，万能的天主立刻失灵。吕西安每每在关键时刻祭出这个“杀器”，天主立马“服软”，忘记所看到的一切。天主虽然是万能的，但在吕西安的咒语面前，天主会有所“遗漏”，或者说，天主的“漫不经心”会网开一面，给吕西安的灵巧躲闪提供了机会。吕西安不像其他孩子，被神明打动和掌控，默默地守候在那里，双脚好像灌了铅一般的沉重，牢牢地被坚实的大地所吸缚，乖乖地期盼天主播撒福音，把一个个紧箍咒套在自己头上。吕西安闪躲有术，能够灵活地避开天主向他伸来的无所不在的大手，他存在中那道虚无之光能够恰到好处地为他开辟出新的天地，这使吕西安可以在天主巨大手掌的缝隙中不时地探出脑袋，看到一个天主之外的新奇世界。

小说表现吕西安取缔天主的方法非常戏剧化，这与萨特在十二岁时决定不再信仰上帝的情形如出一辙。萨特在去学校的路上，为了打发时间，开始了有关上帝的冥想。在他眼中："上帝突然蹒跚地走向蓝色的天空并且没有缘由地消失了，他并不存在，我这样对自己说。"[①] 这种质疑上帝的方式虽然不是哲学式的，但效果不差。吕西安向天主敞开胸怀，用整个心灵拥抱天主，但在心灵隐秘处，他总能为自己留下一片天地。这片天地是天主"看不见、管不着"的，是天主威力失去效力的地方，也是他为自己保留的一块神圣的"虚无"之地。因而当吕西安按照成人世界的要求，像虔诚的基督徒那样有模有样地念念有词，他把内心的广阔领域交给了天主，但仍为自己保留了一个小角落。在这个角落里，他可以自己做主，怀疑一切。当然，有时天主也能够发现这个小角落，这种情形下，一个人的思想与他的说话完全一致，但对于吕西安，出现这种情形最多只是一瞬，"就如同吕西安试着把一张椅子站定在两只脚上一样，不能持久"。或者吕西安运用自己的办法，拍拍脑门，说一句咒语，仁慈的天主顿时威力不再，刹那间消失得无影无踪，他就从天主布控的天罗地网下逃脱出来了。吕西安多次玩过这种游戏，虽然每一次他都要"费太大的劲"。

吕西安的孩童阶段与一般孩子有显著不同。一般孩子以里利为代表，诚心诚意地接受社会赋予的一切，心悦诚服地在流行的立场和态度里循分度日，规行矩步。里利这类孩子容易被社会塑型，并且迫切追求和满足于被塑型。相比之下，吕西安的存在比较"顽固"，他在"昏昏沉沉"中不那么顺遂，不那么容易就范。他的存在不像一块泥巴，可以被外力随意揉来捏去，也不像一块木头，对外在世界没有反应。本堂神甫认为吕西安是整个教理问答课中最虔诚的孩子，他的悟性很高，记忆力也好，"只是他的头脑里全是雾水"。吕西安有极高天赋，但"他的脑袋里全是雾水"，本堂神父的评价恰如其分地概括了吕西安的存在特征。吕西安脑子的一团"雾

---

① 〔美〕克里斯汀·达伊格尔：《导读萨特》，傅俊宁译，重庆大学出版社 2015 年版，第 50 页。

水”把他变成了一条滑不溜秋的“泥鳅”，使他在任何强力面前都可以轻易挣脱，这使外界力量无法对他像对里利那样塑型。

满脑子“雾水”的吕西安敏感地关注世界的变化，但又不会被外界变化的力量所“裹挟”，他接受现实的影响，又能够抵御各种无情力量的控制。由于吕西安的“脑袋里全是雾水”，他的存在总能拓展出一片虚无，它既是吕西安投入世界的力量，又为他超越这个世界提供充足动力。投入不会像里利那样被塑型，超越不是与这个世界无关，一股脑地遁入梦幻缥缈中。吕西安的存在就是演戏，他的世界既真实，又虚幻，真实建立在虚幻上，虚幻不断拓展真实，为真实奠定基础。弱智的里利不会演戏，终将堕落为物的存在，没有什么价值，就像吕西安用他的白色手杖狠狠砍断的路边花草一样。

以正常人眼光看，吕西安的世界常常是漂浮和混乱的，缺乏稳定性和真实感。这个小家伙不时会神魂颠倒，他的存在中总会发生一些稀奇古怪、莫名其妙的事。

3. 存在主义视角下的“成长”

从存在主义哲学看，一个小孩子来到这个世界完全是偶然的，这个世界从根本上说对他是荒诞的。

这里荒诞的意思是，这个小孩子既不“认识”也不“理解”他来到的这个世界，这个世界在他出生之前已经存在了许久，已经有许多规定，这些规定延续多年，获得了种种合理性，被大人们承认、接受并且深信不疑。但对于这个孩子，所有规定都是外在的、陌生的，其实都与他不相干。这是说，这个孩子的初来乍到不是为了与这个现成的世界一一“合拍”，没有任何一种力量在他还没有出生之前，就先天地把他塑造成与这个世界完全“接轨”，没有任何一种力量可以武断地宣布：这个孩子来到世上，从他呱呱坠地始，命运就已经注定了，他的存在就是要与这个现成世界的各种规矩“严丝合缝”地“对接”。在这个意义上，吕西安的存在必然与这个已经给定的世界方枘圆凿，这个世界与他“风马牛不相及”，还谈不上支配他、驾驭他，这个世界对于他的存在没有任何先天和内在的合理性，这使世界对于这个孩子是“荒诞”的。

但是一当孩子介入世界，世界就开始“毫不留情”地规定他。对于吕西安，世界的规定有些“特别”。吕西安是一个男孩子，这一点本来非常清楚，没有疑问，但当吕西安的父母和他们的朋友们不断夸赞他“真是一个漂亮的小女孩”，这种赞美纷至沓来，人世间的这些规定不断充实吕西安，问题就变得有些复杂了。成人世界给吕西安的定位，带给他的“压力”使他迷惑不解，令他在确定自己的真实身份时有些惶惑和混淆。他知道自己是一个男孩子，可是为什么周围人都把他当做一个可爱的小女孩来赞美？在这一刻，在众人一致的赞美下，“他害怕人们突然决定他再也不是一个男孩了”。他的存在本来是一个清清楚楚、确定无疑的“是”，现在这个“是”却遭到了成人世界强有力的否定，这使吕西安的存在在“是”和“不是”之间摇摆不定，他的性别和身份的界限有些松动了、模糊了，导致“他对自己不是一个小姑娘，也有点动摇了”。

吕西安的世界是一个戏剧世界，而一个戏剧世界就是“无根”的世界，这个大舞台上一切都是松动的，缺乏牢固基础。正是由于万事万物缺乏牢固基础，这个世界才变得生动有趣，像万花筒那样不断变幻出无穷的色彩和图案。但另一方面，虽然吕西安的世界不够“结实”，不够“牢靠”，但这并不意味着整个世界都是“松松垮垮”的，都不“成形”，整个世界都遁入虚无中了。在吕西安眼中，至少成人世界还是很“坚实”、很“稳固”的。这个成人世界棱角分明，界限清晰，一切都是黑白分明、清清楚楚的，对这个成人世界，吕西安观察得很仔细，有自己的一番感受。

吕西安常常演戏，但布法迪埃先生却不如此，他的世界很有条理，很讲规矩。布法迪埃先生笑不改容，对这个世界的条条框框深信不疑。布法迪埃先生待人真诚，处事稳健，博得众人的敬重。他反对游戏人生，他的世界没有荒诞离奇，而是充满了庄严和凝重。布法迪埃先生每次来吕西安家里吃饭总要俯下身子吻吕西安妈妈的手，一边吻一边说：“亲爱的夫人，向您致敬。”吕西安站在一边，看着布法迪埃先生的举动，产生了庄重和崇敬心情。尽管如此，在他眼里，布法迪埃先生的庄严感多少还是打了折扣。他模仿布法迪埃先生，对妈妈说：“亲爱的夫人，向您致敬！”妈妈弄乱他的头发，对他说：“这不好，你不该嘲笑大人。”吕西安有些沮丧，原来这个成人世界不是他轻轻一跨就能进入的。这个成人世界对吕西安越来越有吸引力，他开始感受这个井井有条的庄严世界带给他的快感。

每月总有几天许多太太到吕西安家里做客，她们穿着宽大厚实的黑色丧服，营造了一种特殊效果，即“人们无法想象丧服下面有什么”。这些女人被她们的服饰所代表，她们的身体被厚实的衣服完全遮掩了，她们的存在悄无声息地转化为特定的社会符号，并且被这些符号完全充实，她们聚在一起俨然成为一个安稳和谐的小社会。她们什么都吃，什么都谈，叽叽喳喳，趣味无穷，“连她们的笑声都很庄严，真像在望弥撒时一样美好”。尤其让吕西安得意的是，她们絮絮叨叨地谈论他，拿他像一个大人物似的对待，这让他觉得自己“有点了不起”。库凡太太把他抱在膝盖上，赞扬他是“所见过的最标致可爱的小宝贝”，同时问他将来要做一个怎样的人，吕西安善于把握时机，逢场作戏手到擒来，这种场合不会浪费机会。他不负众望，充分施展演技，回答说他“要做一个像贞德那样的伟大将军，要从德国人手里把阿尔萨斯和罗兰抢回来”。这个回答赢得了满堂彩，众人纷纷向他竖起了大拇指。

吕西安演起戏来得心应手，有时也会遇到困难。有一次本堂神甫郑重其事地问他是否爱妈妈，吕西安回答“是的”，一边说一边盯着神甫，“神情像一条好汉”，一下子把大家逗乐了。神甫认为吕西安的回答非常好，因为按照这个世界的规矩，一个孩子就应该爱妈妈，而且要永远爱妈妈。让吕西安没有料到的是，神甫接着换了更严肃的声调问他：“妈妈和天主他更喜欢哪一个？”吕西安马上僵住了，这个问题显然有难度，他从来没有考虑过这方面的问题，根本回答不出来。吕西安僵在那里，这个戏无法再演下去了，他只好不断晃动卷发，用脚向空中乱踢，嘴里发出一些怪音，以这种方式来摆脱窘境。

吕西安的生活是在虚幻世界与现实世界之间不断穿梭，他不是生活在虚无缥缈中，也不是生活现实的条条框框里，他在这两个世界来回“跳跃”和“穿梭”，这个“穿梭”和“跳跃”虽然不容易，却构成了他的真实世界。

吕西安记住了本堂神甫的教导，一个小孩子“应该爱妈妈！爱妈妈”！他不断重复这句话：“我爱妈妈！我爱妈妈！”他听到了一个孤寂的声音在叫喊：“我爱妈妈！我爱妈妈！”他越是这样对自己说，越是反复叮咛自己，越是强调自己爱妈妈，就越感到自己的声音有点怪异，蓦地他突然“极端恐怖”，他一下子意识到了，或者说明白了，这样做并不表明他真的爱妈妈，实际上他并不爱妈妈。正因为他有可能不爱妈妈，所以他不断叮嘱和强调自己要爱妈妈。他命令自己爱妈妈，源于他并不爱妈妈，至少对他而言仍然存在着不爱妈妈的可能性。因为不爱妈妈，所以这个不断要求自己爱妈妈的命令才能成立。如果他已经全心全意地爱着妈妈，爱妈妈的感情已经完全充实了他，“爱妈妈”的这道命令对他还有什么意义呢？正如一个墨水瓶被其内在规定完全充实，它就无法动弹了，就只能老老实实、服服帖帖地接受成为一个墨水瓶的命运了，它就不再可能要求和强调自己应该或必须是一个墨水瓶了。吕西安的想法表明，他想按照本堂神甫的要求做，但这种“做”本身就意味着，他实际上还是一个有可能不爱妈妈的孩子。发现这一点，吕西安没有什么罪恶感，但从此之后，他对妈妈加倍亲切了。他心里想，他要扮演一个爱妈妈的孩子，至少“他必须终生装出热爱父母的样子，否则就是一个坏孩子”。看到妈妈在花园帆布椅上休息，吕西安马上找来枕垫，塞在她的脑袋下面，或者在她的腿上铺一条毯子。弗勒里埃太太发现吕西安越来越体贴，越来越可爱，感到很幸福，但她对吕西安内心世界的变化一概不知。

幼小的吕西安非常敏感，探索的触角伸向四面八方。吕西安对妈妈说：“我的漂亮妈妈！”弗勒里埃太太心花怒放，欢天喜地，立刻笑了起来。看到妈妈开心的样子，吕西安想，这句话真管用，一下子就改变了妈妈的心情。吕西安如法炮制，对着女仆热尔梅娜叫了一声“火枪”，热尔梅娜感到委屈，立刻哭了，跑到弗勒里埃太太那里告状。奇怪的是，吕西安对着栗树叫了一声“栗树”，然后慢慢等待，周围一片死寂，什么都没有发生。他不由得嘀咕道：“该死的树！”可那棵栗树还是厚着脸皮，纹丝不动，平静得仿佛木头一般。吕西安有点气恼，大声喊道：“该死的树！该死的树！”他上去踢了几脚，栗树依旧岿然不动，周围什么都没有发生。吕西安立刻发现区别了：妈妈和热尔梅娜对他的话都有回应，尽管她们的反应很不一样，但栗树对他的所有举动没有任何回应。一个是人的世界，一个是物的世界，它们的区别多么大啊！人的世界是温暖的、有趣的，物的世界是冷漠的、麻木的。一般孩子对花花草草和动物世界有特别的趣味和留恋，吕西安不同，这方面表现出特殊的“早熟”。他渐渐变得“冷血”，对物的世界不那么手下留情了，他认为物的世界是惰性和没有价值的，不值得同情。他把玩具都拆散弄破，为的是看看它们是怎样制造的。他用旧刀片割破了安乐椅扶手，弄翻了客厅里的陶土塑像，想搞清楚里面是不是空心的。散步时他用手杖无情地砍断花草，他对这些花花草草没有一丝怜悯，只是感到深深的失望，因为“他觉得所有的东西都很愚蠢，它们都不真正存在”。妈妈指着花或树问他：“这叫什么？”吕西安摇摇头回答：“什么都不是，它们没有名字，这一切并不值得人去关心注意。”吕西安对动物也没有什么怜悯心，他残忍地拉断蚱蜢的脚爪，还想伤害一个会叫的畜生，比如一只母鸡。只是他还有点胆怯，不敢接近母鸡。

年幼的吕西安已经从自己的生活经验对人与物的世界有所分辨了，他对物的世界没有多少好感，不仅仅是因为物的世界是冰冷和麻木的，更因为它是沉默和惰性的，缺少价值和意义，不值得留恋和关注。萨特的存在主义哲学推崇人，弘扬人的价值，用物的惰性和死寂反衬人的灵性和自由，这种思想在童年的吕西安身上已显端倪。

吕西安把他的发现告诉妈妈："你知道吗？妈妈，那些树都是木头做的。"他边说边做出惊奇的样子，通常妈妈最喜欢他这个样子了。弗勒里埃太太感觉粗疏迟钝，根本没有意识到儿子的问题的意义所在。她认为吕西安傻头傻脑，提出的问题何其愚蠢。树木毫无疑问就是木头，这是基本常识啊！吕西安对基本常识表示惊奇，是不是脑子有毛病啊？可是弗勒里埃先生不同，他从吕西安提问的"蛛丝马迹"中发现儿子变了，不仅变了，而且变化不小，甚至变得让他有点不认识了，这多少让他有些惊讶。弗勒里埃太太还是按照过去的做法，想再教给吕西安一些游戏，可是吕西安对这些游戏已经不感兴趣了。吕西安觉得妈妈教给他的所有游戏都差不多，他玩这些游戏已经有点腻烦了。年幼的吕西安在生活上还要依赖母亲，但在思想的活跃程度上已经走在前列了，他关注一些他的妈妈不曾留意的问题。

存在主义认为，一个人的成长端赖于他是自由的，如果生来被定型，存在被各类本质无情锁定，人就无法成长和发展。像里利这样的孩子也有未来，这个未来不是悬置在虚无中，而是被过去充实。从里利的未来看到的不是风险和挑战，而是"死水一潭"的沉闷过去。吕西安相对里利的优势在于，他的存在是"昏昏沉沉"的，那道虚无之光始终伴随着他，把他推向未来的冒险，这为他的成长和发展打下了坚实基础。

二、朦胧中的"开窍"："自我"的迷惑

入学后的吕西安仍然延续"昏昏沉沉"状态，它现在有了新的表现形式。

1. 吕西安存在的两面性

吕西安是优秀学生，甚至优秀得有些出类拔萃。但他的表现又不免令人遗憾，他的许多行为根本配不上优秀，不得不让人惊讶和怀疑他的优秀

是怎么得来的，吕西安常常能够把许多通常是不相容的东西“统一”在自己身上。

在院长神甫眼中，吕西安待人彬彬有礼，学习成绩优异，按此标准，他应该是一个让家长和老师都称心如意的好学生。可这个好学生的麻烦在于，他对一切“正事”提不起兴趣，这让弗勒里埃太太非常失落和沮丧。她原本以为上了学，换了新环境，吕西安多少会有些长进。她问院长神甫：“至少他在课间休息时总会玩玩游戏吧？”院长神甫指出，吕西安对游戏不感兴趣，“他有时很吵闹，不过很快就厌倦了”。院长神甫对吕西安的评价是，“我认为他缺乏恒心”。

吕西安不喜欢上课，沉闷的课堂让他厌烦。他借故上厕所，离开教室。他并没有小便，但为了“问心无愧”，还是蹲了下来。此刻厕所没有人，安静且凉爽，吕西安对厕所门上“肮脏”的涂鸦文字兴趣盎然，一行行读了下去。其中有一行用蓝铅笔写道，“吕西安•弗勒里埃是一支高大的芦孙（笋）”。他随手把这一行文字擦掉，但这句话还是给他留下深深的印象。不错，他是高大的，他比其他同学高出一头，但对于自己的高大，吕西安没有丝毫的骄傲，反而羞愧万分。这不仅因为高大身材惹来同学背后嗤嗤地讥笑，更是因为这个高大是由某种超越他的力量造成的。他“好像被施了魔法，今后必须长高，不断地长高”。他因此而烦恼，问父亲“他能不能变得矮小一些”，他讨厌长得这么高大。父亲告诉他，这不可能，“因为弗勒里埃家族的人个个都是高大强健的”。受家族遗传影响，吕西安没法不高大，他必须高大，只能高大，他没有权利决定自己的身高，因为他的身高不是选择的对象。也就是说，这个躯体完全可以“绕”过他，不经过他的同意就向四面八方随意扩展。吕西安对发生在自己身上、他注定无能为力、无法改变的事情很是失望。

有关吕西安身高的描写可以追溯到萨特本人的矮小身材，其实这不过是萨特对自己矮小身材念兹在兹的一种心理投射。生活中的萨特比别人矮一截，所以在作品里他必须高大。吕西安不仅身材高大，而且还夸张到讨厌自己高大，千方百计地阻止自己高大。身材的高大惹得吕西安非常不高兴，他对自己的高大身材束手无策，正如生活中的萨特对自己的矮小身材束手无策一样。可以说，吕西安的高大身材是对萨特矮小身材的有力“报复”，萨特在作品中借用文学手段把长久以来遮蔽在心头的这道挥之不去的阴影“合理”地一扫而光。

教室里，同学们都专心致志，安心听课，吕西安心不在焉，忐忑烦躁。为什么呢？原来坐在后面的同学可以直接看到他的后颈背。他有一个后颈背，他自己看不到，但坐在后面的同学却看得一清二楚。由于看不到，吕西安几乎忘记自己还有一个后颈背。每当站起来回答问题，背后的同学注视他的后颈背，窃窃私语："脖子真瘦！"吕西安可以随意指挥他的瘦脖子里的两根声带，"要高就高，要低就低"，但他的后颈背静静地默无表情，始终暴露在别人目光下，好像无奈地表示沉默和认可，他对这一点无能为力。人能够照顾自己的脸面，仔细化妆，巧妙修饰，但几乎忘记了还有一个后颈背。这就是说，人无法对自己从头到脚进行全方位地修饰和包装，他总会有所"遗漏"。不是他不小心，不是他一时疏忽导致"遗漏"，而是这些"遗漏"属于"防不胜防"，对于人的存在而言，这些"遗漏"不可避免。人一旦可以把自己全方位地包裹起来，这意味着什么呢？意味着人已经被本质定型，人的存在完全被封闭。只要人的存在扎根于虚无，人就不可能全方位地包裹自己，他总会有所"遗漏"，他必定会暴露在他人目光下，接受他人目光的"扫射"和"挑剔"。人生于世，无论如何必须生活在他人目光下，对此吕西安无从反抗，只能默默承受。小小年纪的吕西安对人必须暴露在他人目光下、面对他人目光的扫射、无奈地接受各种"窃窃私语"这一存在主义特别关注的场景已经有了深切感受。

吕西安的脑子里装的都是一些古灵精怪的东西。他最心仪的时刻不是读书，而是打呵欠。打呵欠时，"好像有一个空心球抵住他的嘴巴，使嘴巴张开地恰到好处，既不能把球吞下，也不能咳出来"。"那空心球逐渐涨大起来，温柔地抚摸他的上颚和舌头，导致眼泪滚下他的脸颊"，这一刻是最舒适的，他在厕所里也没有这样开心过。冬天，吕西安坐在壁炉前，脑袋伸向炉火，烤得通红，他的脑袋"一下子就变得空空洞洞，了无一物"。对吕西安的这些表现，弗勒里埃太太看在眼里，急在心里，她对丈夫说，"他小时候多么聪明伶俐，如今你瞧他那副傻样"。吕西安很不争气，上课不认真听讲，瞌睡连连，他兴致勃勃地研究起自己的瞌睡，发现他的睡眠是"白色的，而且不时被闪光穿透"。

吕西安的兴趣千奇百怪，有个同学只有一个睾丸，收费两个苏让人看一眼，十个苏可以摸一摸。吕西安付了十个苏，伸出手来，犹豫片刻，没有摸就走开了，后来为此后悔不迭，以至于许久睡不着觉。吕西安把精力都用在了不该用的地方，他翻阅父亲的医学辞典，对"子宫"这一条目格外感兴趣，下了一番功夫认真阅读，暗地里把书上说的一切都记在心里。随后他滔滔不绝地向同学解释女人的生理结构，听完后大家说他很下流，但以后他们谈起“管子”都忍不住哈哈大笑。吕西安自鸣得意，认为在整个法国，没有一个二年级的学生能够像他那样熟悉女人的性器官。

孔多塞中学基础数学班有三十七位同学，其中八个同学自称“懂得人事的人”，其余者在他们眼里都变成了“童男”。起初，这些“懂得人事的人”也没有把吕西安放在眼里，直到有一天他和一个自称“最懂得人事”的学生散步，他抓住机会，故意漫不经心地夸夸其谈，一个劲地卖弄解剖学知识。他讲得那么带劲和自信，令对方大为惊异。从此之后，大家对他刮目相看，他在“懂得人事”的学生心目中再也不是等闲之辈了。吕西安虽然没有加入他们那一伙，但赢得了对方尊重，他与他们建立了“强国与强国的关系”。

吕西安的行为荒诞不经，但他的学业从不让人操心。他考试得了第二名，一连三次获得优秀奖，收获了许多奖品。吕西安的成绩总是一流的，但他不是靠“优秀品质”建立威信，而是通过各种“歪门邪道”令同学折服。

2.“自我”问题的提出

吕西安发明了一种新游戏，他像大人似的坐在浴盆里洗澡，想象有人从钥匙孔里偷窥。偷窥者可能是仆人热尔梅娜，也可能是其他什么人，这一点无关紧要。吕西安故意四面八方转动身体，便于偷窥者能够看见他的身体各个方面。后来他多了一个嗜好，喜欢从钥匙孔里偷窥别人。一来他认为别人偷看他，所以他也要偷窥别人，这种“礼尚往来”是他的报复。二来是他想看看“别人在不自觉的情况下是怎样长成的”。他偷窥过母亲的洗浴，弗勒里埃夫人坐在浴盆里，神情昏昏欲睡，海绵在松弛的肉体上漫无目的地移来移去，她一定忘记了自己的躯体和容貌了。这一刻，在吕西安眼中显现的母亲“就是一块带有粉红色的大肉团，就是搁浅在浴盆里的庞大躯体”。

偷窥设定了一种微妙情境：一个人自以为没有被人看见，处于“放松”状态，好像完全处于自己的世界中。这个世界排除了他人，完全归他一个人掌控，可实际情形并不如此，因为他处于他人目光的注释下。被人注视，并且清醒地意识到被注视，人们当然会注意仪表，会把自己打扮得得漂漂亮亮，把自己的行为修饰得符合社会规范的要求。人们争先恐后戴上面具，为的是更加方便和快捷地融入社会。可是当他自以为是一个人、自以为撇开了所有人关注、完全处于“孤独”中，这种情形下，他会如何“表现”自己？他还需要“修饰”自己吗？偷窥境遇实际上提出的问题是：究竟什么样的人才是真实的人，人在什么样的状态下才能显现真实的自我？戴着各种面具的人与一个真实的人有多少距离和差别？偷窥的“趣味”表明，人开始质疑在日常状态下带着面具的自己，希望能够看见一个卸下所有面具、逃离了他人目光钳制、呈现出真实自我的人。吕西安沉浸于自己发明的游戏中，虽然没有明确提出诸如此类的问题，但他内心的悄然萌动已经开始孕育和指向这些问题了。

为了让吕西安“觉悟”，促使他自觉地提出自我的问题，小说设计了这样的情节：

每个星期四，贝尔特姑妈带着里利到家里吃饭。里利现在变成了一个漂亮青年，穿戴时髦，喜欢哲学，可对数学一窍不通。吕西安不大看得上里利，但还是关照他，主动给他讲解数学。里利像一块木头疙瘩，反应奇慢。吕西安讲得口焦舌燥，面对里利的迟钝无能，他费了很大劲压住自己不发火，尽可能用平稳而冷静的声调说话。弗勒里埃太太觉得吕西安助人为乐是好事，她为吕西安的热肠古道、慷慨相助而高兴。可奇怪的是，姑妈贝尔特对吕西安并不感激。当吕西安主动建议给里利补习功课，姑妈脸色泛红，在椅子上扭捏不安，婉拒道：“不必了，我的小吕西安，你的心很好，可是里利已经是大孩子了。他只要想，就能够做到，不应该养成他依赖别人的习惯。”

对于姑妈的婉拒，吕西安没有往心里去。弗勒里埃太太告诉他：“你也许认为给里利补习功课他就会感激你吧？完全不是那么回事，孩子，他说你自认为了不起呢！”吕西安主动给里利补课完全是一片好心，动机非常“纯洁”，一点没想到回报或感激什么的，所以也没有把“自认为了不起”的话当回事，妈妈的善意提醒他迷迷糊糊地觉得有点讶异，但也没有特别在意。

过了几天，坐在书桌前，吕西安突然问自己：“难道我真的自认为了不起吗？”他尽力回忆他同里利的最后一次谈话，力求用一种不偏不倚的公正态度审视自己的所作所为。莫非是他的说话、他的语调带有自以为了不起的语气，或者他说话的表情不知不觉显露了自负的神气？吕西安尽力搜索，他想把内心里的这个“自以为了不起”找出来，把它清晰地摆在眼前，他想看清楚这个自我。他真的是像别人说的那样自负吗？然而不管抱有怎样的期望，不论多么诚恳，就好像故意玩捉迷藏似的，那个自我在吕西安眼前化为一道白色，变成了“又圆又软像云团似的东西”，出没不定，忽隐忽现。“吕西安用尽平生之力来瞧一瞧这个云团，蓦地里他觉得自己倒栽葱似的跌了进去，完全处在水蒸气中，他自己也变成了水蒸气。”吕西安的自我包裹着一团水蒸气，他伸手想抓住这个自我，就像日常生活中人们伸手抓住身边的这把椅子那样，但这是徒劳的。他永远抓不住自我，他的自我永远也不能像这把椅子那样，完整地、一动不动地立在那里，把自己一览无余地展露出来。原来吕西安寻找的自我不是一件物品，小说的表现赋予它一团水蒸气，这团水蒸气就是一片虚无。无论到哪里，无论何种情形下，白色的水蒸气总是形影不离，永远摆脱不掉似的浮现在吕西安存在的周围。

现在吕西安终于向自己提出了这个问题：“我是谁？”吕西安想，我叫吕西安，这不假，可这只是一个空洞的名字，这几个排列在一起的字母就能够代表我、就能够呈现并且揭示我的存在吗？此刻我处于自己的房间，我在解答一道数学题，我眼睁睁地看着这张办公桌，瞧着自己的练习本。“我是一个好学生，不，这不是真的。因为按照好学生的标准，应该用功读书，可实际上我不怎么用功。虽然得到好分数，但我不用功，可也不讨厌用功……”

吕西安不断追问自己：“我究竟是一个什么样的人呢？”

“我是什么，我？他的周围总是有一团盘旋着、伸延到远方的雾。”“我是谁”是一个必然带有“水蒸气”的问题，它的周边始终环绕着浓淡不一的虚无，注定了这个问题与“这是一把椅子么”有本质的分别。椅子是实实在在的，摆在眼前，随便谁都可以一把抓住，稳稳地坐在上面。“这是一把椅子吗？”这样的问题没有覆盖和缠绕一丝“水蒸气”，因而对它的回答可以有明确答案，这个答案是所有人都能够认同和接受的。但对于“我是谁”这样的问题，答案必定包裹在虚无中，它始终向远方不断延伸和扩展，这个延伸和扩展没有尽头，不能用有限的概念为这个潜藏着无限可能性的问题设置边界。或者说，以概念方式对其限定做肯定性的答复必然失败，这种做法必然是无效的。椅子是什么？是物件，物件的存在是所谓“是其所是”，它是完全肯定性的存在，所以对一个物件的回答可以有确定答案。“我是谁”所要揭示的是人的存在，人的存在是“是其所不是，不是其所是”，人的存在“先天不足”，内在地含有否定，一劳永逸地排除了一切肯定性的支撑。在存在主义看来，人只能把自己的存在奠基于向未来无限延伸的否定性上，所以无法以回答物的方式揭示人的存在。

提出“我是谁”这样的问题具有重要意义，它表明，吕西安不仅关注外面的世界，也开始关注自己的内心世界。吕西安不仅有认识事物的能力，也开始思考自我，具有反思自身的能力。反思自身意味着把握自我的特殊性，意味着不仅要把“我”与“物”区别开来，还要把我与他人区别开来。我的存在具有特殊性，它是完全独特的，是任何东西取代不了的。“我是谁”这一问题的提出迈出了通向自由的重要一步。

里利由于缺乏反思能力，难以对“我是谁”这样的问题发生兴趣。或者说，里利对这类问题的解决方式与回答一把椅子的存在方式是一样的。里利与社会的方方面面丝丝入扣，完全合拍，从存在主义观点看，里利的存在被“注定”了，对于他，“我是谁”的问题早已“解决”了。里利满足于社会的定位，在充实的庸庸碌碌中怡然自得。对于吕西安，“昏昏沉沉”使其存在总是错位的，与社会的要求始终“若即若离”，他的存在隧道尽头永远有一团诱人的白色东西在悄然闪烁和莫名其妙地移动。吕西安可以有这样的想法和期待：他历尽艰辛，费尽周折，终有一天，不负所望，牢牢抓住了这团白色的东西，把它里里外外仔仔细细瞧了个够。但现实是，吕西安永远无法与这团白色的东西“照面”，他永远无法像抓住这把椅子那样抓住这团白色的东西。一当他试图去寻找自我，不仅问题本身被“水蒸气”包围，连试图回答问题的他本人也“倒栽葱”式地陷入到“水蒸气”中了。

只有吕西安的存在才能提出“我是谁”的问题，通过虚无，借助于“昏昏沉沉”的状态，吕西安才能从自身存在启动这一问题，使这类问题的探讨具有意义。

三、贝尔里亚克和贝热尔：介入和超越

我是什么人？这个问题包裹着一团“水蒸气”，弥漫扩散到远方，用概念定义的方式是无解的。对于“我是谁”的问题，没有确切回答，无法找到标准和终极答案，无法对这个问题“一锤定音”，把它“结结实实”地落到实处，这造成了吕西安的人生危机。

1. 贝尔里亚克

探寻“我是谁”的唯一方式是向远方眺望，这个“我”字在吕西安头脑里叮咚敲响，“变成了金字塔的昏暗尖顶，塔身的线条不断地向雾里延伸”。吕西安迷惑不解，难道他必须在探寻自我的道路上一刻不停地走下去、永远不能止步吗？难道对这个问题的探索是无止境的，他找不到自身存在的边界、无法看到一个完整的自我？吕西安好似掉进了虚无的深渊，对自我的追寻着实给他带来了无穷的烦恼和乐趣。

吕西安为了证明自身的存在，必须找到“支撑”，这个支撑不是来自于内心，而是能够在现实中得到实实在在的显现。他最初的想法是在月夜下步行几小时，可是父母不允许他夜晚外出。他只好躺在床上量体温，通过体温计上的刻度显示，明白无误地告诉自己，他是真实存在的。吕西安躺在床上苦思冥想，要是塞住耳朵，闭上眼睛，他能使自己消失吗？如果永远不能像抓住身边的这把椅子那样抓住他的自我，就证明这个自我压根不存在吗？这个问题纠缠着吕西安，他的心里七上八下，十分纠结。他清理思路，酝酿写一篇《论虚无》的文章，想专门讨论一下“存在”的问题。动手前，他征求哲学老师的意见，这位老师说了一句笛卡尔风格的拉丁话作为回答：“你存在，因为你在怀疑你的存在。”按照老师的说法，吕西安怀疑他的存在，可是这种怀疑非但没有取消他的存在，反而证实了他的存在。你可以怀疑一切，但不能怀疑此刻你正在怀疑。怀疑作为否定，导向的却是对自我的肯定。难道他的存在就是他在怀疑吗？他的存在就体现在一系列怀疑活动中吗？当吕西安采取肯定立场，他找不到自我，发现存在陷入了虚无。而当他采取否定态度，如哲学老师所说，却能证明自己的存在。

吕西安的存在到底在哪里呢？这个问题既恼人又有吸引力！越恼人越有吸引力！

吕西安想最要紧的是行动，一篇哲学文章太苍白无力了。他把母亲的镀金小手枪握在手里，扣动扳机，一个活生生的带血躯体倒在地板上，立马就能把这个世界的虚无揭示出来。吕西安凝视着这把手枪，咬住枪管，似乎就要进入临终状态。他想到许多领袖人物都有过自杀的企图，拿破仑就是一个。吕西安想以拿破仑为榜样，为此他又兴趣盎然地读了拿破仑的回忆录。他认为自己必须行动，那几天吕西安异常紧张，“紧张到害怕像玻璃般碎裂”。后来他再也不敢碰那支手枪了，只是久久凝视着这个冰冷而固执的怪物。经历了这次危机，吕西安不仅在思想上触到了他的存在，还延伸到行动，他想用行动证明，什么才是真正的自我。

吕西安不能总是悬在空中，他需要“拯救”，他的危机不可能在心灵中消除，只能在现实中化解。“拯救”吕西安的是谁呢？小说安排了两个人物，他们在吕西安的人生历程上都起了重要作用。首先出场的是贝尔里亚克。

贝尔里亚克是吕西安的同学，穿着流行款式，裤子窄得不能再窄。他的成绩不好，第一个学期数学课名列最后。“我不在乎”，贝尔里亚克像无事人似的，完全不当回事。他辩解道：“我是一个文学家，我学数学是为了锻炼自己。”起初大家讨厌贝尔里亚克，可一个月后，全班同学都被他迷住了。原来贝尔里亚克在人情世故方面是行家里手，他给全班同学分送走私来的香烟，开诚布公地对大家说，他有女人，并且把她们写给他的情书公开展示。贝尔里亚克的豪爽和坦诚马上赢得了大家好感，在吕西安看来，这个家伙举止还算优雅，不仅能谈论女人，还能写诗，也算是一个有风度的人。贝尔里亚克追逐新奇，自夸是用超现实主义的最新技巧、采用自动书写方法写作的。他的诗作吕西安并不欣赏，但贝尔里亚克振振有词的“超现实主义”和“自动写作”这些新玩意唬住了他，吕西安对这些东西很陌生，只好狼狈地赞同“写得很好”。

吕西安向贝尔里亚克敞开心扉，他有精神危机，想过自杀，因为他不知道自己的存在究竟是什么。他征求贝尔里亚克的意见，“我应该怎么办？”吕西安很严肃地向贝尔里亚克讨教，期待对方给他一个“指引”。贝尔里亚克听话时神情专注，但出乎意料，他竟不痛不痒地说，“你想怎么办就怎么办”。吕西安被迎面浇了一盆冷水，原来的热烈期望一下子冰凉了，没有想到贝尔里亚克的回答竟然如此“简单”和“粗鲁”。他虽然失望，但并没有失落。贝尔里亚克振振有词地说，这个世界没有什么重要的事，吕西安内心里那点鸡毛蒜皮的不安感受根本算不上什么。吕西安尽管沮丧，但认定此刻贝尔里亚克就是他最好的朋友。他们侃侃而谈，手舞足蹈，慷慨激昂，话很投机，不费吹灰之力就达成一致，他们才是战争的“真正受害者”，属于“被牺牲的一代”。

贝尔里亚克总能够翻弄一些新花样，有一天突然愣头愣脑地问吕西安懂不懂精神分析法。吕西安茫然若失，一头雾水。贝尔里亚克庄重而严肃地看着他说，“直到十五岁为止，我一直想同我的母亲发生肉体关系”。听到这个秘密，吕西安先是骇然，继而浑身上下不自在。他一点不明白，为什么贝尔里亚克会有这种怪诞念头，为什么他要把这个肮脏的秘密告诉他？说话之间，贝尔里亚克的母亲端着烤面包进来，吕西安看着她从身边走过，心里掠过一丝不安。他难以相信贝尔里亚克所说的一切，可更让吕西安惊讶的是，贝尔里亚克用一种斩钉截铁、不容置疑的口气说，“当然，你也一样，你也想过同你的母亲睡觉”。吕西安对这一套说辞完全不懂，为了不扫对方的兴，同时也是因为自己“理屈词穷”，只好硬着头皮回答：“当然。”

吕西安怎么也不相信，贝尔里亚克竟然渴望同辛辛苦苦生他养他的母亲发生不伦关系。他为什么会有这种奇特的念头？这种念头是从哪里来的？吕西安不能不辨菽麦，停留在蓬心蒿目、愚昧无知的状态，他需要弄懂弗洛伊德的精神分析法，消除心中的疑惑。他特意去图书馆读了弗洛伊德关于梦的分析著作，后来又买了《精神分析法入门》和《日常生活心理病理学》。“原来是这样”，吕西安松了一口气，多少明白了。得到了弗洛伊德的启示，一切都清楚了，他顿时有了豁然贯通之感。他长期以来感到的空虚，他的昏昏沉沉的状态，他的不知所措的困惑，他的白费心机要认识自己而永远只看见一片迷雾……现在，弗洛伊德的著作驱散了迷雾，把一个真实的自我摆在眼前。吕西安觉悟到，原来“我有一个情结”，他的内心深处隐藏着一个情结，它是一切秘密的来源。人生千变万化，但所有变化都源自一个不变者，所有变化都受到一个不变者的支撑和主宰，这就是一个人内心深处的情结，它的作用就像是漂泊不定的人生航船的压舱石。

贝尔里亚克完全同意吕西安的分析，认为他们两个人都有“同一个牌子的情结”。找到了这个情结，吕西安打消了之前的惴惴不安，他的人生得到了支撑，他变得坚强和稳定了。弗洛伊德是吕西安在人生道路上获得的第一个重大支撑，他从以前的焦虑不安中解脱出来。现在吕西安认识到，真正的自我不是显露在外表，不是通过温度计的显示以及在月夜下的跑步行动等外在手段显示出来的，它深藏不露、躲在无意识的背后。人们不可能通过理性与其照面，无法在清醒时刻抓住他，只能在梦中不期而遇。认识一个人不能被他的外表所迷惑，他的存在肯定还有更深刻的东西，还有隐藏不露的情结。吕西安精神昂扬，很是兴奋，他为自己能够脚踏实地、精神饱满地生活兴奋不已，特别为发现情结写了一首诗，题目是《当迷雾散尽的时刻》，其中有一句专门描写情结：“那是蜷缩着藏在迷雾下面的大蟹。”后来为了简便，他和贝尔里亚克只说“大蟹”，“眨眨眼睛彼此就会意了”。

发现弗洛伊德的吕西安是幸福的，这种幸福能够延续多久呢？事实上没过几天，吕西安的振奋和喜悦就消失了，转而被迷茫和恐惧所取代。弗洛伊德给吕西安提供了支撑，但这种支撑不可能是“全方位”的，更不可能是一劳永逸的。弗洛伊德在给吕西安提供支撑的同时，也带给吕西安新的麻烦，使他陷入新的困境。夜晚一个人时，吕西安发现他不敢正视母亲了。原来他可以很自然很亲切地亲吻母亲，现在他内心里似乎有一股邪恶力量，改变了原来天真无邪的亲吻，这让他独自面对母亲感到非常不自在，甚至有一丝恐惧。吕西安开始害怕自己，害怕内心的邪恶，害怕他发现的情结，他不知道这个恋母情结最终会把他引向何方，会给他带来什么后果。弗洛伊德的著作讲述了很多青年人不幸的故事，现在吕西安忧虑，这些不幸的故事会不会在他身上应验？他有点担心，问贝尔里亚克：“我们会不会成为疯子？”

贝尔里亚克是吕西安遇到的第一个无话不谈的好友，他引荐的弗洛伊德给吕西安空虚的人生带来了充实，使其精神为之一振。但“好景不长”，吕西安旋即陷入了危机。吕西安要继续前进，就必须“清算”弗洛伊德，移除这块“绊脚石”。但很明显，贝尔里亚克对于弗洛伊德没有反省，弗洛伊德始终成为其存在的基石。吕西安渐渐意识到，贝尔里亚克充其量只是他成长道路上的一个伙伴，终有一天他不得不与贝尔里亚克分道扬镳。

贝尔里亚克曾经答应给吕西安介绍女朋友，现在绝口不提了，好像这事根本不存在一样。不是贝尔里亚克健忘，而是他把违背诺言当做家常便饭。贝尔里亚克经常拿吕西安的父母开玩笑，格调低下。吕西安的父母对他很和善，贝尔里亚克却“恩将仇报”，用肮脏下流的玩笑取笑和挖苦他们，心里一点愧意都没有。贝尔里亚克还有一个让吕西安无法容忍的坏习惯，即吝啬。他寻找各种借口借钱，但从来不还，当吕西安忍无可忍批评他的这一劣行时，他毫无廉耻地引用弗洛伊德的理论回敬吕西安：“我早就料到了，你同肛门是一类东西。”接着便大言不惭地解释金钱与粪便的关系以及弗洛伊德关于吝啬的理论。吕西安与贝尔里亚克最主要的分歧是，他们对精神分析理论的基本观念产生了不可调和的分歧：吕西安虽然认同恋母情结，但认为这只是情欲力量的表现，可以而且应该转移到其他目标，升华为其他力量。贝尔里亚克对恋母情结心满意足，并且病态地沉醉其中，他既不想改变、也不想摆脱自己的状态。他老调重弹，傲慢地对吕西安说："我们是完蛋的家伙，垮掉的一代，我们永远干不成什么。"

弗洛伊德学说为贝尔里亚克的惰性和卑劣提供了"依据"，特别是当贝尔里亚克告诉他，复活节期间他同母亲住在旅馆的同一个房间，他一大清早走到母亲床前，轻轻掀开被窝……贝尔里亚克一边手舞足蹈地说，一边嗤嗤笑个不停，吕西安觉得这个家伙不仅猥琐，而且龌龊，不禁鄙视他。

吕西安认为，发现情结固然有趣，可是听任情结的摆布就非常危险了。必须对儿时的情结加以升华，必须使它们转移目标。保持无止境的性欲念头，任凭本能的驱使和支配，结果只能步贝尔里亚克的后尘，陷入堕落。如果他堕落了，还有什么颜面面对父母、继承家业、有朝一日成为不负众望的工业界领袖呢?

2. 贝热尔

告别贝尔里亚克，吕西安想找一个"权威人士"倾诉，听一听他的忠告。

现在吕西安要找的不是随随便便的朋友，与贝尔里亚克相比，这个朋友不是一般的聆听者，他需要满足这样几个条件才能进入吕西安的视野，引起他的兴趣：他要比贝尔里亚克更热情，更关心吕西安；他比贝尔里亚克懂得更多，能够带来更多的新奇和刺激，把吕西安带入一个全新的世界；他能给吕西安的人生一个定位，赋予吕西安特定角色，促使吕西安发现他的自我，帮助他解答一直以来苦苦追寻的"我是谁"的问题。毫无疑问，贝热尔角色的设计就是为了满足这些条件，现在轮到这位超现实主义者粉墨登场了。

贝热尔精通精神分析法，贝尔里亚克常常提到这个名字，他对弗洛伊德的一知半解其实都是从贝热尔那里贩卖来的。他怕拆穿西洋镜，总是不大情愿向吕西安介绍贝热尔。可是吕西安还是与贝热尔见了面，他们是在一家咖啡馆偶遇的。贝热尔一见如故，对吕西安情真意切，体惜有加。得知吕西安有自杀倾向，他给出的诊断是："官能紊乱。"

贝热尔一头银发，脸色苍白，双目炯炯有神，谈吐不凡，身上散发出科萨香水和英国烟草味道。吕西安对他的第一印象很好，一下子就认定了贝热尔就是他期望的权威人士。他仔细品味"官能紊乱"这几个字，特别是最后一个"乱"字，"尾音就像黄铜号角那样闪闪发亮"。这几个字非同小可，它是贝热尔给他的存在贴上的新标签，但它意味着什么呢？它是新的荣誉还是旧的病症呢？吕西安一时摸不着头脑。贝热尔说，“我热爱那些处在紊乱状态的人”，在他眼中，吕西安恰好处于这种状态，它给吕西安的人生提供了“特殊机遇”。

贝热尔毫无保留地向吕西安展示自己的“收藏”。他的房间里堆满了古怪可笑的物品，如漆过的木头女人大腿，一条铁铸的带尖刺的贞操带，石膏制的乳房。办公桌上，有一个硕大无朋的虱子和从希腊古城废墟的骸骨堆里偷来的僧人头盖骨做成的镇纸，墙上贴满了宣告超现实主义者贝热尔死亡的讣告。尤其让吕西安惊讶的是贝热尔用来愚弄人、搞恶作剧的各种小玩意儿，像冰冻的液体、引人打喷嚏的粉末、搔人痒的羽毛、能浮的糖、魔鬼的粪等。贝热尔很看重这些“收藏”，他严肃地凝视着一块魔鬼的粪便，有点神秘地对吕西安说：“这些小玩意儿具有革命的力量，它们身上的破坏力比《列宁全集》更强大。”

贝热尔借给吕西安一些作品，其中有兰波的诗歌、萨德侯爵的小说，这些艺术家不是同性恋者，就是性虐待狂。吕西安对诗人兰波是个同性恋者很反感，他把自己的看法坦率地告诉了贝热尔。“为什么，我的小宝贝？”贝热尔微笑着，语带讽刺，透露一丝嘲弄。吕西安立刻脸红了，承认自己说了蠢话。刚一接触，贝热尔作为“权威人士”高高在上，对吕西安说话居高临下，吕西安木木楞楞，心甘情愿地处于被动地位，接受贝热尔的关怀和指导。在贝热尔看来，兰波的同性恋非但不是什么病症，而是敏感性的原始和天才的错乱，这正是诗人创造性天才的来源。凭借着与正常和理性世界的对抗，诗人才创造了伟大诗篇。

贝热尔的想法乖张怪异，通常人们认为，男人通过女人满足性欲，贝热尔坚决否认这一点，认为这是“人们故意犯的令人厌恶的错误”。他认为撇开女人，性欲一样可以得到满足。因为性欲对象无所不包，任何东西都可以成为泄欲的对象。一架缝衣机，一根试管，一匹马或者一只鞋，都能满足性欲。贝热尔声称，他曾经同苍蝇性交，他有一个朋友是海军陆战队士兵，同鸭子睡觉。贝热尔说这些话神情轻松，这些荒谬的奇谈怪论让吕西安大开眼界，他认定贝热尔是一个有趣的天才。贝热尔的这些话犹如小型炸弹，把吕西安的生活世界炸得狼藉一片，他“满脑子像火烧一样”，眼前不断出现一些奇形怪状和猥亵的幻象。

吕西安喜欢贝热尔，但困扰的是，他不知道继续交往下去会给他带来什么影响，这样下去最终会有什么结果。吕西安原来希望得到权威人士的忠告，来检验他“是否走在正道上”。与贝热尔交往后，他依然彷徨，内心充满了不安。他问自己，要是真的像贝热尔主张的那样，把感官都弄得错乱了，他会不会“像在深水里脚踩不到水底而淹死呢”？

有一天，贝热尔与他谈起超现实主义的代表人物布勒东，吕西安像在梦中一般喃喃自语地表达了他的忧虑：“是啊，经过这样以后，我再也无法后退了。”贝热尔吓了一跳，质问道：“后退？谁说要后退的？如果您疯了，那就更好。”贝热尔认为，吕西安的“病态”就是走在正道上，这正是他获得上天垂怜的难得机遇。吕西安应该按照自己的本性往前走，不应瞻前顾后，左右顾虑，患得患失，以至于埋没和糟蹋了自己的天性。可是吕西安的直觉告诉他，他需要保持警惕，在这个节骨眼上，不能一下子陷进去，他意识到贝热尔给他指引的“错乱之路”并不是什么“难得机遇”。

现在吕西安的身上出现了奇妙的变化：每当他发现自己的敏锐感觉和独特印象，都是贝热尔热烈赞美的错乱，是他欣赏不已的品性，吕西安不是惊喜，而是不寒而栗。贝热尔鼓吹的“错乱”虽然“飘逸”和“洒脱”，但总是让吕西安感到困扰和忧虑。吕西安神不知鬼不觉地开始“修正”自己：他想让自己变得平庸，感觉变得迟钝，他想向“正常”靠拢，向世俗和秩序贴近，他开始留恋晚上与父母的生活。过去他觉得这种生活太平庸、太陈旧、太保守、太无趣、太琐碎、太无聊，现在他突然发现惯常生活的特殊魅力。他的父母过的就是大多数法国人的普通生活，他们谈论的就是大多数法国人日常关注的话题，如“德国人缺乏诚意，让娜表妹的分娩以及生活费用等”。这些平凡、朴实无华的生活突然间对吕西安显现了魅力，他觉得晚间同父母谈话充满了亲切和愉快，是难得的享受。

消除了对贝热尔的理想化，吕西安内心里多了一份自己的判断。贝热尔为人老辣，对吕西安采用了两面手法，一会儿像男子汉用粗暴的口气对他说话，一会儿又让吕西安感受到他的柔情：他替吕西安重打领带，用柬埔寨的金梳子给他梳头，还强迫吕西安解开领子和衬衫，露出身体，把他带到镜子前，让他满面羞愧地欣赏自己的雪白胸脯和火红的双颊，并且凄然地加上一句，“一个人应该在二十岁自杀”。生命最美的一段非常短促，就像花朵在绽放的那一瞬间是最美丽的，但在这一瞬间之后，马上凋谢了，生命就具有这样的悲剧性。

吕西安与贝热尔一道去鲁昂旅游，他想去看看当地赫赫有名的大教堂和市政厅，贝热尔一口拒绝：“去看这些垃圾堆？”他带吕西安逛妓院。贝热尔同妓女上楼，五分钟后就出来了。他告诉吕西安，趁妓女转身时他在床上撒了一把会发痒的毛。原来贝热尔到妓院的目的不是嫖妓，而是要恶作剧。在吕西安看来，这个家伙确实不一般，行为出格，捉摸不定，很调皮，很潇洒。晚上他们住一个房间，睡一张床。看到吕西安穿着一身长睡衣，贝热尔哈哈大笑，认为吕西安的样子很滑稽，他把自己的一套睡衣拿给吕西安。吕西安不想被看成傻瓜，就按照要求换了睡衣。

第二天侍者把早餐送到床边，吕西安敏感地发现侍者的目光很特别，态度傲慢，“他把我当成一个兔崽子了”。吕西安心里打了一个寒战，回想昨晚情形，他的脚趾头被一个男人一只一只地吮过，做这种事当然应该有一个名称。吕西安苦笑起来，一个人整天对自己发问：“我聪明吗？我自以为了不起吗？”这种针对自己的发问可以没完没了，一直继续下去，可是有什么意义呢？一个人单凭自身就能够决定自己是什么人吗？他有这样的权利吗？他能够撇开世间的一切、撇开他人，在孤独中，完成对自己存在的描述吗？根本不可能！吕西安觉悟到，单纯的自我什么也不是，单纯的自身永远无法决定自己是什么。可是，仅仅与贝热尔睡了一个晚上，侍者的目光明确无误地告诉他，他的脑袋上已经被结结实实地扣了一顶帽子，他一夜间变成了一个同性恋者，他一辈子都要戴着这顶帽子。一个人无法决定的事情与他人在一起，通过行动，瞬间就被决定了。我是谁？我是什么人？问题的答案不在我自身，“我”是在与他人的关系中，在现实中，通过行动揭示出来的。吕西安想到，从此人们会在他背后戳戳点点：“就是那个大个子吗？他就是那个同性恋者吗？”

吕西安会心安理得、若无其事地戴着“同性恋者”这顶帽子吗？吕西安当然要反抗，发生了这样的事情，他没心思上课了，心情一下子跌落到了谷底。他反省道：“这是要命的滑坡！”与贝尔里亚克交往，他具有了恋母情结，与贝热尔接触，他升级了，一夜间变成了同性恋者。这样下去，他会滑向何处？吕西安认真回想，他并没有从贝热尔的抚摸中得到强烈快感，从这个意义上说，也许病情还不算严重。但如果继续下去，养成了习惯怎么办？吕西安想，他要是真正变成一个在大家眼中有严重污点的人，今后怎么可能站在工人面前发号施令，谁还会把他当成一个领袖？

吕西安不是木头，被人摸来捏去，不会没有反应，但是他真心喜欢这样做吗？他真心爱好这种生活吗？他注视着桥头指挥的警察，盯着蓝色裤子，想象里面肌肉丰满而多毛的大腿，他“能够使我冲动吗”？路上遇到一个男人，他又做了一次试验，结果都是否定的。吕西安有些放心了，他被贝热尔利用了，他并不是同性恋者，他仅仅是在思想紊乱的时候迷失了，他的表现只是一时头脑发热，那并不是他的真实自我。吕西安突然对贝热尔恨之入骨，好像贝热尔在他身上植入了丑恶意识，把他变成了一个同性恋者。要是全班同学知道这事，大家都用异样的目光看他，忍不住嘲笑他，拒绝同他握手，事情发展到这一步，他就完蛋了。

吕西安再次请教哲学老师：“您对精神分析有什么看法？”老师笑了一笑：“这是时髦的东西，时兴过了就会过的。”他对吕西安说：“精神分析理论貌似深刻，其实并没有什么新东西，弗洛伊德所说的一切都可以在柏拉图的著作里找到。”这种学说眼下时髦，人们趋之若鹜，但终将烟消云散，并不值得认真对待。哲学老师不经意的几句话，对吕西安具有拨云见日、振聋发聩的“解放”作用，他茅塞顿开，一下子“得救”了。原来他之前那么看重的弗洛伊德竟然无足轻重，他的著作所说的都是一些无聊的话！这些无聊的话当然不是没有作用，它们能够蛊惑人心，把吕西安弄得五迷六道，再加上贝热尔的花言巧语，吕西安一时无法鉴别、无力抵挡，被蛊惑了，变成了精神分析的俘虏，他差一点就“堕落”了。

吕西安挣脱了贝热尔的影响，思来想去，归功于谁？他认为是自己的心理健康挽救了他，这种心理健康来自于他的古老家族。吃晚饭时，他感激地看着父亲，看着那双“冷酷而具有金属般的灰色眼睛”，心里想：“不管怎么说，家族是存在的。”对于吕西安，家族也好，血统也罢，都属于“纠偏”的力量。这个世界千变万化，吕西安可能受到蛊惑，被操弄摆布，“家族”是他迷途知返的力量。吕西安不时需要超越，可一旦“走火入魔”，步入极端，传统力量就会把他“拉回来”。

吕西安带着自己的问题遇到了贝尔里亚克和贝热尔，他们用弗洛伊德和超现实主义的学说回答了吕西安“我是谁”的问题。弗洛伊德和超现实主义学说对于吕西安具有两重作用，一方面是对吕西安的存在进行充实和定位，发现了吕西安的情结，把他变成了同性恋者。另一方面是吕西安对自己的状态不满，发生“逆转”和“超越”，他由信奉弗洛伊德、甚至一度想亲自登门拜访弗洛伊德，把他奉为自己的人生导师，到最后挣脱弗洛伊德的影响，从恋母情结的阴影下毅然走出来，这一觉悟的过程就是吕西安成长、成熟的过程。

经历了这一过程，吕西安对弗洛伊德学说感同身受，他对精神分析理论的了解就不仅仅是知道和熟悉这套理论，他经历过、体验过这种理论。他的同学猛烈批评弗洛伊德的情绪理论，在吕西安眼里，这些批评的理据过于天真。对于他的同学，弗洛伊德的理论还是外在的，他们抓住其中的只言片语从理论上推导和分析，停留在概念的认知和把握上。吕西安切实感受过弗洛伊德的影响，他向同学们指出，只要采取一种哲学观点，可以很容易地驳斥这一学说的重大谬误。大家佩服吕西安，不仅佩服他知识渊博，而且认为他讲得实在，确实有说服力。

从危机中走出来的吕西安受到大家的尊敬，他却装出若无其事的样子，好像他的成熟和优越是天生的、自然的。吕西安的成熟和优越来自于他的探索，来自于他的反省，来自于他心灵深处的痛苦磨难和挣扎。当然，也来自于佛勒里埃家族的强大影响。

四、贝尔特：对未来行动的考验

吕西安告别了弗洛伊德，这种告别不像从公共汽车上跳下来，刚一转身，汽车就消失无踪了。尽管吕西安不再想贝热尔，但更换衬衫时，他会走近更衣镜看上自己一眼，心里默默念叨："一个男人曾想享有这躯体，曾经为这双大腿而春心荡漾。"吕西安有点悔恨自己不是另一个人，惋惜不能像抚摸一块丝绸一样抚摸自己的肉体。他不再相信什么情结了，但这些情结仍然结实和沉重，给他的存在增加了一点分量。吕西安与弗洛伊德的告别不是快刀斩乱麻，一下子就切割得清清楚楚，从此井水不犯河水。吕西安与弗洛伊德的分手大局已定，但还不是那么痛快利索，某些方面还有一点藕断丝连。

摆脱了弗洛伊德，离开了贝热尔，吕西安再次面临往何处去的问题。从弗洛伊德和贝热尔编织的蚕茧脱身出来，吕西安很兴奋，但马上"他的光荣思想就变得黯淡无光了"。吕西安当然想有一番作为，但处于摇摆不定状态，犹如"一只拖着又黑又黄肚皮在尘土里艰难爬动的蟋蟀，总是一副半死不活的样子"，吕西安非常痛苦，他的希望转瞬变成失望。

吕西安认为，他存在着，这一点没有疑问。他就在这里，他消化，打哈欠，听见雨点打在玻璃上，这一切都是实实在在的。他的脑子里有一团白雾散成丝缕，这也是真切的。还有一点让他百般不解，他为什么来到世界上，难道就是为了成为一个领袖、担负起管理工厂的重任吗？在吕西安看来，这些都不能成为他存在的理由，别人不可能给他的存在提供一个正当理由，他也不可能给自己的存在寻找和确定一个正当理由。如果要给自己的存在提供一个正当理由，这就意味着，他的存在是由这个正当理由支撑着，他的出生就是为了完成这个理由赋予的使命。但问题是，他不可能要求自己生出来。如果他能够要求自己生出来，他的一生完全受自己的意愿支配，那么，他就可以为自己的存在提供正当理由。可是没有人征求他的同意，没有任何人跟他打过招呼，他就“稀里糊涂”一下子来到了这个世界，他的出生实际上是“一件丑事”。他对自己的状态，如孩提时的焦虑不安，长期的昏昏沉沉等能够负什么责任呢？他对自己无法负责的事应该持什么态度呢？在吕西安眼中，生命变成了负累，对于他是一个“庞大而无用的礼物”，他把这件礼物捧在怀里，不知道该把它置于何处，也不知道该拿它怎么办。他关注自己，分析自己，有点后悔自己被生下来。他对自己分析来分析去，在他的眼光背后，总有一团活生生的雾气在跳动。他想抓住这团雾气，仔细瞧瞧它，但看到的只是空虚。雾团始终在后面萦绕，这不禁让吕西安有些恼火和泄气。

吕西安必须转换视线，不能一股脑地陷在自我中无法自拔。他强迫自己不再分析，他开始注意外界，用外界活生生的事物吸引和转移自己。弗勒里埃先生带他参观中央厂房，吕西安第一次深入工厂第一线，仔细观察工人的工作，了解工厂的运作程序。通过与父亲交谈，吕西安切实了解到一个工厂主的职责。一想到工厂主的重担迟早落到自己头上，几百号人眼巴巴地指望着自己，他的一个决定就能够改变众人的命运，吕西安立刻变得严肃起来，他静下心来认真听取弗勒里埃先生的谆谆教诲。佛勒里埃先生的工厂规模不大，但养活了当地一百多个家庭，经营得好，得益的首先是工人。经营不好，工厂关闭，最先倒霉的也是工人。在弗勒里埃先生看来，一个称职的工厂主没有权利做蚀本生意，工人和工厂主的利益在根本上是完全一致的。吕西安认为，不仅工人们与他的家族利益一致，而且他的存在也依赖于这个家族，这个家族在他的存在中是真正具有力量的。

热尔梅娜因为弟弟患病匆忙回家，弗勒里埃家临时请了一位工人的女儿当替工，她叫贝尔特，十七岁，身材矮小，走起路来有点跛。遇见吕西安，她的蓝色大眼睛反映出“热烈而谦卑的敬仰之情”。吕西安知道她爱慕他，所以同她讲话故意随随便便，走廊里轻轻地碰触她，测试她的反应。

他常常带着一点激动来想象自己在贝尔特心目中的形象，“仅凭我同她见到过的青年工人完全不同一点就行了”。吕西安非常自信，他把同学请到家里来见证这一切。同学羡慕地说：“我要是你，就同她睡觉。”吕西安犹豫不决，贝尔特身上有汗酸味，黑色短袖衬衫袖口都破了，她明显不属于他的阶级。吕西安把自己想象成一块任性的飘忽不定的云彩，瞬息万变，他经常是自己又不是自己，他这块不断消失、不断变化的云彩真的会飘落在贝尔特身上吗？

吕西安递给贝尔特一支英国牌子的烟，几乎在同一时刻，他就对自己的行为后悔不迭，觉得他可能闯祸了。“您要求我吸烟吗？太太会骂我的！”“我们不告诉太太就行了。”吕西安觉得自己是同谋犯，看着贝尔特红着脸，很听话，“含着香烟的嘴唇缩成鸡屁股的形状”，他不由得想，“她真是一个天生的牺牲品”。吕西安同她开玩笑，贝尔特不懂得玩笑，惊慌地呆望着他，“活像一只兔子”。吕西安把她拉过来，坐在膝盖上，贝尔特嘴里嘀咕：“坐在你的膝盖上！”似乎是有所抵制，但样子却有点心醉神迷。在这一刻，吕西安突然懊恼起来，她坐在膝盖上，热烘烘的，安安静静，吕西安心里想，“她是我的了”，但他并没有为所欲为，而是果断地放开她，站起来回到自己的卧房。他在喝茶之前特意洗了手，因为手上隐隐带有一点腋窝的气味。

接下来的几天吕西安一直在考虑：“我要同她睡觉吗？”在家里过道上，贝尔特拦住他的去路，“睁着猎犬似的大眼睛悲哀地望着他”。吕西安想，如果同她睡觉，“万一怀孕怎么办”？这方面他没什么经验，要是怀孕给弗勒里埃家族带来麻烦，那就太得不偿失了。即便不怀孕，这样的事值得尝试吗？虽然这样做会带来快感，给吕西安一些满足，让他的同学歆慕不已，他就真的可以这样做吗？贝尔特只是一个普通工人的女儿，如果她在自己的圈子里到处乱说，夸口同他睡过觉，这种张扬会让吕西安受不了。要是这种事传遍天下，吕西安立马威信扫地，他今后还能够站在工人面前讲话吗？他父亲手下的工人还能够听从他的命令吗？也许他们一边听他训话，心里头却在想，“这个家伙不成样子，简直是个毛头小伙子，行为乱七八糟的，有什么资格站在我们面前讲话，他比他的父亲可差远了”。想到这里，吕西安的心咯噔一下，他的“道德占了上风”。他对自己说，“我没有权利碰她”。随后几天，吕西安有意躲避贝尔特，尽可能避免同她单独待在一起。他的同学问他：“你还在等什么？”吕西安冷冷地回答：“我不喜欢与女仆谈情说爱。”

吕西安对自己的选择非常满意，认为做得很漂亮。作为弗勒里埃家族的继承人，他应该这样做，必须这样做。看到贝尔特楚楚动人的样子，吕西安想，“她就是让人采的花”。他没有碰她，也许失去了一次机会，在他的同学看来，到手的猎物就这样白白放过了有点可惜，甚至嘲笑他是一个傻瓜。吕西安自忖，他用“拒绝与一个女仆谈情说爱”作为理由解释自己的行为多少显得有点愚蠢，他的同学会因此瞧不起他这个资产阶级的花花公子。但转念一想，他虽然没有碰贝尔特，“但已经征服了她，她已经心甘情愿地给我，只是我不愿意要罢了，这与已经得手有什么区别呢”？这种安慰足足使他高兴了好几天，但最终也融化成一片雾气了。

贝尔特是吕西安接触的第一个女人，吕西安拒绝了她。吕西安是在犹豫不定中做出了选择，它当然不是最终的终极选择，吕西安还会变化，他还有自己的未来，此刻的选择不是一条坚固锁链，能够紧紧地绑住他，让他从今以后失去选择的能力。但不管怎样，选择已经做出，他拒绝了贝尔特，到手的机会他毅然和果断地放弃了。吕西安做出这一选择的理由是，他未来要成为一个领袖，为此，他此刻必须拒绝贝尔特，他不能因为眼前的一点快乐而影响了弗勒里埃家族对他未来的计划和安排。当然，贝尔特身上有汗酸味，袖口也是肮脏的，她有许多缺陷，与吕西安期望的标准有很大落差，这些都是他选择时需要考虑的。但吕西安考虑最多的还是他是弗勒里埃家族的继承人，与贝尔特睡觉，很可能对他未来的接班造成妨碍。从这方面看，吕西安确实长大了，他不仅从成人的角度考虑问题，为实现一个未来的目标而开始对眼下的行动进行鉴别和管束了，他可以牺牲眼下的快乐，为的是成就日后更大的事业。没有人对他施加压力，是他权衡利弊得失之后自己做出的决断。这表明，吕西安想要抓住的自我，不仅仅是他的过去，也不仅仅是此刻，他的存在一直延伸到未来。他不仅要为现在负责，还要为他的未来负责。

五、勒莫尔当：实践的魅力

吕西安有理想，实现理想不但要求吕西安对未来有担当，要求他对自己有清醒的把握，而且还要求他能够把行动落到实处。这个“落到实处”不是单纯的认识，而是真正的介入现实。吕西安有信仰，关键是能够用行动捍卫信仰。没有行动的落实，信仰就是一个“空架子”，摆放在那里，“徒有其表”。现在，对于吕西安的真正考验是行动，吕西安身边需要出现这样一个朋友：他行动果断有力，性格刚强坚毅，能够引导和激发吕西安去采取行动，勒莫尔当就是这样的人。

1. 勒莫尔当的特征

勒莫尔当年纪轻轻，但行动有力。他的有力来自于“结实”，不仅是身体的魁梧结实，还有思想的封闭“结实”，小说对勒莫尔当的刻画着重突出的就是这样两个特征。

勒莫尔当比吕西安还高，嘴上有些黑胡子，一副成人模样。他有一个庞大而沉思的脑袋，“歪斜地直接植在肩膀上”，刚好把脖子这一段省略了。给吕西安的感觉是，勒莫尔当是一个敦敦实实、全身封闭、孔武有力的家伙，没有任何办法能够穿透他，把东西送进他坚固厚实的脑袋里。既不能从耳朵送，也不能“从他那双没有神采的中国式的小眼睛里送”。

通常人们都是受过一番痛苦之后逐渐成熟的，勒莫尔当很奇特，他生来似乎就是成人，把无数痛苦的磨炼过程无缘无故地舍弃了。他生来就像现在这个样子，真可谓一锤定型，他一来到世界上就像一块无比坚硬的岩石，立刻具备了无坚不摧的坚定信仰。让吕西安不解的是，这么一个坚硬厚实、像铅封一样的脑袋还能够学进什么东西吗？作为学生，勒莫尔当的主要任务当然是学习，可是一块坚硬得像岩石一样的存在，还能够接受和容纳什么吗？这是吕西安看到勒莫尔当第一眼时产生的想法。果不其然，数学作业发下来，吕西安释然了，他排名第七，勒莫尔当第七十八。

勒莫尔当的脑袋坚固异常，天性就是抗拒一切。其存在不是吸收，而是犹如铜墙铁壁，把一切阻挡在外。什么都无法触动勒莫尔当，他冷漠异常，从不激动，“仿佛总是在等待最坏的结果”。他的小嘴巴和肥大光滑的脸颊似乎生下来就不是为了表达感情，在吕西安眼里，勒莫尔当“真是一尊菩萨”，不管发生什么，他始终岿然不动。不过一旦他激动起来，就像火山熔岩喷薄而出，一发不可收。勒莫尔当这样的人，轻易不动感情，但并非没有感情。涉及原则和信仰，他会爆发，刹那间燃起冲天怒火，无法阻遏。

勒莫尔当的信仰是什么呢？他是一个激烈的反犹主义者，反犹主义是他坚守的原则。他在衣帽间被挤了一下，为这么一点芝麻绿豆大的事他突然大动肝火，破口大骂：“回到波兰去，该死的犹太鬼，不要到我们的国家来招人讨厌！”对方不是故意的，只是不小心碰了他，勒莫尔当火冒三丈，不依不饶，倚仗高大身材，狠狠打了对方两个耳光，逼对方道歉了事。勒莫尔当就是这么直截了当，立场鲜明，一以贯之，态度从来不模棱两可，左摇右摆。这个家伙不知道什么叫迟疑和彷徨，他内心蕴藏着一股强大力量，强大到不允许对自己的存在扪心自问。对于勒莫尔当，他只是做，坚定不移地做，义无反顾地做，从来不问自己，这样做合适吗？这样做对吗？这样做会怎样？这些问题对于他都是多余的。勒莫尔当有一种本事，让信念在自己身上扎根，并且一劳永逸地扎根，让信念完全彻底地占领和左右他的身心。与勒莫尔当相比，吕西安常常质疑自己的存在，发现他的存在不仅是悲哀的，而且是模糊的。吕西安有一种本事，他看待自己仿佛在看另一个人。反思挖掉了吕西安身上独断力量的存在基础，他的存在免不了彷徨不安，无法像勒莫尔当那么“一目了然”、黑白界限清清楚楚。吕西安的存在总是含含糊糊的，免不了一团雾气的缭绕。吕西安羡慕勒莫尔当，“他是一个找到了自己道路的人”！他真想做这样一个立场鲜明、是非分明、行动有力的人。

高等师范一帮犹太鬼发表了一篇反对义务兵役制的文章，有两百人签名。遇到这类问题，勒莫尔当毫不含糊，立即采取行动强硬回击，发动一千人签名抗议。他要求学校的各类头目、军校学生、海军学员等，个个必须签名。吕西安问：“要发表吧？”勒莫尔当保证百分百发表。一想到能够在报纸上见到自己的名字，吕西安立刻有了兴趣，他本想马上签名，可转念一想，这样做不够严肃，就拿起签名单装模作样地阅读起来。勒莫尔当说：“你是不过问政治的，你有你的自由，不过你是法国人，你对这件事有发言权。”最后这句话打动了吕西安，让他产生了快感。不错，他是法国人，对这件事有发言权，这种场合不能缺席。勒莫尔当的一席话让吕西安意识到了自己的不可或缺，他爽快地签了名。

吕西安在报纸上看到他的名字离勒莫尔当不远，他故意装模作样、高声朗诵 F 音开头的系列名字。轮到自己的名字，他装出不认识的样子念下去，这种阅读方式给他带来了快感。在报纸上看到自己的名字，当然是一种“成功”，这种成功只是在自己眼中呈现，效果就降低了一半。如果他人看到，出现在他人眼里，能够得到大家的证实，这才是真正的成功。所以吕西安需要“装着”不认识自己念出自己的名字，他想以他人的身份念出自己的名字，这种“陌生”读法得来的愉快是一种更真实、更深刻的满足。

2. 实践，吕西安的行动

吕西安向勒莫尔当袒露心扉，他的存在总是陷入低潮，常常在痛苦中挣扎，令他苦恼不堪。勒莫尔当单刀直入，劈头就问："你的家乡在哪儿？你在那里住了多长时间？"勒莫尔当好像不用经过任何思考，不由分说，痛痛快快就给出了诊断："问题很简单，你是一个背井离乡的人。"勒莫尔当从不拖泥带水，行动干脆利落，下午就带来了"药方"。他拿给吕西安一本小说："这本书讲的就是你的故事，你在小说里可以找到你的病根和治疗方法。"吕西安熟悉这一套，之前有过教训，多少有些戒心。有许多次人家对他说，这本书写的就是你，你好好看看吧，你会解脱的。起初他颇为激动，最后都不免失落。吕西安现在成熟了，不再像以前被几句话糊弄一下就变得六神无主，跟着别人一溜烟地跑了。贝尔里亚克断定他有恋母情结，贝热尔判定他得了官能紊乱症，现在看来这些所谓的诊断多么幼稚啊，这些吓人的字眼已经离他那么遥远，对他再也不起作用了，这些可怕的病症再也不能随意恐吓和摆布他了。

话虽如此，读了勒莫尔当的小说没几页，吕西安就被吸引了。这本书写的不是无所事事的维也纳女病人，动辄要求弗洛伊德做精神分析。小说把人物置于社会环境，放在家庭和传统教育中，一言蔽之，小说中的人物都有深厚基础。对比之下，反思自己的存在，吕西安认为勒莫尔当说得没错，他确实是一个"背井离乡"的人！他是弗勒里埃家族的继承人，这个家族不仅人长得高大，他们心理都很健康，但这种健康只有在乡间才能得到，只有靠坚强的体魄才能得到。弗洛伊德的无意识是丑恶淫猥的，这本小说呈现的无意识充满了健康迷人的乡土气息。吕西安产生了冲动，他想去研究家乡的土地，感受乡村的风土人情，领悟千百年来延伸到河畔的蜿蜒起伏的丘陵所具有的神秘意义。他的家乡、他的教育、他的传统、他的文化根源等，所有这一切构成了他的无意识，对他紧追不放，一直伸延到脚下。它们"既不伤人，又很肥沃"，它们是含有丰富营养价值的腐殖土。他要成为大家认可的领袖，必须立足其上，从中汲取力量。现在吕西安常常念叨"传统"、"土地"、"亡灵"，这些神秘字眼意义丰富，充满力量，而且源源不绝，给人提供坚实的支撑。吕西安心花怒放，寻找到新的力量，这些既陌生又吸引人的东西让他兴奋不已。

可是兴奋过后，老毛病又犯了，吕西安开始怀疑，这种家乡无意识真实吗？它们虽然诱人，但可靠吗？能够让人相信吗？吕西安上过当了，而且不止一次，他把自己的恐惧告诉勒莫尔当。勒莫尔当听了之后没有皱一下眉头，好像早就准备好了答案，再次为吕西安指点迷津：“人总不会马上相信自己所想到的，这需要实践。”实践？什么实践？勒莫尔当邀请吕西安加入他们一伙，希望吕西安和他们朝夕相处，切实感受实践的力量。吕西安答应了，但有保留：“我去，可是不受约束，我只想看看和思考一下。”

勒莫尔当的同伙是一群报贩子，属于青年右派激进分子，信奉狭隘的民族主义。他们经常在教堂门前叫卖右派报纸，被称为“报贩子”。这是一帮二十来岁的大学生，肌肉发达，讲究义气，抱成一团，互称哥们。他们身上没有丝毫学究气，很少夸夸其谈议论政治，也没有兴趣深入探讨问题，更不会为未来的什么事情争论得面红耳赤，大家在一起就是唱歌和嬉笑。“他们是一股力量”，他们的人生有明确定向，步伐整齐，行动默契，年轻人特有的迟疑彷徨像秋风扫落叶一般被一扫而光。在吕西安看来，这群年轻人“再也没有什么可以学习的，他们已经成熟了”。他们可以不费吹灰之力做到铁板一块，轻而易举采取一致立场。

激进党领袖夫人被汽车轧断了双腿，按理说，不管政治观点如何分歧，发生这种事情总是悲哀和惋惜的。可是这群报贩子非常轻松地超越了道德底线，听到这个消息，立刻爆发出一阵哈哈大笑，咒骂“这个该死的老太婆”！还有人大喊“向卡车司机致敬”！吕西安觉得窘迫，这群年轻人如此轻浮，玩世不恭，对生命不屑一顾，他们的玩笑浅薄无聊，吕西安发现这一切实际上是这群年轻人在彰显自己的特权，他们的我行我素就是权利的证明。他们有信念，并且对自己的信念非常虔诚，深信不疑。信念在他们心中犹如一颗根深叶茂的大树，开花结果，屹立不倒，这使他们充满自信。自信到可以不顾一切礼仪、一切道德，自信到可以完全地理直气壮，自以为是。在他们身上，一切与信仰不一致的东西都必须让道，信仰应该占领一切、统治一切！

勒莫尔当是强有力的，但他的有力是靠“狭隘”维持的。他在反犹问题上寸步不让，不会有一丝一毫的妥协。勒莫尔当不是在理论上讨论信仰，而是在实践中贯彻信仰，他不是在反思中推敲和完善信仰的各种细节，而是通过行动在现实中把信仰贯彻到底。勒莫尔当是一个实践的人，他从不与人商量讨教，不会把时间和精力消耗在无穷无尽的争论中。在勒莫尔当看来，争论不仅意味着软弱无能，而且是一事无成的表现。一个爱争论的人免不了夸夸其谈，纸上谈兵，一个具有分析癖好的人难免在苦思冥想中构筑漂亮的安乐窝欺骗和麻痹自己，这类人不会给现实带来改变。勒莫尔当的存在就是把信仰变成行动，促使现实发生他想要的改变。勒莫尔当的实践风格对吕西安产生了魅力，吕西安缺少的就是果敢有力的行动！现在吕西安也像勒莫尔当一样，不再同别人争论。过去他喜欢听取别人意见，喜欢分析各种反对意见，喜欢无穷无尽地反思自己，现在吕西安对滔滔不绝的反对意见不感兴趣了。别人在讲，他连看也不看，“自顾自地整理袜子。或者一边看女人，一边心不在焉地吸烟，喷出一连串的圆圈”。反对意见对吕西安突然失去了分量，“从他身上轻轻地毫无结果地滑落下来”，就像雨珠从玻璃窗上轻快地滑下来一样。

勒莫尔当的“实践”帮助吕西安在各种反对意见中学会坚持。弗勒里埃先生问吕西安是否也想成为一个报贩子，他庄严地回答：“我想试一下。”弗勒里埃太太顿时慌了手脚，哀求吕西安不要任性妄为。做一个报贩子很可能招来祸患，被人毒打，甚至关进监狱。她认为吕西安太年轻，不宜过早介入政治。但是弗勒里埃先生很平静，认为这是吕西安自己的选择，做父母的应该明智，最好不要干涉。“让他做吧，让他顺着自己的思路做吧，这是避免不了的事。”弗勒里埃先生不愧为一个工业领袖，认为这一切迟早发生，吕西安只能按照自己的选择去行动，按照自己的选择去成长，他必须学会自己做决定，不可能总是依靠别人的经验生活。当吕西安试图做决定，父母应对他表示“敬意”，而不是以“爱护”的名义横加指责和干涉。后来吕西安又采取了一个重要行动，他不打算考取中央高等工艺制造学校了，这是人生的转向。弗勒里埃先生变得特别宽容，非但没有劝阻，反而安慰妻子说：“总得让吕西安去学会做人。”所谓学会做人就是让吕西安规划自己的人生，学会自己做决定，自己去行动，学会对自己选择的一切承担责任。吕西安的人生已有目标，但不经历这一切，不在痛苦中磨炼，就永远长不大。依赖别人当然轻松省力，如果没有依赖就抱怨，一抱怨父母就越俎代庖，终究不是解决问题的办法。吕西安长大了，必须走自己的路，他需要用行动开辟自己的一片天地。吕西安也觉悟到这一点，他已经体会到做一个决定是多么不容易，为此，他还不时地犯忧郁。如果说勒莫尔当是一块坚硬的岩石，那么吕西安则像“一块透明的胶状物，在咖啡馆长凳上微微哆嗦”。有时他也觉得自己像一块又重又沉的石头，这一刻他强烈憎恨犹太人，与报贩子们融为一体，感到幸福。这一刻勒莫尔当盯着他的眼睛说，“你是一个立场坚定的人”。

吕西安参加报贩子的集会，这帮年轻人头脑发热，浑身亢奋，冲动之下做事不顾后果。有一次他们逼迫一个犹太人扔掉手里的报纸，这个犹太人很顽强，不停地骂“卑鄙的法国人”，他们一齐动手，暴揍了这个犹太鬼。犹太人倒在地上，四肢哆嗦，右眼被打得睁不开了，可嘴里还在骂“卑鄙的法国人”。吕西安不明白为什么大家不动手了，他猛跳起来，用尽全力打过去，那个家伙倒了下去，不再咒骂了。按照吕西安的教养，他怎么可能会在大街上像小混混一样与人打架斗殴？这简直不可思议！但吕西安确实出手了，他终于行动了，跨出了这一步，他变得和大家一样了。他考虑成熟，决定加入组织。他把决定告诉勒莫尔当，那个情形“庄严肃穆，几乎有点宗教气氛”。

3. 吕西安的行动方式

吕西安变成了一个能够行动、敢于行动的人。在这一点上，勒莫尔当是“有功之臣”，他在吕西安眼中魅力不减，但吕西安始终与他保持距离。吕西安还是吕西安，不会因为勒莫尔当的榜样，摇身一变成为勒莫尔当。勒莫尔当可以激发吕西安的行动，但吕西安只能按照自己的方式行动。勒莫尔当的行动虽然有力，但它来自于一个封闭的存在，并且有赖于这个封闭的存在，勒莫尔当的行动是建立在“狭隘”基础上的，他的“狭隘”像一块顽石，坚硬厚实，这决定了勒莫尔当的存在与他的行动都是被严格“定型”的。吕西安从勒莫尔当那里“收获”的是行动，但并没有因此改变自己存在的性质，并没有因为有力的行动消除其存在中的那团“雾气”。吕西安与勒莫尔当的区别在于，他的行动虽然有力，但不会被“定型”。吕西安的行动扎根于虚无，排除了一切“狭隘”。

吕西安有一个朋友叫吉加尔，他的女朋友叫彼埃雷特。为庆祝她十八岁生日，吉加尔举办家庭舞会。吕西安与彼埃雷特跳了几支舞，就去找吉加尔。吸烟室里几个男人正在喷云吐雾，吕西安看见一个高大的红卷发青年，皮肤是乳白色，有两道黑色浓眉，心里马上不快。吕西安只要看一眼鼻子，就能辨认出犹太人。此刻看见这个高大青年，心里燃起一股怒火：“这个家伙到这里来干嘛？”吉加尔知道他恨犹太人，为什么还邀请这个犹太人参加舞会？“既然请了我，就没有权利再请犹太人！”他转身快步离开，为的是避开介绍。可是吉加尔已经神情开朗地向他走来，开始介绍这个犹太人，对方大大方方地向他伸出手来。吕西安觉得十分不幸，两手往裤带里一插，转身就走。他边走边想，“我再也不能走进这座房子了”，心里涌起了一股“心酸的自豪”。

吕西安捍卫信仰就必须抛弃友情，不顾礼仪，这是行动必须付出的代价。以前吕西安绝对不会这样做，现在的吕西安行动果敢有力，毅然决然地这样做了。可是走到大街上，刚才还优越十足的吕西安，自豪感莫名其妙地消失了，取而代之的是惶恐和不安。回想发生的一切，吕西安猜测，吉加尔一定很恼火很难堪吧？彼埃雷特会把他当做一个粗鲁而没有教养的人吧？他的行为是不是太鲁莽了？这种场合他是不是应该像个文明人，适当克制自己，不那么莽撞粗野，哪怕象征性地和对方握个手，有限度地体现一下礼节？如果现在返回吉加尔家，向他们表示歉意是否还来得及？不过又一想，他的行动已经做出，就像泼出去的水，怎能收回呢？吕西安为自己开脱和辩解：“有什么必要把自己的政见暴露给不能理解的人们呢？”吉加尔能够认同他的立场吗？他能够理解他不得不这样做的原因吗？吉加尔就是一个糊涂蛋，否则不会做蠢事，“既邀请了他，又邀请这个犹太人，还当着大家的面向他介绍犹太人”。想到这里，吕西安握紧拳头，绝望地说：“我多么恨他们，多么恨犹太人！”他想从自己的憎恨和愤怒中汲取力量，可是他发现，这些憎恨和愤怒就在他的眼皮底下一点一点地消失了，“剩下的只是令人沮丧的冷漠”。这就是真实的吕西安，他的行动变得有力了，伴随这一变化，他对自己的反省频度增加了，反省力度加大了，犹如“魔高一尺，道高一丈”，吕西安总是处于两种力量的挟持下，他的存在不可能只受一种绝对力量的支配。

吕西安发现昨天他还像一只肚皮鼓胀的昆虫，与半死不活的蟋蟀差不多，感到一切都是悲哀的。现在“他像一只秒表那样干净利索”，对着满大街柔软的人群，“就像个钢楔子似的插进去”。突然间，他眼前展现出一幅画面：一个脊背，一个宽阔厚实的脊背，上面显现凹凸不平的肌肉。这个脊背坚强而冷静地离去，渐渐走远。在这幅画面中，他看见了脸色苍白的吉加尔，他有点惊慌失措地盯着这个脊背。吕西安感到一阵难以抑制的快乐，因为这是一个强有力的脊背，一个顽强而孤独的脊背，这正是他的脊背！他用吉加尔的眼睛追随着这个脊背，昨天这个脊背受到了羞辱，做出了反击，给了众人一顿教训，让他们学乖了。也许将来某个时刻，没有任何人刻意提醒，吉加尔大宴宾客，指着名单战战兢兢地说：“不，不能请这一个！要是吕西安知道了真够瞧的！”虽然他不在场，但并未缺席，他的威力好似“随风潜入夜，润物细无声”，在每一个人心灵深处悄然滋长，不知不觉地震慑了众人。大家今后待人处事，潜意识中自觉自愿地为吕西安的信仰“鸣锣开道”，吕西安不吭一声，大家都心知肚明应该怎么做。

吕西安经常问自己：“我是谁？”现在他清楚了，他是一个不能容忍犹太人的人。这句话与“吕西安不爱吃牡蛎，不爱跳舞”表达的意思不同。后者是一个事实，它会慢慢地改变，总有一天会消失。但吕西安的信仰（反犹主义）不同，“它既无情又纯洁，在他的身外宛如一把钢刀，威胁着别人的胸膛”。对于吕西安，反犹主义成为信仰，意味着它是神圣的！这就是说，反犹主义不是一般事实，而是一道命令，不是一般命令，而是神圣的命令，它要求吕西安不惜一切代价去执行。在神圣命令面前无法讨价还价，不能退缩和逃遁，只能坚定执行，立即执行，而且是在肃穆庄严的情形下执行。执行反犹主义的命令不可避免地会威胁他人，就像吕西安暴打那个犹太人一样。甚至吕西安没有做任何动作，没有任何表示，别人听到吕西安不喜欢犹太人这句话就吓瘫了，“四肢仿佛被无数短箭痛苦地穿透一样”。在吕西安构想的画面中，他成为坚实厚重的脊背，吉加尔和彼埃雷特变成了让人随意摆布的软弱孩子，只要吕西安露出牙齿，显露狰狞面目，他们就胆战心惊，惶惶不可终日，只能“低声说话和用脚尖走路”。这是什么？这就是威力，就是敬重，就是领袖的威严。领袖就是命令——一道无可争议的命令、一道庄严神圣的命令。

吕西安一直在寻找自己，现在他发现，如果仅仅停留在自己身上，就无法找到自己。“在自己的粘膜深处寻找自己，除了肉体的悲哀，卑鄙的平等谎言和混乱之外，还能够找到什么呢？”人生的第一条戒律就是：“不要在自己身上寻找自己，再也没有比这更危险的错误了。”真正的吕西安在哪里？在他人那里，应该从别人的眼睛里和行为上寻找，从吉加尔和彼埃雷特战战兢兢的俯首帖耳里，从他父亲工厂的年轻学徒和家乡百姓对他的翘首期待中寻找。吕西安是不是一个领袖，永远不是他单独拍板自己决定的，在这个问题上，他说的不算数。相反，佛勒里埃工厂里的工人和家乡的百姓才有真正的发言权。单是在他眼睛里出现一个坚强的脊背并没有什么了不起，这个脊背应该出现在吉加尔和彼埃雷特的眼睛里，而且要转化为众人心目中的“大教堂”。对！吕西安应该摇身一变成为大教堂，他就是壮观雄伟的大教堂，就是众人心目中巍峨高耸、享有无限权威的大教堂，如此才有庄严和神圣！才能体现出领袖和权力的威严！这些权力就像数学和宗教信条那样，时过境迁，昂然屹立，威力无穷。现在的吕西安就是权力，他应该化为“庞大的一簇责任和权力”。

许久以来吕西安认为他的存在是偶然的、四处漂泊的，现在他认为，早在他出生之前，他的地位已经确定了。甚至早在他的父母结婚之前，人们就在等待他了，他的出生就是为了占据这个位置。有了这个想法，展现在吕西安眼前的世界一下子变了样：世界成为有规律的，它按部就班地按照自己的逻辑运行着。在上天安排下，他一定能够考上中央高等工艺制造学校，一定抛弃与他同居的姑娘。在法国某地，一定有一个像彼埃雷特一样的姑娘在默默地等着他，她一直为他保持贞洁，只对他表示顺从。吕西安想，他年纪轻轻就要结婚，与自己心仪的姑娘生一大堆孩子，他有些迫不及待地要继承父业了。他暗自问自己：“弗勒里埃先生会不会不久就死去？”

吕西安脱胎换骨了，刚才他还是一个心神不定的少年，转眼间变得踌躇满志。吕西安把自己定位于一个合格的工厂主继承人，巴不得快一点接班，他走到一家文具店门口，照一照镜子，希望看见一个“深不可测”的面孔，就像勒莫尔当那样结结实实的面孔。他下了这样的决心：“我一定要长出小胡子！”可是“镜子里反映出来的是一个漂亮而固执的小脸蛋，还远远不到叫人望而生畏的程度”。吕西安永远无法与自己的期望一致，他的期待与他的存在之间始终保持着一条鸿沟，它对吕西安的志满意得不声不响地做出否定。不是吕西安言行不一，不是因为理性或道德的缺陷导致他不能兑现诺言，而是他的存在扎根于虚无，这使吕西安注定成为“半吊子”，他的存在永远打着“错位”的印记。吕西安只能在充满信心、行动有力和“不知所措”的迷茫中走向未来。

六、吕西安成长的存在主义路径

吕西安是在萨特存在主义哲学设置的特殊境遇下成长起来的，他所走的是一条存在主义哲学所规划的成长和发展之路，小说通过对吕西安形象的刻画揭示的是存在主义关于人的成长和发展的独特领悟。

1. 人的存在特征：虚无与介入

存在主义认为，一个人是“无缘无故”地来到世界上的，他来到世界上没有理由，不受任何“东西”支配。人虽是爹妈所生，具有遗传特性，但遗传仅具有生物学意义，人的“存在”远远超越了遗传支配。先天的东西，如种族特征等无法左右人的存在。吕西安无法逃脱家族遗传，他只能长得高大，必须长得高大，身高不是他的选择对象，对此他无可奈何。家族的传统，文化的无意识，它们对吕西安的成长具有重要作用，但对于吕西安的存在，它们不构成先天的本质。文化和传统绵远流长，根深蒂固，为一个社会提供了稳定的构架，但它们都是外在的力量。存在主义强调，人的存在扎根于虚无，而不是扎根在任何本质上。这个扎根于虚无的存在通向选择，自由只能通过选择得到彰显。

萨特的存在主义拒绝一切先天命运对人的主宰。

譬如相信上帝，在萨特哲学看来，这种相信不是先天注定的。不是上帝的智慧或权威决定了人们必须相信它，或者上帝的主宰是人无法摆脱的命运。不是说人来到世界之前，其命运已经被一劳永逸地规划好了。就像萨特所比喻的，类似墨水瓶这样的物件，在它还没有制造出来，其本质规定已经设计好了。墨水瓶唯一的命运就是体现这些本质规定，一个墨水瓶不会有任何选择，不会有丝毫挣脱本质的意愿。萨特哲学不接受对人的本质的先天设定，它强调相信上帝，这是人自己的选择，是人选择自己相信上帝。这就是说，没有一个纯粹的“相信”，“相信”从来不是“孤单”的，实际情形是，在“相信”周围布满了各种各样的“不相信”。“相信”只有被“不相信”不断纠缠，它切实地扎根于一系列的“不相信”中，才是“货真价实”的“相信”。人们只能在否定各种“不相信”的基础上，选择和确立自己的“相信”。人不是先天注定受上帝（即各种各样的本质规定）的支配，这是“存在先于本质”这条存在主义基本定理所昭示的真理。

一个“无缘无故”来到世界上的人必定是“赤条条”的，这个“赤条条”表明，吕西安的存在没有先天本质造成的“负累”，不受任何东西的钳制，这使他的存在与世界已有的秩序和规定“不相干”。即从吕西安的眼光看，现成世界的一切对于他都是“没来由”的、荒诞的。世界对于那些已经规训的成人具有合理性，但对于“初来乍到”的吕西安则是完全“陌生”和“格格不入”的，即世界存在的诸多合理性对于他还没有意义。吕西安来到世界，其存在中没有设定一心一意、专门顺应和服从外在秩序和规定的目的。

然而微妙正在于此，存在主义认为，这个“赤条条”的人是无法存在的。“赤条条”的人虽然“纯粹”，但仅仅是一个抽象，不可能成为现实的人，一个现实的人必须介入。也就是说，在存在主义看来，人的存在与外在的现实不可分，人的存在不能脱离现实。这样说有可能造成误解，因为“不可分”可以理解为在外部压力下人与现实的结合。萨特的存在主义强调，介入不是外力下的所为，如果介入仅仅靠外力推动和维持，一旦外力减弱或消失，介入就可能“松动”、被推延，甚至取消。萨特的存在主义强调，介入是人的存在的内在需要，离开介入，人的存在不是不完整，而是整个取消了。换言之，这个“赤条条”的、“纯粹”的人还不是人的真实存在，人的存在不可能从自身的纯粹性中涌现出来，因为人既没有先天的纯粹性，也没有任何先天的本质。人的存在就是介入，所以真正的人只能在现实中发现，人的存在只能通过“向外”不断介入来实现。在这个意义上，人只有在不是他自己、否定他自己时才存在。现实对于人的存在不是外在的，它构成了人的存在的有力支撑。

介入必然面向现实，这样说仍会造成误解，因为“面向现实”给人的印象是，人的存在与现实似乎是“两张皮”，可以分离，人在现实之外可以单独存在，好像撇开现实，人还能够存在，而且已经存在。萨特哲学认为，人的存在必须介入现实，人的存在就是与现实的不断纠缠，人永远不能摆脱这个纠缠。

这里需要注意的是，一旦介入，人就面临被充实的可能，这个过程绝不会一帆风顺，它是一个伴随着“抵抗”的磨合过程，往往是坎坷和艰难的。

吕西安不像里利，里利一头扎进现实，立马成为现实的俘虏，按照成人世界的规定，开始憎恨德国佬，成为一个标准的社会人。吕西安的介入特点是，他在接受现实影响的同时又在“怀疑”这些影响。当大人们把他当做一个漂亮的女孩子赞美，他陶醉其中，同时又对这一切表示怀疑。这使吕西安的世界是“松动”和虚幻的，他认为自己在演戏，父母也在演戏，大家都不约而同地在演戏。与里利比较，吕西安处于“不安分”状态。吕西安喜读书，成绩好，分数高，懂礼貌，从这些方面看，他毫无疑问是一个好孩子。但是他厌倦沉闷的课堂，讨厌纪律的约束，对孩子们通常玩的游戏没有兴趣，他对厕所的气味倒是“情有独钟”，热衷于厕所门面上的文字，关注女人的生理构造，从这些方面看，他是一个喜欢“犯上作乱”的孩子。里利态度明确，一言一举无不反映社会的是非观念，但对于吕西安，介入在他身上造成的影响是模糊而复杂的，他的态度是多变的，他的存在始终处于不断变化的模糊地带。通过介入，社会对他的影响不是长驱直入，像一把钢刀，可以毫无阻挡地插入吕西安的身体，直接给予他的存在明确定位。吕西安的存在显现了一种能力，他能够把外力的作用置于反思之下，衰减、扭曲、变形、钝化这些作用对他的影响，他能够按照自己的方式吸收这些影响。这些影响不再是脱缰野马，任性地在他的身上潇洒地奔突，而是被关在反思的笼子里，聚焦在心灵的显微镜下，可以仔细地“观赏”和“品评”。总之，在吕西安身上显现的不是单一性，而是多面性，不是天性的纯洁无瑕，而是让人难以预估和把握的复杂性。吕西安既成熟又幼稚，既让大人世界满意，又让父母深深失望。他不是先让大人们失望，然后随着认识的提高和人格的健全，再让他们满意。吕西安是让大人们感到满意的同时又让他们失望，成人世界对吕西安的赞美和批评始终是纠缠在一起的。介入不是像一个人扑通一声跃入水池，干脆利索地滑动臂膊，他与水亲密无间地“交融”在一起，能够安稳顺利地游向彼岸。介入是一个磨合过程，它伴随着适应现实和质疑现实、拥抱现实和抵抗现实的烦恼和忧虑。

介入使吕西安处于摇摆不定的迷茫中，为了结束迷茫，吕西安努力寻找支撑，介入的含义之一就是寻求支撑。

介入带来迷茫，虚无给吕西安制造了怀疑，他脚下的地基不断坍塌，他给自己提出的问题一直寻找不到答案。在这个节骨眼上，他遇到了贝尔里亚克和贝热尔，精神分析学说给吕西安提供了依托，他在弗洛伊德这棵大树的荫蔽下得到了暂时喘息和满足。这里，不是弗洛伊德学说作为一种外在强力束缚了吕西安，而是吕西安选择了弗洛伊德，吕西安对于弗洛伊德的介入完全是主动和积极的。介入就是要追求支撑，就是要寻求人生的“落脚点”，就是要使存在“脚踏实地”，这是介入的题中应有之义。这一过程是相当艰难的，掌握一种学说，学会运用它的视角看问题，戴上这一学说的“变色眼镜”领悟整个世界，不是轻而易举的事。但对于介入更加艰难的是，吕西安不但接受弗洛伊德理论，还要结合自己的生活经验，发现这一学说的破绽，揭露弗洛伊德学说对世界的显现所造成的严重扭曲，进而对这一学说提出质疑和批判。吕西安超越弗洛伊德、挣脱其影响费了九牛二虎之力，但总的说来，他在这方面“得天独厚”，他的存在中始终萦绕着他的那团雾气，能够助他灵活自如地转身，对自身的存在进行反思，这使他不会盲从于任何一家学说。

从存在主义观点看，介入就是追求充实，可是一旦介入就被充实，必然把介入导入死胡同。介入后被充实，就不可能再介入。充实带来封闭，人的存在被封闭，就不再需要介入了。存在主义主张的介入是有生命力的，个人的存在就是不断介入，这是人的存在标志。介入不是人生的一个片段，不是某时某刻的特殊需要，而是始终与人的存在相随，人的存在说到底就在于他能够不断介入。贝尔里亚克的介入导致被精神分析学说俘虏，被这一学说充实，成为弗洛伊德“情结”控制下的木偶，致使其存在成为僵化、呆板的，失去了再介入能力。吕西安与贝尔里亚克的区别在于，他在介入的同时始终保持存在中的那团“雾气”，因而他与弗洛伊德学说形成了这样的关系：介入不可避免地要被充实，甚至要不顾一切地寻求充实（吕西安一度如饥似渴地阅读弗洛伊德的著作），但介入本身不是停留在充实上，也不会满足于充实，介入本质上追求的是在充实中的超越。吕西安接受了弗洛伊德的影响，他存在中的那团雾气又促使他对弗洛伊德学说提出质疑，从而保证了他从这一学说中“走出”，这一点至关重要。

没有介入或有限度的介入，从存在主义观点看，人就只能停留在抽象的幼稚中，在浅薄无聊中打转。介入后被充实，追求和满足于充实，心甘情愿地让自己的存在被填满，把虚无的那团雾气驱赶和挤压得一干二净，这无异于丧失或拒绝自由。充实就是圆满，通常人们把充实的境界理解为成功，认为人的存在就是为了追求充实，得到充实后即心满意足。存在主义认为，充实就是止境，到了止境还需要努力、还需要奋斗、还需要超越吗？存在主义坚信，充实和止境都是惰性状态，停留在知足常乐的满足中是“物”而不是人的状态。存在主义认为，人的存在必须避免两个极端，要么不介入，停留在幼稚和浅薄中，要么介入后被充实，转为物的状态，这两个“极端”都不是人的状态。人的状态是在两个极端之间，即他在充实中又在走出充实，他在充实中又不断对这个充实进行否定。他是充实又不是充实，他不是充实时又面临充实，无法逃避充实，这才是真正意义上的介入。介入同时受到两种力量的“拉扯”，在两种张力下得以形成。一种是积极投入外在世界的力量，另一种是不断从外在世界挣脱的力量，介入导致挣脱，挣脱是为在更大范围、更深层面的介入，两种力量相辅相成，共同构成了介入，单凭任何一种力量都无法构成介入。

吕西安对待精神分析的态度是：接受这一学说，质疑这一学说，最终从这一学说中“走出”，实现了存在主义的所谓超越。吕西安介入的过程就是与弗洛伊德学说纠缠和博弈的过程，就是用自己的生活检视和验证这一学说的过程，这也是一个人提高和成熟的过程。存在主义认为，人的提高和成熟就是不断介入、不断质疑、不断对各种学说进行检验和修正，舍此别无他途。这种质疑、检验和修正没有终点，意味着存在主义不承认人生可以寻找到一个理想的支撑点。人生始终具有一个开放的未来，人的存在永远不能封闭。无论用怎样美好的假说，用人类所能设想的一切天堂、理想等，都不能成为“止境”。存在主义是与理想、与完美、与终极假设告别的学说，这是存在主义区别于其他人生哲学的一个重要设定。由介入的性质所决定，弗洛伊德对于吕西安既是“助力”又是“阻力”，它在成为“助力”的同时蕴含着变成“阻力”，所以它仅仅是吕西安成长道路上遇到的一个“伴随物”而已。

吕西安的人生历练表明，人的成熟不会一蹴而就，人做领袖的能力不是天生和“命定”的。吕西安必须在介入中与各种力量“摸爬滚打”，不与现实发生关系，不经历人生的危机，不在摇摆不定的痛苦中反思，人是无法成熟的。

2.“我是谁”问题的重要性

人的存在必然与世界发生关系，在与世界的关系中，人必然会与自己发生关系。人不可能仅仅认识外部世界而不认识自身，他在认识外部世界的过程中，必然提出“自我”的问题，甚至自我问题会成为首要关注的问题。在吕西安的成长过程中，认识世界和认识自我这两者是紧密交织在一起的，吕西安认识弗洛伊德与把握自我是直接统一在一起的。也可以说，吕西安只能通过与弗洛伊德这一外在世界发生关系来构建和把握他的自我。

“我是谁”提问的方式容易产生混淆，因为它与“这是椅子么”这类问题在性质上是不同的，不能混为一谈。后者是对一个物件的说明，可以有确切答案，能够得到世人一致认可。前者是对人的存在的回答，注定了这一问题被虚无渗透和缠绕，不可能一劳永逸地得到一个终极回答。对“我是谁”的讨论必定会把问题推向远方和未来，这种推延是无止境的，它永远不可能在某一点上“驻足不前”。一旦止步，对人的讨论就会失去意义，因为这意味着把对人的讨论转换为对物的定义了。

其次，回答“我是谁”的问题不在吕西安本人，他可以提出问题，但不能回答问题，因为他缺少回答问题的“资格”。或者说，问题答案根本不在吕西安手里。答案在谁的手里？答案在他人手里，在与吕西安发生关系的许许多多人手里。当然，吕西安可以“自说自话”地对这一问题提供答案："我是谁？""我是弗勒里埃家族的接班人，我是未来的领袖，我是一个大家称赞和拥护的工厂主……"吕西安可以对自己提供的这一连串答案充满自信，但是存在主义认定，所有出自吕西安的回答都没有意义。因为吕西安不能仅靠自己证实自己，或者说，他用自己来证实自己是荒唐和无效的。因为吕西安的那个自我不在他的身上，既不在吕西安的身体里，也不在他的思想和观念里。它在哪里呢？存在主义认定，就像房间里的一把椅子一样，它在实实在在的现实中。即吕西安的那个"自我"根本无法被他个人把控和垄断，它不是封闭于坚固的"主观性"里，而只能通过他人的嘴巴讲出来，只能通过"他人"的行动才能真实有效地揭示出来。

萨特的存在主义坚持这样一条信念：人没有一个内在的自我，自我不是像人们通常所认为的是潜伏在各种行为背后的一个"内在极点"，它在经历各种经验的同时，把它们有效地组织和统一起来。传统看法认为，自我就是这样的一个关键枢纽，它是意识的中心，没有它发挥组织和统一的作用，原本畅通无阻的意识通衢大道瞬间水泄不通，这将导致整个心灵世界四分五裂、甚至彻底崩溃。萨特哲学认为，以这种"内在"方式理解自我，不可避免地会落入实在论和观念论的陷阱。按照实在论和观念论把握世界的方式，心灵认识世界就像"一只蜘蛛那样把事物吸入网中，以一片白色的的唾沫盖在它们上面，慢慢地把它们吞咽下，把它们化成自己的养料"[①]。一旦意识成为心理的实体，它就会一点一点地覆盖和融化世界。虽然它不知疲倦地"吞咽"外在世界，但终有一天它会填满自己。意识到了"饱食终日、无所事事"的这一刻，就会慵懒不堪，困顿地闭上双眼，对外面的世界不再感兴趣，渐渐地把自己转化为一个封闭的存在。

萨特哲学坚决反对以各种实在论的方式理解世界和设定自我，认为自我不是人的存在的内在中心，它是一个"客体"，是被"构成"的，其存在只能是超越性的。萨特哲学把"意识就是对某物的意识"解释为"意识之必然存在于对异于自身之物的意识"，在这个意义上，"意识没有'里面'，它只是它自己的外面"，它就是对于自身的绝对逃逸，就是一连串的向外"爆开"，"把人们抛到世界的干燥尘埃中，抛到崎岖不平的土地上和物件中"。[②]因此，"人不能反求诸己，而必须始终在自身之外寻求一个解

① 倪梁康主编：《面对实事本身——现象学经典文选》，东方出版社2000年版，第645—646页。

② 同上书，第645页。

放”[1]。这就是说，人不能从“内部”寻求自我，因为人没有这个“内部”，人只能通过现实途径解放自己，因为人始终是“外在”的，人的存在永远是介入的。

如果设定人有一个内在自我，它成为人的存在的“内在极点”，这会发生什么呢？这将导致人的一切都源于这个内在自我，都是从这个内在自我不断生发出来的。如果设定人有这样一个内在自我，那么很显然，这个内在的自我就会起主导作用，它会制约人、支配人、决定人，这个内在的、不透明的、像顽石一样的自我就会统治人的一切。这种情形下，介入还有意义吗？如果一个内在自我先于、高于一切，在没有介入的情形下它已然存在，并且“完好无损”，介入在本质上就变成了多余的，充其量仅限于对自我的补充、丰富、加强和巩固。如果设定人是受一个内在的不透明的“自我”所制约，那么介入对于人的存在就变成外在的、附加的、就不再是必然和有效的了。这种情形下，这个内在的自我可以把介入视为可有可无的，它完全可以给自己下命令：“不再介入，停止介入！”

人的存在就是介入，不是介入内在的自我，而是介入外面的世界。一旦像弗洛伊德那样设定内在无意识可以支配一切，那么人的存在必然被遮蔽，它就不可能是清澈、透明的虚无。物的存在是沉默、凝固的，所以物的存在不能介入，亦无需介入。物的存在有所谓内部，所以物必定被内在的规定所制约。人的存在没有内部，它永远是“向外”的，所以人的存在必定排除了任何先天本质的主宰。内部意味着封闭、意味着不透明、意味着凝固、意味着对虚无的排斥。存在主义拒绝用“内在的自我”界定人的存在，一旦使用诸如“内在自我”的概念，人的存在就被捆住了手脚，只能成为“当下”的存在，无法变成“一个遥远的存在”。未来对于人就变成外在的，人的存在就无法扎根于虚无，只能落脚在坚固的本质上。这种情形下，他人就成为“干扰”，人的存在完全可以撇开各种干扰、不由他人评定，完全由自己定夺了。

吕西安是不是一个工厂主，他是不是大家心目中公认的领袖，这一切只能由他人说了算。吕西安在这个问题上唯一能做的就是全力以赴向这个目标努力。至于他的努力是否成功，他是否能够实现自己的理想，对

---

① 李瑜青、凡人主编：《萨特哲学论文集》，潘培庆等译，安徽文艺出版社 1998 年版，第 134 页。

这一切的有效评价只能来自他人。人是自由的，表现在人通过选择和行动为自己负责。但人能否为自己负责，是否做到了为自己负责，他在多大程度上实现了自由，这一切不由个人说了算，而是由他人说了算。吕西安发现，他是不是一个领袖，这不是苦思冥想能够解决的问题，他的“内在自我”无法回答这一问题，在主观心理领域内解答这个问题完全是“缘木求鱼”。

3. 行动显示力量

“憎恶犹太人”是吕西安的信念，单凭这一信念，吕西安还不能成为一个领袖。只有当大家尊重他的信仰，在行动上处处为他的信仰让路——即便他不在场，人们也会“自觉”地抵制犹太人，众人的这些举动，才能使吕西安成为领袖。吕西安是不是一个领袖，不是从他的嘴里“宣传”出来的，不是他“鼓动”出来的，领袖的权威通过有力的行动才能建立。

人具有反思能力固然可贵，人把自己的存在条分缕析、分析得深入透彻固然好，但人毕竟不能只活在思想和观念里。人们认识什么、相信什么固然重要，但人的存在关键是行动。只有通过行动，人的存在才能被真正揭示出来。存在主义是行动的哲学，它坚信理论只能解释世界，行动才能改变和创造世界。吕西安要成为一个领袖，不仅仅在于他有思想，有信念，更重要的是，他必须把自己的思想和信念转化和落实为行动。吕西安原来善于在概念中游走，尤其喜爱和擅长分析自己。现在，他必须走上“实践”的道路，不再以侈谈各种理论为满足，他必须通过行动证明自己。吕西安终于出手了，他的拳头很硬很猛，像雨点似的落在了犹太人身上。一当在现实中采取行动，吕西安才成为强有力的人。行动是力量的展现，一个在行动上犹豫、怯懦、缺乏力度的人永远不能成为真正的领袖。

波伏娃指出：“存在主义远非一种寂静主义或虚无主义，而是通过行动来确定一个人。”[①] 不是通过思想和言论，而是通过行动“确定”人，这是存在主义衡量和鉴别人的重要标准。一个不能行动的人可以是理想家，但不能成为合格的工厂主。佛勒里埃先生培养的是家族事业的接班人，不是浪漫的幻想家，这要求吕西安必须能够行动，敢于行动，善于行动，行动是吕西安作为领袖不可或缺的条件。在这一意义上，吕西安在人生历程的关键时刻遇到了勒莫尔当，这是小说逻辑发展的必然，萨特设计勒莫尔当

---

① 〔法〕波伏娃:《事物的力量》第三卷（一），陈筱卿译，作家出版社 2012 年版，第 8 页。

这一角色的主要功能就是在行动上启迪和激励吕西安，把他引上“实践”的道路。

小说所描绘的是一幅存在主义关于人的成长和成熟的生动图画。吕西安要成长为一个领袖，按照存在主义的设想，其存在必须是自由的，惟有当存在是自由的，吕西安才能介入现实，在介入中他才能发现自我，这个自我只能通过“他人”构筑和揭示出来。把信仰转化为行动，才能改变世界，一个能够改变世界的人才能担当领袖的大任。

自由、介入和行动是吕西安成长所走过的存在主义道路的重要标志，它们是一个人的成长和发展必然遇到的“考验”。存在主义展示的人的成长模式不是通常人们所说的成功学，不是一个人从幼稚到成熟、从失败到成功的发展套路。传统观点往往把人的成长描述为由低级到高阶、由幼稚到成熟、循序渐进的过程。一个人的成熟意味着他认识社会，适应和服从社会，最终在社会搭建的框架里如鱼得水，功成名就。存在主义坚持存在的每一个特定时刻都充满了否定，任何成熟或成功都潜伏着危机，它们都不具有终极意义。存在主义展示的存在真相是：吕西安接受了某一学说，他在得到支撑的同时又会陷入危机。当他从弗洛伊德学说走出，他并没有摆脱危机，而是为得到新的支撑和陷入新的危机提供了可能，埋下了“伏笔”。在存在主义看来，人生就是克服危机、走出危机、迎接新危机的往复循环。这一过程中，人始终“是什么”，又始终“不是什么”，人永远处于“是什么”和“不是什么”的缠斗和交集中。在存在主义展示的成长模式中，人得到了锤炼，明白了许多事理，并不代表他穷尽了世界。人发现和认识得越多，面临的未知领域就越广阔。人明白了一件事理，但还有更多的事理潜伏着、上下左右包围着他，等待他去揭示，这使人的征途永远充满挑战，这正是人的命运。不是人有进取心，精力旺盛，本身好斗，无止境的贪婪决定了他的欲望无休，欲罢不能。而是他的存在扎根于虚无，处于永无休止的否定中，这使人的存在处于不断失去和不断得到、不断否定和不断肯定的漫漫循环中。在这个意义上，人永远不能说、无法说他成熟了、成功了。

人永远不能被充实，这是人的自由。人的自由不是无限的欢快和满足，而是带来永恒的疲惫和困顿。人生就是在坚韧努力下获得的快乐，但这瞬间的快乐一点不可靠，它蕴含并导向危机，带来更多的困惑，把人推向新的麻烦。吕西安以为自己成熟了，迫不及待地想接父亲的班，他在镜子中希望看到一张像勒莫尔当那样成熟稳重的脸，希望自己的漂亮脸蛋能长出“威严的小胡子”。然而他看到的只是一张“固执而漂亮的小脸蛋，还远远不到叫人望而生畏的程度”。就在吕西安信心百倍时，他其实不知不觉地步入了新的危机。危机带来转机，它是成功的另一面，没有危机就不可能有成功，危机永远是导向成功的“契机”。存在主义坚信，作为一种充实的成功没有终极意义，但人们又不得不追求、不得不奋斗、不得不介入这样的永恒循环。因为人的存在不能像物那样墨守僵化，人必须昂扬振奋，有所作为，这个作为看上去也许不那么耀眼辉煌，不会给人提供坚强的支撑，尽管如此，人的存在仍须介入、人仍须行动。

人要振作起来、行动起来，他要积极地奔向远方，在向未来进发的漫漫征途上始终能够发现人的身影，这种悲壮和无奈相互交织的命运就是存在主义揭示的存在真相，它在吕西安身上得到了生动体现。

后 记

萨特的几部短篇小说在中国远不如他的长篇小说《厌恶》以及几部戏剧作品（如《禁闭》《死无葬身之地》《肮脏的手》等）影响广泛和深入。当然不能一概而论，在这几部短篇中，《墙》的影响还是比较大的，它不愧为萨特短篇小说的代表作。读者接触萨特小说，往往会阅读《墙》这部作品。中国评论界对《墙》这部作品也比较重视，学者们陆陆续续发表了不少评论，还围绕着一些话题展开了争论。相比之下，对《艾罗斯特拉特》关注就少多了，大陆评论界关于这篇小说的讨论文章屈指可数。其他三部作品的命运可以用“惨淡”来形容，虽说这三部作品早就有了中文译本，但它们一直“默默无闻，悄无声息”，几乎没有在评论界激起一丝涟漪，在读者中也少有问津。

造成这种局面的原因是什么呢？原因恐怕不少。

有人认为，萨特的存在主义关注个体，对自由的理解建立在虚无的基础上。在中国历史的大背景下，这样的哲学追求和建立在这种哲学基础上的艺术表现趣味注定没有市场。存在主义哲学倡导的虚无理念以及对个体的强调和推崇与中国读者几千年来耳濡目染的文化价值相去甚远，也与现代中国崇尚的唯物主义意识形态和集体主义至上的道德观念有很大距离。

上述说法自有道理，但不可忽视的是，萨特作品在中国遭到冷遇，还有更直接的原因，即与小说本身的表现特点有很大关联。

萨特作品不属于大众的消费文学之列，也与流行的所谓“快餐文学”不沾边。萨特小说不以情节的曲折和悬念吸引人，也不以生动的故事和浓烈的感情抒发打动人。萨特小说的显著特点是：从选材到情节设置以及主题开掘等各个创作环节，都与其存在主义哲学有密切联系，这为其作品带来了哲理性和深刻性的品格。萨特的小说是表现哲学思想的，萨特塑造的人物形象背后往往有其存在主义哲学的强力支撑。因而了解萨特的小说艺术，务必先求了解萨特的存在主义哲学。

萨特小说艺术的这一基本表现特征对读者的阅读提出了较高要求。没有一定的准备，特别是没有对萨特存在主义哲学一定程度的了解，阅读他的小说会很吃力，中途必然会遇到各种拦路虎，遭遇种种困境。在我看来，许多读者大概就是带着阅读流行文学的心态去“消费”萨特作品的，由于缺少必要的思想准备，结果常常“望而生畏”，或者如坠五里雾中，阅读半途而废，不得不遗憾退出。

有鉴于此，我觉得自己可以在这方面做一些工作。

我对萨特文学有兴趣，之前做过一点研究，这方面有一些积累。解读萨特的短篇小说，是对之前研究工作的继续和延伸，这是我求之不得的。我在教学中发现，其实当代中国大学生还是很关注萨特小说的，萨特的作品还是能够激发他们的兴趣。有的学生通过努力，尝试对萨特的短篇小说进行解读。他们从中国的评论界得到的帮助不多，互联网上找到的材料也大多是“七零八落”的只言片语，这使学生们对萨特作品的研读常常是在暗中吃力地摸索。我觉得应该改变这种状况，或至少应该为改变这种状况尝试做出一些努力。坚定了这一信念后，我认定自己在解读萨特短篇小说方面做一点工作是有必要和有意义的。

本书分别对萨特的五部短篇小说进行了分析，这五部作品收集于萨特出版于 1939 年的小说集《墙》。萨特创作的短篇小说数量并不多，这五部作品可以说是代表了萨特短篇小说的创作水准。五部作品中影响最大的当属短篇小说《墙》，但我认为其他几部作品也非常重要。无论就思想的深刻性还是艺术表现的生动性而言，其他几部作品也具有重要意义，值得读者下一番功夫认真研读。

本书的写作既是教学之需，也是兴趣使然。在与同行的交流中我获得了教益和启发。在教学中，学生的期待和鼓励给了我莫大鞭策，是我完成本书写作的重要动力。此外，本书能够在短时间完成，要感谢我的妻子韩聪倩女士。她承揽了烦琐的家务，担任了本书资料查找和校对工作，她的奉献为我提供了闲暇和帮助，为本书的写作提供了重要保障。还要特别感谢商务印书馆的苑容宏先生和王婉珠女士，他们的大力支持和帮助，使本书得以顺利出版。

本书对萨特短篇小说的解读是一种探索，它是我阅读感受的总结，表达了我对萨特小说的见解。也许误解和错解等在所难免，希望得到各位方家的指教。

李　克

2017 年 4 月于深圳